돌 위에 피는 꽃

돌 위에 피는 꽃

돌 위에 피는 꽃

초판인쇄	1판 1쇄 2026년 04월 20일
저자	이순실
펴낸이	최검열
출판총괄	이재향
편집책임	구본희, 신소미
편집·표지	박하민
펴낸곳	도서출판 밀알
등록번호	제1-158
주소	인천 서구 당하동 1235-3 리슈빌 802호
전화	02) 529-0140
홈페이지	www.milalbook.com
ISBN	987-89-418-0351-5

* 파본이나 오염된 도서는 구입처를 통해 교환해 드립니다.

돌 위에 피는 꽃

이순실 지음

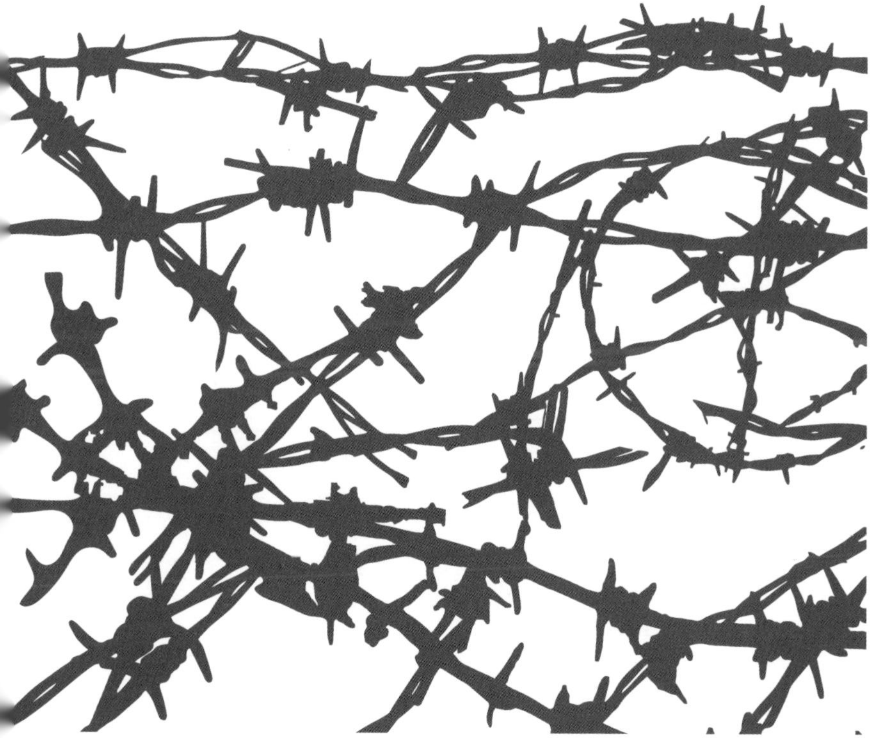

도서출판 밀알

그냥 말로 하는 것이 아니라, 진정 목숨을 걸어 본 사람.

순실이 형은 〈이만갑〉의 큰형이다.

그녀의 손에서는 분명 조미료가 나오는 것이 틀림없다.

나만큼 이순실 형을 잘 아는 사람도 몇 안 될 것 같다.

정 많고 한 많은 분이며,

분통 터지면 주먹으로 악당 두어 명쯤 때려눕힐 분이다.

그렇게 당당하고,

동생들 챙기고, 사업 일구고,

호랑이 같은 순실이 형이…

〈이만갑〉 명절 특집에서

북을 향해 차례를 지내다 엉엉 우는 것을 보았다.

그리운 고향.

가지는 못해도 기억을 더듬어 음식을 만들어 내고 있다.

요즘 너무 순해져서 아쉽다.

함바 식당을 하다 불의를 보고 주먹을 날리던,

시댁에서 밥 먹다 말고 창문으로 뛰어내리던

그 순실이 형이 이렇게 순해지다니.

어서 통일이 되어 순실이 형이

채널 A 〈이제 만나러 갑니다〉에서,

'이제 만나러 왔어요.' 외치는 것을 보고 싶다.

그리운 딸을 꼭 만나게 되길 간절히 바랍니다.

채널A 〈이제 만나러 갑니다〉 MC 남희석

『돌 위에 피는 꽃』은 척박한 돌 위에서도 끝내 꽃은 피어난다는 사실을 증언하는 이야기입니다. 이 책은 한 여성의 기록을 넘어, 고난 속에서도 꺾이지 않은 인간의 존엄과 사랑, 그리고 꺼지지 않는 희망의 불씨를 보여줍니다.

이순실 님의 삶을 따라가다 보면, 어느 순간 제 삶의 그림자와 마주하게 됩니다. 굶주림과 두려움, 그리고 끝내 놓을 수 없었던 가족에 대한 사랑. 그 길은 전혀 낯설지 않았습니다. 그녀의 고백은 곧 우리의 이야기이자, 여전히 절망을 견디며 자유를 꿈꾸는 이들의 목소리이기도 합니다.

저는 이 책을 읽으며 스스로에게 묻게 되었습니다.
"인간답게 살아간다는 것은 무엇인가?"
"희망은 어떻게 절망을 이겨내는가?"
그 답은 바로 이순실 님의 삶 속에 있었습니다. 절망보다 강한 희망, 고난보다 깊은 사랑, 그리고 상처를 치유하는 감사의 힘이 그녀의 이야기에 고스란히 담겨 있습니다.

『돌 위에 피는 꽃』은 단지 한 탈북 여성의 증언이 아닙니다. 인권과 자유, 여성의 삶을 꿰뚫는 보편적 울림을 가진 이야기입니다. 그리고 우리 사회가 탈북 여성과 난민, 소외된 이웃을 어떻게 바라보고 함께 살아가야 하는지를 성찰하게 하는 거울이기도 합니다.

이 책을 여는 모든 이들이 삶의 고통 속에서도 꺾이지 않는 희망을 발견하고, 우리 곁에 있는 누군가의 아픔에 더 따뜻하게 귀 기울일 수 있기를 진심으로 바랍니다.

뉴코리아여성연합 대표 이소연

█ 추천사

'이순실' 하면 떠오르는 건

우렁찬 목소리, 커다란 눈망울, 항상 웃는 얼굴

어디에서도 기죽지 않는 유쾌한 입담

그리고 솔직함입니다.

크고 작은 어려움이 있을 때마다

"안 되면 되게 하라!"

씩씩하게 외치는 모습을 보면

마치 진격하는 장군님 같아 함께 용기가 났다가,

수십 명 스태프를 생각하며

아침 녹화 전 새벽부터 반찬을 한 보따리 싸오는

모습을 보면 마치 엄마 같아 따뜻했다가,

함께 있으면 참 웃을 일이 많아지는 사람.

사실 우리는

처음 그녀를 만난 순간부터

모두 그녀에게 빠져버렸습니다.

'이순실'이 누구인지, 어디에서 왔는지 모르는 사람들마저도

한 방에 사로잡은 그녀의 힘은

바로 진심이었습니다.

매 순간 최선을 다해 살아온

상상조차 할 수 없을 만큼 치열했던 그 인생을

이렇게나마 엿볼 수 있게 되었습니다.

제가 그랬던 것처럼

그녀를 알게 될수록 모두가 더 사랑할 수 있게 되리라 생각합니다.

'이순실', 그리고 여러분 자신 모두를요.

KBS 〈사장님 귀는 당나귀 귀〉 메인작가 명민아

제가 본 이순실 대표님

한마디로 우직한 진심

자기 사업에 대한 끈질긴 열정

전문가로 성장해가는 프로 정신

열백번 쓰러져도 다시 일어나는 오뚜기 정신

무한 발전 성장 가능성을 가진 분

타인에 대한 배려, 존중, 봉사는 누구도 따를 수 없습니다.

다소 거친 면이 있으나 감출 수 없는 진정성이 있는 분

하지만 그 거친 면마저도 아름답고 부드럽게 변화되어 가는 모습

우리 희망클럽에도 떡, 만두, 김치 등 진정성 있는 수많은 후원을 하였

으며 어려운 이를 위로하고 돕고 서로 나누는 근면, 성실, 타인에 대한

배려의 모습을 보여주었습니다.

저는 탈북민 중에 이순실 대표님 같은 훌륭한 분이 계신다는 것에 대하

여 너무 자랑스럽고, 저 또한 평생 함께 갈 저의 동지이자 지인이며 한

자매라는 것이 너무 행운이라고 생각합니다.

이순실 대표님을 높이 추천하며 뜨거운 파이팅을 보냅니다.

희망클럽(남북친목회) 회장 한현영

이 책을 출간하며 어떤 내용을 쓸까 많은 생각을 했습니다. 수많은 단어가 머릿속을 스쳐 갔지만, 결국 지금의 저를 있게 한 가장 큰 힘이자 저를 살아내게 해준 유일한 버팀목은 바로 '희망'이었습니다.

희망이라….

"나에게는 어떤 희망이 있었을까?"

날개 잃은 새마냥 퍼덕거리며 허공을 버둥거리던 제 어깨에 희망이라는 날개를 달아준 이야기를 하고 싶어집니다.

책상을 마주하며, 살아온 날들을 기록하려니 마음 깊이 묻어둔 상처들이 글줄마다 스며 나와 자꾸자꾸 눈물이 솟구칩니다. 잊고 싶었던 기억들이 영화처럼 살아나고, 잡고 싶은 추억들은 자꾸만 희미해져 저를 바보쟁이, 울보딱지로 만들어 놓습니다. 그렇게 저는 눈물의 울타리를 벗어나지 못한 채 평생을 주저앉을까 봐 두려움에 떨었던 사람이었습니다.

북한에서의 제 삶은 40대가 되어서도 아무것도 남지 않은 빈 껍데기 속 인생뿐이었습니다. 너무도 비참해서 불쌍하고 외롭고 처량한 제 인생을 한없이 원망했습니다. 젊은 시절, 조국을 위해 청춘을 바친 멋진 여전사라고 자부했었습니다. 하지만 제대 후, 생나무도 얼어 터지는 한파 속, 역전 보일러 잿더미 위에다 아기를 낳고 동냥과 구걸로 연명하던 '꽃제비 엄마 이순실'로 주저앉고 말았습니다. 그 겨울, 젖 한 방울 얻어 먹이기 위해 역전에서 눈물의 노래를 불렀고, 장마당에서 버려진 음식으로 배를 채우며 끝까지 살아보려 안간힘을 썼습니다. 하지만 굶주림 앞에서는 도무지 살아남을 방도가 없었습니다.

압록강 자갈밭을 방구들 삼아, 높은 하늘을 지붕 삼아 살아야 했던 날들. 매일 아침, 눈을 뜨고 새파란 하늘을 보는 것이 왜 그리도 싫었는지요. 간밤에 죽지 못하고 또 살아서 본 그 하늘은 제게 끝나지 않는 절망과도 같았습니다.

살기 위해 국경을 넘어 중국으로 숨어들었지만, 9번이나 북송되는 고난 끝에 저는 눈앞에서 제 딸을 인신매매범에게 빼앗기고 말았습니다. 그날 이후, 저는 매일같이 딸을 향한 울부짖음 속에 살았습니다. 자다가도 일어나 딸을 찾는 절규는 마치 산짐승의 울음과도 같았습니다. 징그럽게 찾아오는 죄책감과 그리움의 악몽이 두려워 어두운 밤이 오는 걸 무척이나 싫어했습니다.

하지만 이제, 저는 더 이상 슬픔에 짓눌린 여자가 아닙니다. 희망이 있고, 포부가 있어 마치 이 세상의 행복을 혼자 가지고 사는 것 같습니다. 그토록 바라던 가족의 품 안에서, 저는 세상에서 가장 따뜻한 온기를 느끼며 살아갑니다.

말 못 하는 사연까지 다 아뢰고, 제 마음속 아픔까지도 깡그리 자신의 마음에 담아놓고 함께 아파하는 사랑하는 제 남편이 있습니다. 그 사람을 보고 있노라면 이 사람을 만나기 위해 사막의 땅을 돌고 돌아 이곳까지 목숨 걸고 찾아온 것 아닐까 하는 생각이 듭니다.

사랑하는 사람이 주는 넉넉한 마음은 한 가정의 지붕 아래서 나오는 것 같습니다. 막내며느리지만 서슴없이 딸의 자리를 내어주신 우리 시부모님들과 형제처럼 품어주신 시댁 식구들이 지어준 그 따뜻한 울타리 안에서 저는 감사함으로 하루를 시작하게 되었습니다.

목숨 걸고 몇 년 동안 걸어온 이 길, 한국을 찾아온 그 고된 여정은 직접 겪지 않으면 결코 상상할 수조차 없는 지옥의 시간이었습니다. 차라리 죽는 게 낫겠다고 수차례 절규하면서도, 아마 과거의 저는 오늘 같은 나날이 제 생애에도 있을 거라는 실낱의 희망을 버리지 않았나 봅니다. 압록강 자갈돌을 뚫고 피어난 꽃들처럼 그 작은 희망 하나가 저를 죽음과도 같은 고통에서 버티게 해주었습니다.

저는 앞으로도 감사하고 행복해야 할 여자입니다. 아기 적 모습으로 헤어진 제 딸 충단이를 다시 만날 희망이 아직 제 가슴속에 살아있기 때문입니다. 생사를 오갔던 매 순간 저를 살려낸 모든 인연에 보답할 날이 올 것이란 희망도 남아 있습니다. 열심히 살아내 하늘나라에 계신 부모님을 다시 만나면 자랑하고 응석 부릴 희망도 품어봅니다.

지워지지 않는 슬픔의 눈물을 뿌리며 살아온 저에게 감사와 행복의 기쁨을 맛보게 해준 대한민국에 감사하며, 가족의 힘으로 제게 희망의 꽃을 피워준 우리 시부모님과 가족들에게 머리 숙여 인사드립니다. 역경마다 저를 살려낸 많은 사람들의 따스한 손길과 눈물 나는 인연들에 가슴이 뜨거워집니다. 그리고 늘 등대처럼 저를 바라보며 빛으로 인도해 주신 하나님께 모든 영광을 올립니다.

사랑합니다. 감사합니다. 그리고 존경합니다.

목차

3장 짐승들

4장 출산

5장 드디어 몽골로 향하다

6장 여기가 대한민국

7장 사업가 이순실

에필로그

1장
따뜻했던 날들

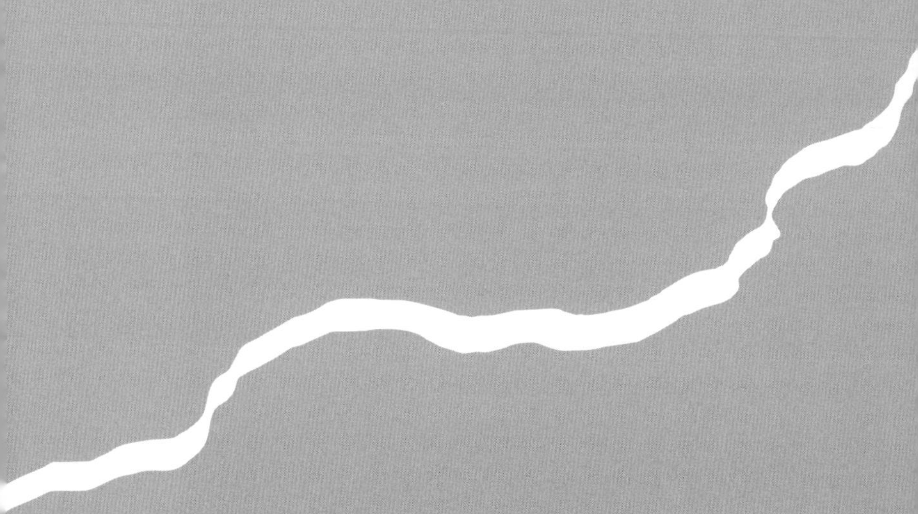

나의 유년기

나는 1967년, 군단사령부의 공병부에서 근무하시던 아버지와 군단 객실 요리사로 일하시던 어머니의 슬하에서 태어났다. 5남 5녀의 넷째 딸로 태어났지만 내가 몇째인가 알 때에는 2남 3녀밖에 없었다. 그나마 있던 식구도 두 명이나 죽는 것을 보았다.

둘째 언니. 항상 나를 무릎에 엎드려 뉘어 놓고 머릿니를 잡아 주고, 아랫목에 말리는 호박씨를 까서 입에 넣어 주던 언니의 손길이 아직도 생생하게 기억난다. 백일홍을 배경으로 손수건을 그러쥐고, 유치원도 들어가지 않은 나와 막내를 안은 채 찍은 언니의 졸업 사진도 어렴풋이 그려진다. 1970년대 북한에서는 놋그릇을 많이 사용했다. 언니는 밥만 먹고 나면 놋그릇들을 대야에 담아 집 앞 개울가로 가서 나무숯 재로 반짝이게 닦아 오곤 했다. 엄마 일을 거의 도맡아 하던 언니는 어느 날 심장판막증으로 세상을 떠났다. 다 키워놓은 딸이 갑자기 죽자, 엄마는 밤에도 헛것을 보시는지 소리를 지르며 통곡하는 일이 잦아졌다.

넷째 경춘 오빠. 권투선수로 이름을 날렸던 오빠는 졸업하자마자 속도전 청년돌격대에 들어갔다. 뼈 빠지게 일하다 느지막이 군대에 나간 오빠는 강원도 김화군에서 군복무 하던 중 화목장(나무하는 곳) 사고로 스물셋의 청춘을 접고 말았다. 자식들을 잡아먹은 것이 본인 탓이라며 매일같이 가슴을 치는 엄마를 보며, 아버지는 남은 자식들에게 어서 자라 아버지와 오빠처럼 군대에 나가 조국을 보위해야 한다고 주문처럼 외셨다.

결국, 우리 가족은 부모님과 오빠, 나, 여동생 이렇게 남았다. 유치원에 다니던 나는 남자애들과 어울려 총놀이를 하거나 과수원에 들어가 익지도 않은 사과와 배를 따다가 머리채를 잡혀 끌려 나오기 일쑤였다. 그 때문에 동네가 늘 떠들썩하곤 했다. 보는 사람마다 "저 애는 대장부감이야. 앞으로 큰일 할 거야."라며 칭찬(?)을 했지만, 엄마는 이런 내가 도무지 마음에 안 드셨는지 조신하게 좀 지내라며 매질도 서슴지 않으셨다.

어려서부터 유난히 키가 컸던 나는 학창 시절 체육조 배구선수로 발탁되었다. 안 그래도 가만히 있으면 좀이 쑤시던 내가 이제 '선수'라는 명분까지 얻게 되었으니, 막힌 숨통이 터지듯 절로 신이 났다. 책가방 대신 달랑 운동화만 둘러메고 학교를 가니 당연히 숙제라는 건 해본 적도 없다. 선생님들이 망신 주겠다며 남자 학급에 끌어다 놓았지만, 남자 급우들은 "순실이 왔다!"라며 열렬히 환영해 줬다. 늘 불쌍한 아이들 편에 서서 기죽이는 애들을 때려주고 말려주니 어딜 가도 동급생들의 환대가 이어졌다.

배구선수로 이름을 날리면서도 내 마음속 꿈은 항상 군인이었다. 밥만 먹으면 군대에 나가 아버지와 오빠처럼 훌륭한 사람이 되어야 한다고 교육을 받은 터라, 자연스레 나도 군인이 되어야 한다는 꿈이 생겼다. 꿈꾸는 자는 이룬다고 했던가. 1982년, 마침내 군단의 배구 양성조에 발탁되어 2년간 선수이자 군인으로 활동할 기회를 얻었다. 원래는 간부 집 자녀들만이 누릴 수 있는 엘리트 코스였지만, 각종 경기에서 나름 이름을 알린 나를 눈여겨본 당의 지시로 특별히 참여할 수 있었다. 아버지의 바람대로 '군인 선수'가 되자 가족의 꿈을 이룬 듯해 더욱 배구에 매진했고, 무력부 경기와 백두산상, 만경대상 경기에서 좋은 성과도 거두었다.

배구부가 해산된 후 나는 군단 병원 간호소대로 배치되어 간호원 자격증을 받고 군의소 약국의 제제원으로 복무했다. 병사 기간 동안 군의군관 학교를 졸업하고 야전병원 구강(치과)과 보철 군의가 되기도 했다.

제대하여 고난의 행군을 맞고 꽃제비로 전락하기 전, 그나마 북한에서 아름답게 기억되는 나의 유년기였다. 부모님으로부터 귀 아프게 들어온 조국보위라는 성스러운 임무를 수행하기 위해 나는 남자보다 더 강하고 용기 있게 길러졌다. 학교에서도 인민의 본보기가 되도록 교육받았고, 군대에서도 국가와 당을 위해 충성을 내걸고 복무해 왔다. 아버지의 바람대로, 국가의 소명대로 살고 있다는 희망과 신념, 그땐 그게 내 삶이자 자랑이었다.

하지만, 이 모든 희망과 희생이 물거품처럼 사라지고, 짐승보다 못한 거지로 떠돌며 살아가게 될 줄은 그때는 감히 상상조차 하지 못했다.

우리집 동거인

내가 태어난 곳은 평양시 보통강구역이지만, 학교 시절 대부분은 평산군 와현리 2군단 사령부에서 보냈다.

지뢰 해체 일을 담당하던 공병 출신 아버지를 따라 우리 집은 징그럽게도 이사를 자주 다녔다. 모든 짐은 농짝이나 포탄 상자에 담아두고 언제든 떠날 준비를 하고 있었다. 집이라 할 것도 없었다. 방바닥은 대충 신문지를 바르고 근처 돌광(돌 캐는 광)에서 구해온 스레트 기와(북한 와현 지역에서 유명한 까만 돌기와)를 지붕에 얹어 틀을 잡고 살았다.

아버지는 한 달이 멀다 하고 출장을 가셨다. 군부대 정양소(간부들이 식사하고 자는 곳) 요리사였던 엄마도 대부분 조출실(이른 시간 출근한 노동자들의 대기 장소)에서 살다시피 하셨다. 그래서 식당 이모들이 엄마를 대신해 누룽지와 염장무, 물고기 튀김을 가져다 주곤 했다. 부모님 모두 자주 집을 비우다 보니 나와 여동생은 자연스레 두 살 터울 오빠에게 의지할 수밖에 없었다. 그나마 집 마당에는 이름 없이 자라던 꾸바토끼(쿠바산 품종으로 크고 굵직한 토끼) 두 마리와 검정 도끄(개)가 살아 부모님의 빈자리를 채워주곤 했다.

이렇게만 살면 좋을 텐데, 이 고단한 집에 매번 반기지도 않는 객식구가 쳐들어와 온 집을 들쑤셨다. 바로 쥐들이었다. 우리가 살림을 시작하노라면 어김없이 사람 사는 요령을 뼛속까지 익힌 쥐들이 수십 마리씩 몰려와 함께 살기를 청했다. 이들은 밤마다 질서도 없이 천장에서 질주를 해 대 식구들 잠을 다 깨웠고, 쌀통부터 고구마 자루까지 열고 들어가 똥오줌을 싸대며 안 그래도 아쉬운 식량을 축냈다. 밤마다 뛰어다니는 쥐들이 무서워 막내와 내가 울어 대자, 보다 못한 오빠가 천장에 교과서만 한 구멍을 뚫고 유리를 올려놓았다. 유리 너머로 사람이 보이면 놈들이 좀 조심하지 않을까 기대했지만, 그저 허수아비였다. 쥐놈들이 얼마나 잔인한지 유리를 통해 우리를 빤히 내려다보는데 그 쥐들과 눈이 마주치는 게 더 무서웠다. 성이 난 오빠가 비짤매(빗자루) 자루로 툭 치면 먼지만 우수수 떨어지고 쥐들은 부리나케 달아났다.

한겨울을 그렇게 지내고 이른 봄철이 되면 엄마가 도배를 하셨다. 이번엔 아버지가 공병부에서 구라우다 종이마대(잘 찢어지지 않아 비료, 화약포, 시멘트를 담는 종이 자루)를 잔뜩 가져와 초벌을 붙이고 신문지를 덧발랐다. 이때를 놓칠세라 종이에 발린 풀 덩어리마저 뜯어먹겠다고 달려든 쥐들은 종이까지 갉아 먹었다. 이사 갈

때쯤, 농짝을 한번 밀어내면 쥐들이 마련해 놓은 해산(출산) 준비
품들이 득실거렸다. 종이 썰어 놓은 것, 다 뜯어간 이불솜, 천쪼박,
먹다 버린 강냉이 껍질, 콩 껍질…. 악착같이 훔치고 모아 꾸린 이
들의 살림살이는 마치 갖출 것 다 갖춘 간부 집마냥 풍요로웠다.

더 이상 참을 수 없었던 아버지가 공병부 군인들이 만든 쥐창을
가져다 아궁이와 찬장 밑, 천장, 굴뚝 위 구석구석에 설치하시며
이참에 쥐 군단인지 쥐 중대인지 전부 다 사살하겠다고 단단히 벼
르셨다. 이를 알지 못한 엄마는 반찬거리로 호박을 따겠다며 뒤울
안(뒷마당)으로 향했고, 한참 후 아악! 소리와 함께 "하이구야~, 아
파 죽겠다!" 비명이 들려왔다.

면도하다 말고 튀어나온 아버지는 지뢰 해체 기술을 발휘해 엄
마 발등에 찍혀버린 쥐창을 재빨리 해체했지만, 엄마의 아우성과
식구들 성화는 이제부터 시작이었다. 뿔이 잔뜩 난 여동생은 "아부
진? 엄마 잡을라구 쥐창을 요기다 감춰놓았어요? 난 쥐보다 아부
지가 하는 일이 더 무서워요!" 하고, 오빠도 싱글벙글 웃으며 "아부
지, 감춰놓은 쥐창들 다 알려주세요. 표시 좀 하게요. 이러다 뒤뜰
안에서 오줌싸는 동생들 다 잡겠어요."라며 거들었다.

멋쩍은 아버지가 "허허허. 그눔 쥐들, 미국놈 잡기보다 더 힘드
네. 이제 보라! 내가 어떻게 쥐를 잡나." 그 소리에 화들짝 놀란 우
리 엄마는 "허이구야! 또 그 싸이나(청산가리류 독극물)인지 뭔지 하
는 거 가져다 사람 잡을라우? 쥐들이 사람 잡아먹는 것도 아니고.

그냥 좀 참구 같이 사는 게 나을 것 같수다. 쥐 잡을라다 아이들까지 다 잡겠네.” 하는 것이었다.

발등의 상처가 낫는 내내 쥐창의 장본인인 아버지를 흘겨보던 엄마가 다른 꾀를 생각해냈다. 우리도 먹기 힘든 강냉이 가루를 반죽하여 빵을 만드셨다. 보기만 해도 군침이 절로 넘어가는데 그 아까운 빵에, 양잿물을 이긴 유리 가루를 넣어 쥐들이 내통하는 길목마다 숨겨놓았다. 아버지는 “어디 쥐들이 그리 쉽게 죽나 두고 보자!”라며 아니꼬워하더니 그길로 꿩 잡을 때 쓰는 싸이나를 결국 사 들고 오셨다. 삶은 고구마에 싸이나를 섞고 집구석 사방에 뿌려대는 아버지. 도끄가 주워 먹을까 염려해 쥐들이 다니는 곳으로만 사려 깊게 놓아둔 엄마와 달리, 앞뒤 없이 되는대로 뿌려대며 쥐 잡는 공을 세우는 데만 혈안인 아버지였다.

모두가 잠이 든 새벽, 토방에 앉아 오줌을 싸고 들어온 동생이 오빠를 흔들어 깨우며 불을 켜보라고 한다. 오빠가 전기다마를 켜자 토방, 마당, 부엌마다 쥐들이 널브러져 있었다. 얼마나 잘 처먹었는지 크기가 어지간한 토끼랑 같았다. 그러나 문제는 다른 곳에서 터졌다. 쥐들 사이로 입에 거품을 문 채 널브러진 도끄가 보였다. 도끄를 보자 주저앉은 오빠의 통곡이 새벽을 깨웠다. 오빠에게 도끄는 둘도 없는 동무였다. 부모님이 안 계시는 날이면 방 안에서 같이 잠을 잤고, 본인 끼니는 걸러도 도끄 입에 먹을 걸 넣어주며 동생보다 더 애지중지 키우던 식구였다. 이런 도끄가 무지개

다리를 건넜으니 며칠이 지나도 울어 대는 오빠의 상태가 걱정된 아버지는 급하게 다른 강아지를 사오셨다. 그 강아지 이름은 메리. 하지만 메리도 결국 오래 버티지 못하고 싸이나를 먹고 죽었다.

　가난 때문에 먹고살기 힘들어진 들쥐까지 다 인가로 몰려들어 와 참으로 못살게 굴었다. 쥐도 살아야 하고, 도끄도 메리도 살아야 하고, 또 사람도 살아야 하니…. 퍽퍽한 살림살이에 생명체 먹이사슬이 버겁게도 엮여 한바탕 전쟁을 치르고 살았지만, 고향을 추억하면 가장 먼저 떠오르는 것이 이 쥐들과의 동고동락이다.

고구마 종자

우리 집에는 관상용 고구마 싹이 길게 늘어져 있다. 나는 이 고구마 싹을 볼 때면 어린 시절이 생각난다. 급한 이삿짐을 꾸릴 때마다 내가 바짝 챙기던 특별한 통짝이 있었다. 그것은 겨울 내내 아버지가 열쇠까지 걸어 잠그고 지키던 고구마 종자 상자였다. 겨우내 안방마님 모시듯 아랫목에 두고 싹을 길러 봄철이면 밭에 옮겨심던 고구마 종자. 북한에서는 '굶어 죽어도 종자는 베고 죽어야 한다.'라는 말이 날 정도로 종자에 대한 애호관리정신(국가물자를 아끼는 정신)이 대단하다. 그때는 먹을 것이 바르지도(모자라지) 않던 때인데도 그 고구마 종자가 왜 그렇게 탐이 나던지. 못뽑이 망치로 자물쇠를 뜯어내 친구들이랑 깎아 먹고, 구워 먹고, 삶아 먹고선 깜쪽같이 다시 맞춰놓으면 아버지 눈은 얼마든지 속일 수 있었다.

그러나 얼마 지나지 않아 봄철이 오면 통짝의 비밀은 절로 탄로가 났다. 종자를 심으려 상자를 열어본 아버지는 차마 기집애가 그런 짓을 할 것이라 믿지 않으셨는지 다짜고짜 오빠를 향해 파리채를 쳐 드셨다. 오빠는 자기가 훔쳐먹은 것도 아니면서 성난 아버지가 무서워 연신 잘못했다 사죄하는데, 하나밖에 안 남은 아들을 끔찍이 여기시던 아버지는 차마 파리채를 휘두르지 못하고 한숨만 쉬셨다.

범죄망에서 벗어난 나는 이 일에 재미가 붙어 겨울마다 부지런히도 고구마를 훔쳐먹었다. 자꾸 용의자로 몰려 억울한 야단을 맞던 오빠는 범인을 잡겠다고 몰래 잠복근무에 나섰고, 결국 나는 오빠의 포위망에 걸려들었다. 진범의 실상을 확인한 오빠는 그간의 억울함이 북받쳐 오르는 듯 눈에 불을 켜고 아버지에게 달려가 이 사실을 즉각 보고했다.

그때부터 아버지는 고구마 통짝에 열쇠를 두 개나 채우며 철통 보안에 나섰다. 하지만 고구마 종자가 겨울에만 있었던가? 통짝이 막히자 나는 싹을 키우려고 아랫목에 묻어둔 종자에 손을 대기 시작했다. 숟가락 꼭지로 하나둘 파내어 구워 먹는 고구마도 나름 꿀맛이었다. 그러나 이 비밀 역시 오래가지 못했다. 봄이 되어 옆집에서는 벌써 싹을 자르기 시작하는데 우리 집 고구마는 영 소식이 없다. 영문을 몰라 흙을 파헤치는 아버지의 얼굴이 점점 붉으락푸르락 변해가자 그제야 나는 내가 무슨 짓을 했는지 사태파악이 되었다.

‘고구마야 나타나라! 제발 나타나 주라!’

먹어치운 고구마가 어찌 나타날까. 에라 모르겠다! 그길로 냅다 내빼려는데 아버지가 나의 바짓가랑이를 덥석 붙잡았다.

“이눔의 기지배! 니 오늘 나가면 다시는 우리 집에 들어오지 말라!”

기가 찬 오빠는 냉큼 파리채를 아버지에게 갖다 바치며 저 염치없는 동생을 당장 때리라고 다그쳤다. 꼼짝없이 매질을 당하려던 찰나 어머니가 나타나 나를 구해주셨다.

“그 잘난 고구마 가지고 아이를 잡냐.”

호통치며 나를 끌어안고 부엌으로 나간 어머니는 겁에 질려 덜덜 떠는 나더러 “아니, 집에 엿두 있고 과자두 있는데 넌 하필이면 고구마 귀신 붙은 애처럼 왜 그렇게 고구마만 먹냐. 다음 농사 때는 콩 대신 고구마를 더 많이 심을 테니까 실컷 먹으라.”며 달래주셨다.

하지 말라면 더 해야 하는 내 직성을 잘 아시는 엄마는 그해부터 장마당(비공식적으로 개인이 직접 물건을 사고파는 자유시장)에서 고구마 싹을 더 많이 사 와 밭을 뚜지셨다(일구셨다). 몇 가마니인지 알 수 없을 만큼 가득 쌓인 고구마 자루들. 훔쳐 먹던 고구마 맛보다는 별로였지만 한없이 마음 놓고 먹을 수 있었다.

그해 겨울은 유난히 추워서인지 이불을 덮어놓은 고구마 통짝속 종자도 다 얼어 시커멓게 썩어버렸다. 아버지가 애통해하자 엄마는 쌤통이라며 그 잘난 고구마로 아이들 괴롭히던 게 그렇게 꼴보기 싫었다고 고소해하셨다. 그때부터 나는 철저히 엄마 편이 되어 뭐든 고해바치는 엄마의 특사를 자청했다. 아버지가 몰래 술 먹은 일도 고발했고, 엄마를 욕하는 말들도 고스란히 전해 바쳤다. 어쩌다 김칫독에 감춰둔 술이라도 한잔 하시려면 아버지는 내 눈치부터 봐야 했고, 그럴 때마다 당당히 고구마를 요구하는 나를 얄미워하시면서도 할 수 없이 허리춤에서 열쇠를 꺼내 고구마 통짝을 열곤 하셨다.

고구마 싹을 보니, 문득 우리 부모님들이 사는 하늘나라에는 고구마가 있을까 궁금해진다. 후에 나도 하늘나라에 가면 또 고구마 훔쳐 먹으며 엄마, 아버지에게 어리광부리고 싶은데 말이다.

그런데 엄마, 아버지! 딸 순실이 이제는 고구마 잘 안 먹어요.

우리 집 도끄와 까만 양

1970년대 초반, 우리 집에는 엄마가 극진히 사랑하던 도끄가 있었다. 엄마가 제일 이뻐했던 막냇동생보다 최상의 대접을 받았으니, 그야말로 우리 집 서열 1위는 도끄였다. 아침이면 걸어서 30분 걸리는 엄마의 출근길을 따라나섰고, 우리도 못 먹는 고급 요리를 배터지게 얻어먹고 엄마와 같이 퇴근해 왔다. 식당에서 남은 명태 튀김과 하얀 이밥(흰쌀밥), 돼지 대가리 보쌈을 싸 들고 온 날이면, 엄마는 막냇동생을 무릎에 앉혀놓고 도끄랑 사이좋게 나눠 먹이셨다. 이 꼴을 도저히 눈 뜨고 못 보겠다던 아버지는 도끄만 보면 신발짝부터 쳐들고 밖으로 쫓아버리셨다.

하루는 옆집에서 트럼베트(트럼펫)를 배우는 태봉이가 나팔을 불어대자, 도끄도 그 소리에 맞춰 노래하듯 엉엉 짖어댔다. 아버지는 "시끄러워 죽겠네! 저놈의 개를 잡아먹든지 팔아버리든지!" 하고 냅다 고함을 쳤고, 이 소리를 들은 엄마가 설거지를 팽개치고 방안으로 뛰어 들어와 "두 번 다시 그런 소리 하면 당신을 팔아버리겠다!”라며 크게 받아치셨다.

하필이면 그날 밤, 막냇동생이 도끄를 불러다 웃방에 들여놓고 잠을 재웠는데, 갑자기 밖에서 개들이 짖어대자 몰래 자던 도끄도 덩달아 왕왕 짖기 시작했다. 펄쩍 놀란 아버지는 도끄를 들여놓은 장본인이 엄마라고 어림짐작하고 한밤중에 또다시 큰 싸움을 벌이셨다.

며칠 후, 학교 갔다 돌아오니 여느 때 같으면 경중거리며 반기던 도끄 모습이 안 보였다. 처음엔 엄마 따라 나갔나 싶었는데 흘깃 아버지 눈치를 보아하니 꼭 못할 짓을 한 죄인의 얼굴이었다. 작정하고 “도끄야, 밥먹자!” 찾아 나서자 아버지는 황급히 내 입을 막으시며 도끄를 찾지 말라고 엄하게 눈짓하셨다. ‘와~, 우리 도끄가 없어진 거구나!’ 나는 곧장 엄마가 일하는 식당으로 내달렸다.

“엄마! 도끄가 안 보여! 아버지가 팔아먹은 것 같애.”

내 고함에 바로 올 것이 왔구나 감을 잡은 엄마는 “이놈의 영감태기! 도끄한테 뭔 짓을 한 거야.”라며 일도 뿌리치고 집으로 달려갔다.

여느 때보다 빨라진 엄마를 따라가느라 나는 내내 달리다시피 쫓아갔다. 집에 도착하자마자 “도끄야, 우리 도끄 어디갔어?” 안타깝게 불러보지만 달려 나올 것 같은 도끄는 모습이 없었다. 바닥을 치며 도끄 내놓으라고 아우성치는 엄마 모습에 기가 질린 아버지는 "내, 개종자들 집 안에 끌어들여 손으로 밥 먹이고, 끌어안고 자는 꼴 보기 싫어 군대에 팔아버렸다!"라고 질러버렸다. 도끄가 사라진 것도 슬펐지만, 엄마의 우는 모습에 덩달아 울음이 터진 우리는 증오에 찬 마음으로 아버지를 쏘아보았다.

'우리 아버지는 진짜 나쁜 아버지다. 다리 밑에서 주워온 훗아버지(계부)가 분명하다!'

이후로 아버지는 가족에게 왕따를 단단히 당하셨다. 그래도 세대주 행세를 하고 싶어 어깃장을 놓을 때면 "뭐 잘했다구 큰소리냐, 도끄 당장 찾아와." 엄마의 불호령이 떨어졌다.

옆집 개가 짖어도 엄마 입에서 도끄 소리가 나올까 봐 늘 눈치만 보던 아버지는 어느 날 장마당에 나가 까만 양을 사 오셨다. 그 까만 양 성질이 얼마나 더러운지 엄마만 보면 이마로 머리박기를 했다. 엄마는 늘 빨래망치로 양을 후려쳤고, 양 또한 경계심을 잃지 않고 엄마만 보이면 공격해왔다. 어느 날 엄마가 우물에 가 물을 길어오는데 이 양 놈이 머리를 쳐들고 받아버려 그만 엄마의 다리가 부러졌다. 신경질이 난 엄마는 아버지가 없는 날을 골라 몸보신하겠다는 할아버지에게 까만 양을 팔아버리셨다.

그때부터 우리 집은 전쟁터였다.

양을 찾아와라!

도끄를 찾아와라!

합의 없는 싸움이 계속되었고, 보다 못한 오빠가 정리에 나섰다. 앞으로 우리 집에서 도끄나 양을 누구도 입 밖에 내지 말라고. 잠시나마 평화로운 날이 깃들었지만, 엄마는 옆집 개를 볼 때마다 도끄 생각에 눈물을 지으셨고, 아버지는 뽕밭에 매 놓은 누구네 집 양을 바라보며 한숨만 내쉬었다.

붉은청년근위대

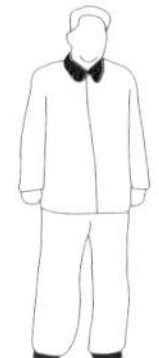

1979년, 중학교 3학년 시절.

사로청(사회주의로동청년동맹)에 가맹한 나는 8월 방학을 앞두고 한 달 동안 붉은청년근위대 훈련을 받기 위해 월천 야영소로 들어갔다. 붉은청년근위대 훈련은 사격을 포함해 우수 판정을 가르는 아주 맹렬한 훈련이었다.

북한에서는 중학생이 되면, 전쟁이 일어날 시 군대가 되어 총도 쏠 줄 알아야 한다는 목적으로 사로청에만 가맹하면 무기를 다루는 법을 가르쳐 준다. 사로청은 사회주의 건설 모든 분야의 주동적인 선두가 되어, 사회주의 조국을 보위할 임무와 사명감이 투철한 사람들이 모이는 곳이라 선전했다.

야영소에 들어간 날부터 규정 학습, 조준 연습, 대열 훈련, 무기 소재, 분해, 결합, 사격 동작, 사열식에 이르기까지 모든 군사규정 체제를 배워야 했다. 기상부터 취침에 이르기까지 칼날 같은 군사규정과 학습훈련은 14살이 버티기엔 고된 하루의 연속이었다. 동작 하나만 틀려도 반복 동작과 운동장 질주 벌칙이 매일같이 차려졌고, 적위대장들의 무서운 호통질에 나날이 기가 죽어갔다.

그러던 어느 날, 우리 소대도 한밤중에 집단 벌칙을 받게 되었다. 사연인즉, 같은 훈련소 남자 소대원들이 야밤에 부락 주변의 농촌 인가에서 수박을 몰래 따다가 추념(펼쳐놓고 막 먹는 일)을 했는데, 우리 소대 일부가 그 수박을 받아 함께 먹었다는 이유였다.

그런데 이보다 더 큰 사건이 터졌다. 남자들이 여자 학급에 챙겨 준답시고 커다란 납버치(양쪽에 손잡이가 달린 알루미늄 큰 대야. 북한 남성들은 수다스럽고 시끄러운 여성을 빗대어 '납버치 같은 것'이라 표현함)에 수박을 가득 담아 들여보냈는데, 이걸 먹겠다고 달려든 여학생들이 겹치고 또 겹치면서 사달이 난 것이다.

"야! 옥금아, 이거 받아라! 또 날려줄게, 또 받아라!"

너도나도 수박을 더 챙기려 친구들에게 수박을 날려주던 중, 이 수박이 그만 김일성 초상화가 안치된 바람벽(방을 둘러막은 벽)에 처발라진 것이다. 이걸 어쩌나! 곧 다가올 처벌이 무엇일지 너무도 잘 아는 학생들은 하나같이 굳어졌다. 원인도 모른 채 자던 옆 소대 대원들까지 전원 비상소집이 내려졌다.

8월의 무더운 밤, 우리는 무기 장구류까지 다 소지한 채 날이 밝도록 운동장을 질주해야 했다. 두꺼운 적위대복이 땀으로 폭삭 젖어 시큼한 냄새가 진동했다. 훈련소 소장님은 "야영소 훈련생들 역사상 이런 일은 처음"이라며 분노를 멈출 기세가 없었다. 한 소대 때문에 온 집단이 벌칙을 받았다는 사실에 화가 난 우리도 자발적으로 수박을 벽에 처바른 학생을 골라내 규탄과 비난을 쏟아냈다.

찌는 8월의 더위와 찜찜한 습도는 찜통처럼 죽을 맛이다. 하지만 훈련하는 동안 모두가 손꼽아 기다리던 사격 날이 있었다. 산간에서 실시되는 사격 조준 훈련은 천막도 없이 야외에서 '엎드려 총' 자세로 잠을 때우는 날이 많아 모기에 뜯기고 더위에 지치기 일쑤였다. 그럼에도 이런 맹훈련을 꿋꿋이 견뎌내는 까닭은 사격 날 부모님들이 오시기 때문이다. 운동회날처럼 먹을 것을 한 짐 싸 들고 원천 사격장을 방문한 부모님에게 너나없이 우승의 영예를 안겨드리겠다고 다짐했다.

하지만 내가 사격하는 날, 당의 일로 바쁜 부모님은 오실 수가 없었다. 안 그래도 기가 죽어 있는데, 앞 친구가 쏜 실탄 소리에 귀청이 째지는 듯해 갑자기 온몸이 덜덜 떨리기 시작했다. 세 발의 실탄을 받아쥐고 사격장에 들어서며 목청껏 구호를 외쳤다.

"미제 승냥이들과 철천지 원쑤놈들은 이 땅에서 물러가라! 미제 침략자들을 소멸하자! 소멸하자! 소멸하자!"

구호를 외치고 엎드려 사격 자세를 취했다. 천둥 같은 사격 소리가 울리고 곧바로 총 검사가 시작되었다. 남들과 달리 내 조준판엔 아무런 흔적이 없었다. 시험관이 들어와 내 총구를 들여다보았다. 세 발의 실탄은 그대로 남아 있었다. 결국 나는 다시 사격장으로 끌려 들어가 사격 판정원들과 학급반 부모님들이 지켜보는 앞에서 홀로 실탄 사격을 해야 했다. 판정원은 엎드린 내 잔등에 올라타 어깨를 가만히 눌러주었다. 훨씬 안정감이 돌았다.

한 발! 두 발! 세 발! 이젠 끝이다.

사격 점수는 당연히 꼴찌 급인 17점이었지만 그래도 쏘았다.

처음으로 사격한 14살, 부모님 없이 점심시간을 떠돌며 아쉬움만 달랬다. 너도나도 모여 맛있는 점심을 먹는 모습에 심통이 나면서도 차라리 꼴찌 한 내 꼴을 부모님이 못 봐 다행이라며 애써 나 자신을 달래고 있었다.

여름날 무리 지어 가는 여학생들의 싱그러운 모습들을 보면 그날의 내가 떠오른다.

만약 내가 한국에서 태어났다면 총구가 아닌 무엇을 손에 쥐고 설렜을까 궁금해진다.

우리 동네 영화관

어린 시절, 우리 동네에도 '영화관'이 있었다. 좌석도 없고, 영화표도 따로 살 필요가 없는 특별한 이곳은 사람뿐 아니라 소도 입장해 마음대로 똥까지 싸지른다. 똥을 싸든 뿔로 받든 이날만큼은 유일하게 소가 사랑받는 날인데, 바로 그 소가 달구지에 영사기를 싣고 들어와 온 동네 사람들에게 즐거움과 기쁨을 주기 때문이다.

이 영화관이 바로 소달구지 길바닥 영화관이다.

읍내 영화관을 가려면 십오 리 길을 걸어야 했기에, 사람들은 소달구지 영화관을 더없이 애지중지했다. 아이들은 학교길에 영사기를 실은 달구지를 보면 학교 가는 길도 마다하고 달구지를 졸졸 따라다니며 어디서 몇 시에 하느냐고 캐묻곤 했다. 새 소식통을 접한 다른 마을 아이들은 친구네 집에서 밥 한 끼 얻어먹고 영화관에 들어섰다.

나 역시 영화라면 십오 리 길도 단숨에 달려갔고, 며칠 동안 그 영화에서 빠져나오지 못하는 심한 중독자였다. 장날 읍에 나가면 새로 나온 영화 간판을 일일이 찾아보며, 언제면 우리 동네로 이 영화가 들어올까 손꼽아 기다렸다. 보통 신작 영화는 개, 소, 돼지(간부부터 하급 간부들까지)들이 먼저 본 후에야, 우리 같은 서민들에게 전해지기에 봄날 개봉한 영화라면 그해 겨울이나 돼서야 달구지에 실려 오곤 했다.

그나마 산골의 일반 서민들에게 제일 먼저 보여주는 영화는 기록영화다. 기록영화는 김일성의 혁명 업적들을 두 시간 동안 보여주는데, 매일 듣고 본 것을 돌리고 또 돌리는 터라 더는 볼 것도 없었지만 그렇다고 안 보면 사상개조 대상이 되기에 직장, 학교, 군인들까지 마지못해 보곤 했다. 이런 것을 보여주다가 가뭄에 콩 나듯 일반 영화도 한 편씩 업고 들어온 날은 그야말로 동네가 축제였다.

영화를 보는 저녁이면 아이들은 너무 좋아 이집 저집 돌며 영화 보러 가자고 떠들어댔고, 언니 오빠들은 아기를 등에 업고서라도 꾸역꾸역 영화를 보러 나왔다. 먼저 온 애들은 가마니를 펴놓고 자기네 식구들 자리를 찜해 놓았고, 담요까지 들고나온 언니 오빠들은 잠든 동생들을 무릎에 재우면서 끝까지 자리를 지켰다. 운동장에서 영화를 볼 땐 별 차이가 없지만, 실내에서 볼 때는 자리가 없어 창문틀에도 아이들이 빼곡히 매달려 있었다.

영화 한 편을 다 보려면 저녁부터 심야에 이른다. 필름 한 통이 다 돌려지면 다음 필름으로 바꿔야 했고, 정전이라도 걸리면 불이 올 때까지 기다려서라도 봐야 했다. 한 필름이 끝나면 아이들은 아쉬운 탄성과 함께 다음 필름이 나올 때까지 목을 길게 빼고 영사기 쪽을 지켜보곤 했다.

영화가 이리 귀하니 동네에 한두 대밖에 없는 텔레비는 집주인들의 세도권세가 대단했다. 발 씻고 들어와라, 방귀 뀌려면 나가서 뀌어라 등 조건 타박이 많았고, 텔레비를 보다 졸기라도 하면 자리 차지한다고 내쫓겨 나오는 경우도 허다했다. 집주인 눈 밖에 날까 큰숨조차 쉬지 않고 두려워했는데, 그래도 재미나는 만화영화를 할 때면 창문 앞에 텔레비를 내놔주는 주인들 덕분에 아이들은 마음껏 구경할 수 있었다.

그러던 80년대 초반, 갑자기 일본에서 '소나무 텔레비(당시 일본에서 들여온 텔레비전을 부르는 말)'가 쏟아져 들어왔고, 흑색 텔레비가 인기를 차지하면서 영화 달구지는 동네에서 점점 사라져갔다. 텔레비는 우리가 볼 수 있는 것들에도 많은 변화를 가져왔다. 그전까지는 미국놈이나 남조선 괴뢰군이 죽는 장면에서는 박수를 치고 만세를 불러야 했고, 김일성 화면이 나오면 자리에서 일어나 머리 높이로 박수를 쳐야 하는 영화가 대부분이었다.

처음엔 텔레비 역시 조선중앙 텔레비죤이라는 한 개의 통로(채널)만 있는 줄 알았는데, 일본에서 텔레비들이 들어오면서부터 만수대 통로도 있다는 걸 알게 되었다. 일요일에만 나오는 만수대 통로는 주로 간부들이나 외국인들이 보는 텔레비 통로로 외국영화, 홍모란(중국 영화), 대도하(중국 영화), 청년 근위대(소련 영화) 등 전쟁영화들은 물론 외국인들이 사는 생활 풍경도 보여주고, 나체영화도 가림막 없이 보여주곤 했었다. 일반 텔레비에서는 볼 수 없던 춤과 노래들이 만수대 통로에서는 짼짼하게(아주 깨끗한 화면) 잘도 나왔다. 마치 다른 세상을 구경하는 듯 황홀하게만 보였던 만수대 통로, 그러나 그것도 마음대로 볼 수 없었다. 단속에 걸리면 텔레비까지 몽땅 회수당했다.

마음 놓고 수월하게 볼 수 있는 것은 결국 김일성의 위업을 담은 문헌영화(김일성 덕성실기가 실린 기록영화)나, 김일성과 김정일 앞에서 하는 설맞이 공연 실황 정도였다. 그마저도 다 지나간 옛날 프로그램들이 다였고 나레이션 내용은 무조건 김일성, 김정일 사상, 교양만 떠들어대니 유치원 아이들도 다 암송할 정도였다. 그때만 해도 굶어 죽을 정도의 어려움은 없었지만, 사람은 배불러서만 살아가는 것도 아니지 않은가. 재미있는 영화의 내용을 머릿속에 기억해두고 친구들과 두고두고 이야기 나누며 기억으로 수십 번 돌려보던 영화들.

영화 홍보 포스터나 광고 등을 쏟아내며 어서 빨리 봐달라 부탁하는 한국에 살면서 가끔은 동네에 들어올 철 지난 영화 달구지를 애타게 기다리던 철부지 때가 그리워진다.

만춘이

식량난으로 어려움을 겪을 때는 웃지도 울지도 못할 일이 자주 생겨 참 딱하다. 우리 집 앞에는 두레박으로 물을 긷는 우물이 있었다. 박우물이 가물(가뭄)에 말라버려 증도화련대(강 위에 다리를 띄우거나 해체하는 부대)에서 군인 가족들을 위해 쏘베르(포크레인)로 땅을 파서 우물을 만들어 주었다. 군인들이 돌을 착착 쌓아 만들어 준 우물가엔 아줌마들의 수다로 웃음과 눈물이 넘쳐난다. 몸이 편치 않아 일을 못 하시는 할머니들도 때론 우물가에 나오셔서 아낙네들과 수다를 하신다.

아랫마을에서 물지게로 물을 길어가는 만춘 엄마가 한참 수다를 떨다 이런 이야기를 꺼냈다. 시부모님을 모시고 아들 다섯 키우는 것도 힘든데, 성격이 까칠한 남편이 제일 죽을 고생이란다.

"내 성격이 좋아 고생살이를 웃음으로 넘겨 버리지만서도, 다른 아낙 같았으면 목을 매도 백번은 더 맸을 게야."

만춘 엄마의 이런 추임새도 백 번을 넘는다. 온 식구가 덜 여문 하지감자라도 캐서 겨우 끼니를 때우는데, 남편 밥상에는 꼭 쌀밥을 따로 바쳐야 한단다. 얼마 되지 않는 식량에 식탐 많은 다섯 아들도 무서운데 식성 까다로운 남편 때문에 밥 먹는 시간이 제일 두렵다고 했다. 쩍하면 술 마시고 집안 살림을 부숴대는 거친 성격의 아들을 보며 만춘이 할아버지, 할머니는 자신들은 굶어도 아들 하나 배 불려 놓아 집안이 조용해지면 마음이라도 편하겠다고 본인들 밥상은 신경도 쓰지 말라신다. 만춘 엄마는 시아버지 밥그릇엔 쌀 한 톨 못 드리면서 집안의 화근덩어리 남편을 위해 산나물 뜯고 나무 팔아 쌀밥을 대접하느라 고생을 썩어지게 했다. 풀죽 뜨는 늙은 부모 앞에서 양재기 밥을 꾸역꾸역 먹어대는 사나운 꼴에, 만춘 엄마는 수백 번이고 남편을 죽이는 상상을 하며 분을 삭인다고 했다.

만춘 엄마의 남편 이야기에 동네 아줌마들도 저마다 자기 남편 흉질을 하느라 바쁘지만 "그래도 만춘이 아버지 보다 더한 남편은 없네."라며 은근히 위안으로 삼는다. 엄마 따라 우물가로 나온 만춘이가 물장난을 하더니 이렇게 말을 한다.

"엄마 나두 장가갈까? 색시 얻구 살면 나두 쌀밥 먹을 수 있잖아. 우리 아버지는 매일 쌀밥 먹는데 우린 맹물 같은 죽만 먹어서 싫다. 아버지 되면 나무도 안 하고 산나물 캐러도 안 가고, 빨래도 엄마가 하구."

남편 흉보던 아주마니들이 하하, 호호 웃어댄다.

"만춘 엄니! 만춘이 내일 당장 장가보내오. 쌀밥 먹는 게 소원이라는데 만춘이 장가보내 쌀밥 먹이오."

"야 이놈 새키야! 장가가려면 니네 아버지나 새장가 보내고 가그라. 내가 더는 못 살겠다. 뒷산 호랭이는 뭘 잡아 드시고 사는지, 그 인간은 왜 안 잡아가나 몰라!"

만춘 엄마는 젖은 손으로 만춘이 궁뎅이를 쳐 갈겨 대면서 쓴웃음을 짓는다. 말돌이 나오셨던 윗동네 할머니도 살다 별꼴이라 어이없는 웃음을 지으시면서도, 목구멍에 넘어가는 일로 애미, 애비, 자식도 모르는 세월이 됐다고 한탄하신다.

9살의 만춘이가 바라본 작은 세상은 아버지가 되면 턱 고이고 앉아도 마누라들이 알아서 다 먹여주는 세상으로만 보였나 보다.

제일 좋고 맛있는 건 아버지가, 제일 어렵고 힘든 일은 엄마가.

언젠가 만춘이가 장가들어 아버지가 되는 그때는, 쌀밥으로 싸워대지 말고 너나없이 제발 잘 먹고 잘사는 세상이었으면 좋겠다.

세상에서 제일 이쁜 우리 엄마

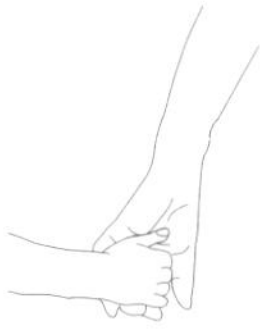

나는 어려서부터 부모님이 참 싫었다. 특히 이틀이 멀다 하고 부대를 따라 훈련장, 사격장, 공사장으로 출장 다니는 엄마가 더 미웠다. 밤이면 천장에서 쥐들이 날뛰어 무서워 떨어도, 삼남매끼리만 사는 게 습관이 되어버려 겁이 나면 엄마 대신 오빠를 찾곤 했다. 집안 구석구석엔 엄마의 손길이 절실했지만, 빨래도 오빠가 하고, 불 때서 밥 짓고, 나무 해오고, 물까지 길어왔다. 오빠가 끓여주는 국은 싱겁고, 반찬도 없이 맹물에 간장만 찍어 밥을 먹는 날이 많았다. 그럴 때마다 엄마를 원망했고, 불쌍한 오빠만 동정했다.

어느 비 오는 날, 반찬도 없이 간장에 밥을 찍어 먹다가 심통이 불쑥 치밀어 올라, 나는 엄마 사진을 찢어 창문가로 집어 던져 버렸다. 며칠 뒤, 엄마가 마당을 쓸다 그 사진 조각을 모아놓더니 말없이 오래도록 울기만 하셨다. 혹여나 날 욕할까 봐 부리나케 도망갔지만, 엄마는 돌아가시기 전까지 그 일에 대해 한마디도 하지 않으셨다.

철없던 나는 '엄마는 자기 사진을 찢어도 욕 한마디 안 하는 사람이구나.' 하고 생각하며 더 마음 놓고 떠들고 다녔다. 우리 집 부모님은 매일 우리를 버려둔 채 떠돌아다닌다고.

그래도 식당 갔다 며칠 만에 돌아온 엄마는 내가 잘 먹는 고기 반찬과 흰쌀밥 누룽지를 한 가방씩 챙겨 오셨다. 엄마가 미우면서도 맛있는 게 좋았던 나는 늘 엄마가 언제 오나 기다리며 살았던 기억밖에 없다.

어느덧 나도 엄마가 되었다. 엄마의 직업을 따라 식당 아줌마를 하면서 이제야 미워했던 엄마의 마음이 조금씩 헤아려진다. 먹고 사느라 발버둥 치면서 제비 같은 자식들 생각에 얼마나 마음 졸였을까. 남들 다해주는 밥을 정작 내 새끼들이 못 먹을 때 엄마의 속이 얼마나 타들어 갔을까. 이따금 싸 오던 엄마의 음식들에, 얼마나 엄마의 미안함과 사랑이 가득 담겨 있었을까. 나는 이런 엄마를 미워하면서도, 누구보다 엄마를 가장 사랑했었구나.

지금 음식을 만들어 파는 일도 그저 기억 속 엄마가 하던 대로 밥주걱 들고 퍼주는 삶을 따르는 것이다. 이것이 엄마가 나에게 물려준 자산이라 생각하니 엄마의 숨결이 느껴지고, 엄마의 손맛을 떠올리니 마치 엄마와 함께 있는 듯해 신이 나 일하고 있다.

한때 누군가가 날 보고 "북한 여자가 꼴값 떠느라 좋은 차 타고, 주제넘게 논다."라고 비난을 한 적이 있다.

"북한 여자는 좋은 차 타면 안 되나요? 북한 여자는 식당을 하면 안 되나요? 남들 다하고 사는 거 왜 북한 사람이라구 못할 거 있습니까?"

외쳤지만 배척당하는 상황을 버티며 일해야 한다는 자체가 참으로 고됐다. 지나가면 비웃고, 주차해놓은 차에 흠집을 내는 이들이 너무도 야속했다. 당당하지 못해 자꾸 움츠러드는 나 자신도 싫은데, 남까지 미워하는 마음이 더해지니 자꾸자꾸 사는 게 힘들었다.

나는 예쁘고 착하고 능력 있는 여자가 아니다. 우리 엄마처럼 기름 찌든 냄새에 밥 냄새 풍기는 아줌마일 뿐이다. 그래도 능력 없는 내가 엄마의 재간을 다 닮진 못했어도 엄마가 물려준 밥 냄새, 반찬 냄새, 식당 냄새를 품고서 두 손으로 벌어먹게 해주심이 감사하다. 남들보다 편하고 깨끗한 일이 아니라도 내 힘으로 땀 흘려 살게 해주신 엄마를 위해 부지런히 살 것이다.

세상에서 제일 이쁜 우리 엄마, 하늘에서 항상 나를 지켜보고 계시지요?

엄마 덕분에 솥뚜껑 운전수, 밥퍼쟁이가 되어 행복합니다. 나를 이 땅에 태어나게 해주신 고마운 엄마를 생각하며 나도 엄마처럼 살렵니다. 더도 말고 엄마가 준 능력으로, 엄마의 강한 정신으로 살렵니다. 엄마처럼 손에 굳은살 배기도록 부지런히 살다 언젠가

엄마를 만나면 내 이 손으로 엄마를 꼭 안아주고 싶어요. 고생 많
았다고, 나도 엄마처럼 열심히 잘 살다 왔다고.

2장
청춘이란 이름으로

아버지가 물려준 군대

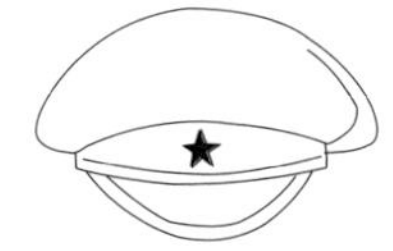

나는 군의군관학교를 졸업한 후 소위 견장을 달고 군관복을 입었다. 이제 나는 전사도 구대원도 아닌 당당한 군관이다. 내가 담당한 분야는 구강과로, 군인들의 부러진 이에 철사를 두르는 보철사였다. 위생복 자체도 하전사 때 입던 허리에 끈을 매는 위생복이 아니라 앞에 단추가 달린 군의복이고, 머리에는 삼각끈이 아닌 하얀 모자를 쓴 어엿한 군의가 되었다(간호사들은 보통 삼각끈의 머릿수건을 쓰는데, 이는 전시에 삼각 붕대로 쓰이는 전투기술기재이다. 간호사 위생복의 허리끈 역시 전시에는 지혈대나 붕대로 쓰인다). 아침마다 간호사들이 반듯하게 다려준 군의복과 모자가 준비돼 있었고, 비록 크레졸(손 소독약) 냄새가 진동했지만 깨끗하게 청소된 방 안에는 정갈한 치료 준비물이 가지런히 놓여있었다.

군단사령부 지휘부로 상학검열을 나가던 날, 나는 병사 때와는 전혀 다른 모습으로 수많은 군인 앞에서 자랑스럽게 행진할 수 있음에 너무도 자신감이 넘쳐났다. 사령부 모든 군인이 나만 쳐다보는 것 같았다. 훤칠한 키에 부리부리한 큰 눈, 달같이 환한 내 얼굴에 딱 어울리는 군관복을 입자 목소리에도 자연스레 무게가 실리고 걸음걸이마저 달라졌다. 그야말로 풍년소위(별 하나짜리 말단 소위로 그 수가 많고 흔해서 이르는 말)의 모습이었다. 남들보다 더 일찍 일어나 군관복에 어울리는 화장을 하고, 머리를 말아 굽실굽실한 파도머리를 만들어 붉은 줄이 선명한 모자까지 쓰고 나면, 내가 봐도 예뻐 절로 웃음이 났다.

치료실에 들어가 걸어놓은 모자와 혁띠, 군복을 입어보며 좋아라하는 구강과 간호사들을 보니, 문득 내 전사 시절이 떠올랐다. 상등병 계급장을 달았을 때도 그게 얼마나 장하게 보이던지 거울 앞을 떠나지 못하고 한참을 서성였던 병아리 시절. 어깨에 줄 하나 올라가면 그다음 날부터 목소리도 달라지고, 전사들을 바라보던 눈길까지 새삼 고쳐먹었던 내 모습이 스쳐 갔다.

이렇게 이쁜 복장을 하고 외출이라도 나가면 사회 청년들부터 아이들까지 "소위동지~, 풍년소위!"라며 골려댔다. 그럼 나는 어깨가 더 올라갔다. 어려서부터 군 출신 가정에서 태어나 눈만 뜨면 군대 가라고 나를 키워오신 아버지 때문에 길거리의 여자군대만 봐도 치마군대라고 따라다니던 나의 어린 시절과 똑같은 아이들이었다.

아버지는 군인 정신을 강조하며 가정 살림살이마저 군대식으로 규격 맞고, 모가 맞게 규정하여 우리 삼남매를 키우셨다. 잘 때도 입었던 옷을 꼭 맞게 개어 머리맡에 두게 하셨고, 늦게 퇴근하셔서 어긋난 옷 정리를 보면 가차 없이 우리를 깨워 다시 하라 명하셨다. 엄마도 뒤지지 않는 군대 엄마였다. 군단사령부 객실(장령급 식사를 보장하는 곳)의 요리사이셨던 엄마 역시 모든 걸 깨끗하게 정리정돈하는 생활을 몸소 보여주셨다. 이불 개는 것에서부터 밥 먹는 것까지 군대식으로 명료하게 생활하라 이르셨기에 우리 삼남매는 군대 생활이 몸에 익을 대로 익을 수밖에 없었다.

군대에 가기 위해 탄원서를 내고, 군사동원부에 편지까지 써가며 군대에 가야 할 사명을 확실히 밝혔기에 군사동원부에서는 신체검사 합격장이 나오자 마치 기다렸다는 듯 나를 불러 앞자리에 세우고, 축하기를 드는 영광을 부여했다.

그래서인지 나는 군사 복무를 남달리 즐겼고, 남들이 느끼는 지루함과 권태감은 전혀 없었다. 뭐든 꼬리보다 머리를 좋아하는 내 성격과 무조건 열심히 이겨나가야 하는 군관학교는 나와 딱 들어맞는 선택이었다. 직발(인력 충원을 위해 부대에서 임의로 보직을 명하는 일)로 남을 수도 있었지만, 나는 떳떳한 군관으로 남길 바라며 학교를 졸업했다. 병사 시절부터 막힘없이 해나가는 나에게 정치부와 참모부는 점점 더 큰 일을 맡겨주었다. 구강 전문 기술을 배워 간부 군관들의 보철을 거의 도맡아 하게 되었고, 그 과정에서 지휘부의 신임을 두둑이 쌓았다.

병사와 다른 군관이 되어 남보다 더 잘나가고 싶고 더 잘난 척

하고 싶었던 시절이라 군의소를 대표해 참여하는 일도 잦았고, 군단 3방송 위생선전프로 10분 강의도 맡게 되었다. 분담이 늘어나면서 친분을 쌓는 직속 군관이 많아질수록 나를 시샘하는 여자 군의들도 꽤 생겨났다. 하지만 모든 걸 혼자 가진 듯 좋기만 한 처녀시절이라 남보다 큰 키, 환한 인물, 뭐든 해낼 수 있는 자신감 덕분이라고 나 자신을 위안했다.

사실 나의 이런 성향은 엄하고 강했던 부모님의 교육 방식에서 시작됐다. 아버지는 길 가다가 넘어져도 절대 손잡아 일으켜주지 않으셨다. 무릎이 까져 우는 아이에게 일어나라 재촉하시곤 그대로 내버리고 가버렸다. 늘 집을 비우시는 부모님을 대신해 나무하고, 밥하고, 빨래하면서 남자나 여자 따로 없이 알아서 살아가는 요령들을 배웠다.

야속하기도 했던 부모님이었지만 덕분에 나는 신임받는 여성 군관으로 성장할 수 있었고, 모두가 죽어 나간 북한의 생활고에서도, 죽을 고비가 산처럼 쌓인 탈북 과정에서도 살아남을 수 있었다. 마냥 보드라운 울타리에서 나약하게 살아왔다면 지금의 내가 있을 수 있었을까. 나는 지금도 군대 정신으로 활발하고 통쾌한 삶을 살아간다. 나는 여전히 아버지가 내려주신 군대 생활방식으로 넘어져도 다시 일어나 나아간다.

남새 접수

신병을 마치고 막 배치된 군의소의 일이다. 자정이 넘어 새벽이 된 한적한 밤, 다음 날은 조선인민군 명절인 4월 25일이다. 새벽 2시, 느닷없이 전원 기상 명령이 내려졌다. 자다 말고 벌떡 일어나 복장을 챙겨 정렬하니, 곧 사관장의 명령이 하달됐다.

"이제부터 전원! 새벽 다섯 시까지 남새(야채) 접수(접수는 부대에서 배당받아 일군 밭의 농산물을 떼오는 일이나, 여기서는 그냥 도둑질을 해오라는 뜻) 해 올 것. 들켜서 군인 망신을 시키는 즉시 보초 근무 3일 동안 꼽빼기로 설 것이니, 알겠나?"

"예! 알았습니다!"

구령이 떨어지자 대원들은 자신들이 덮고 자던 백포(흰 이불)를 둘둘 말아쥐고 삼삼오오 모여서 어디론가 사라졌다. 내가 속한 조는 여섯 명으로 나만 신입 병사였다. 다른 구대원들은 얼마나 경험이 많은지, 아는 길을 찾아가는 사람처럼 스스럼없이 나아갔다. 도착한 곳은 고추밭과 아직 채 여물지 않은 시퍼런 도마도(토마토) 밭떼기였다. 도적고양이처럼 살며시 밭 어귀로 스며들던 대원들은 조장이 무엇인가 눈짓하자 쏜살같이 경비막 안으로 잠입했다. 자고 있던 경비원을 백포로 덮더니 순식간에 손과 발을 꽁꽁 묶어 기둥 옆에 단단히 매어 두었다. 그리곤 번개같이 백포를 허리에 둘러매고 한 줄씩 앉아서 고추를 싹쓸이했다. 손놀림이 어찌나 빠른지, 어떻게 따라다녔는지 기억조차 없었다. 떨리고 무서웠지만, 옆에서 잽싸게 손을 놀리는 구대원들을 보니 안도감이 들었다.

밭고랑 사이를 타고 어물어물할 사이 백포 앞치마에는 고추와 이파리들이 가득 담겨 있었다. 따는 족족 포대에 담아 놓고 도마도 밭으로 넘어갔다. 가만히 동정을 살피니 역시 그곳에도 경비막이 있었다. 또 그렇게 경비원을 묶으려고 다가서는 순간, 등 뒤에서 벼락같은 꽹과리 소리가 쨍! 쨍! 울려왔다(남새밭에 도적이 들면 마을에 알리기 위한 장비로 꽹과리를 사용했다). 너무도 놀라 도망가려 허둥거리는데, 나를 제외한 구대원들은 아랑곳없이 경비원을 잡아다 기둥에 묶어놓고 고추밭을 싹쓸이하듯 도마도를 따고 있었다. 손이 떨리고 발이 떨려 어이 딸까 싶더니 나도 점점 대담해져 도마도 따는 손길이 제법 빨라졌다.

한참 후 조장이 철수! 구령을 내리자 대원들은 일제히 고추와

도마도 마대를 둘러메고 유유히 그곳을 빠져나왔다(시퍼런 도마도
는 소금에 절여 먹는다). 재빠르게 철수하는 틈에도 구대원들은 손
과 발, 입, 눈이 다 묶인 채 기둥에 매여 있는 경비원들의 상태를
점검하는 것을 잊지 않았다.

부대에 도착하니 고추, 도마도, 호박, 배추, 토끼, 닭, 없는 게 없
었다. 사관장이 정문에 앉아 들어오는 조원들을 밝은 미소로 반겨
맞아주었다.

"별일 없지? 일 처리 깨끗한 거지?"

"넵! 걱정 마십시오. 사관장 동지!"

대원들을 흡족히 바라보던 사관장은 몇 명을 시켜 2차 명령을
내렸다.

"깡충이와 꼬꼬댁이 손질 좀 해볼까?"

눈 깜빡할 새 발가벗은 채 끌려온 토끼와 닭이 고압 멸균 가마
속으로 들어갔다. 전기가 부족해 평소엔 수술용 기구 소독에만 사
용하는 그 멸균 가마에 들어간 토끼와 닭은 한참을 내뿜는 고압
증기와 함께 뼈까지 고아서 나왔다. 곧이어 간장에 파를 송송 썰

어 넣은 양념장이 등장하고, 구대원 중 줄배기(계급)들이 먼저 모여 히히거리며 고기를 뜯기 시작했다. 한 벌 다 먹고 나면 작은 줄배기들이 또 들어가 남은 고기를 차지한다. 고기라면 오금을 못 쓰는 나는 고기 먹어본 지가 언제인지, 마냥 고기 생각에 죽을 지경이었다. 쫄병이라 그저 냄새만 맡으며 잠을 청하려니 속이 뒤집혔다. 아~ 달콤한 닭고기, 고소한 토끼고기~, 멸균 가마 안에서 쪄낸 고기 냄새는 너무도 향기로웠다.

날이 밝아오자 기상 구령과 함께 또다시 일과가 시작됐다. 그날 아침은 수고로이 구해온 밤샘 작업들로 아침상이 푸짐했다. 풋고추찜, 가지볶음, 호박찌개, 닭과 토끼가 헤엄쳐 간 멀건 국물이라도 호박 넣고 고추까지 들어가니 맛이 참 좋았다. 모두 말은 안 했지만 어젯밤 수고의 대가를 알기에 마주 미소지으며 즐겁게 식사했다.

드디어 군인절이 왔다. 이날이 되면 공장과 기업소에서 콩나물, 오이, 떡 등 원호물자를 가득 싣고 군부대를 방문하기에 부대 전체가 들떠 흥성거린다. 그날 오후, 문제의 농장에서도 달구지에 돼지 반 짝과 갖가지 채소들을 가득 싣고 부대를 찾았다. 반겨 맞아주러 나가던 부분대장이 사색이 되어 뛰어들어와 소리쳤다.

"사관장 동지! 어제 그 고추밭 경비 아바이 왔습니다!"

화들짝 놀란 사관장은 "야~ 그쪽에 갔던 조는 빨리 뒷문으로 해서 빠지라! 당장!"이라며 급하게 지시했다.

하나같이 도망치기 바쁜 와중에, 병영 안을 구경하겠다며 그 아바이가 들이닥쳤다. 부대 정치지도원, 방역군관들과 함께 수박을 먹으며 담소를 나누던 그 아바이가 드디어 입을 열었다. 어제 저녁 고추밭, 도마도 밭을 털렸는데 여자 군인들이 얼마나 힘이 센지 자기들을 둘러 엎어놓고 묶었다. 무서워서 당하는 척 참고 있었는데 가만 보니 여기 근방 여성 군인들 같다는 이야기를 슬금슬금 풀어냈다. 그러자 군의소 군관들은 이렇게 받아쳤다.

"에이~ 아바이가 잘못 봤겠죠. 조선인민군대는 인민들의 재산에 손대는 법을 모릅니다. 또 여성 군인들이 어떻게 그런 짓을 합니까? 그런 말 함부로 하는 거 아닙니다. 하하하하."

경비원 아바이는 머리를 끄덕이며 말했다.

"암. 그렇지. 인민의 군대들이 그럴 리가 없지."

인민의 군대. 바로 이것이 김정일 장군이 령도하는 조선인민군이다. 농장 분들은 아마 이곳 군의소 군인들의 소행임을 알고 찾아왔을 것이다. 자기들을 덮칠 때 간호사들 몸에서 나는 소독 냄새를 맡았을 테니까. 이미 그 마을은 군의소 간호사들뿐 아니라 환자들까지 나서 과수원이건 옥수수밭이건 닥치는 대로 훔쳐 갔으며, 행군이나 훈련만 나가면 그 부락 마을의 소, 개, 돼지, 닭, 토끼는 싹쓸이하는 일로 골치를 앓아왔다.

평양-개성 고속도로 공사장 당시, 개성에서 유일하게 이름난 인삼밭이 있었다. 그 밭을 다 파헤치고 도로 길을 만든다니 농장원들이 며칠 밤낮을 인삼을 캐며 수확에 열을 올렸다. 다음 날 인삼을 운반하려고 나온 농장원들은 그만 입이 쩍 벌어지며 경악을 금치 못했다. 주둔지역 간호사들이 밤일로 조절(도둑질)해 5년근 인삼을 모조리 해치운 것이다.

자기들 힘이 모자라면 꾀병으로 입원한 경보 출신 군인들까지 데리고 가 제법 통 크게 조절해오기도 했다. 심지어 돈사에 저장해 놓은 장작까지도 훔쳐 오라는 명령도 내려진다. 쫄병들은 제대될 때까지 이런 '조절사업'에 동원되며 도둑질을 배운다. 그러니 군부대 옆에 사는 주민부락이 얼마나 해를 입었을까 생각해보라. 조절위원회(도적패)가 움직이면 마을 바닥이 드러난다는 말이 괜히 생긴 게 아니다.

오죽하면 이런 말이 있을까. 아기가 하도 울어서 엄마가 달랜다.

"아가야, 저기 강아지 온다." 그래도 앙앙,
"아가야, 저기 호랭이 온다." 그래도 앙앙,

“아가야, 저기 군대 온다!”

그러면 아가는 뚝 울음을 그쳤다고….

군대가 온다고 하면 집집마다 문을 잠그랴, 대문 걸어 채우랴 반사적으로 움직인다. 아이들도 군대라면 절대 문을 열지 않았다. 하나같이 강도 같은 군대가 이렇게 무서웠다.

인민들이 군대를 상대로 자신을 지키는 나라는 북한뿐이다. 인민을 지키고 조국을 지켜야 할 군인들이 최고사령관 김정일을 잘못 만나 인민의 삶을 좀먹는 존재로 타락해버렸다. 군인들의 수난도 어쩔 수 없다. 명령을 따르지 않으면 곱빼기 근무에 잠도 재우지 않고, 따돌림을 당하거나 화장실 청소, 무기 소재, 나무하기, 불때기, 중환자 근무까지 오직 ‘알았습니다!’로 복종할 때까지 못살게 굴었다.

손발이 얼고 얼굴이 동상으로 짓이겨지도록 복무한 끝에 남는 건 단 하나, 훔쳐서라도 알아서 먹고 살라는 교훈 뿐이다.

물자나 식자재를 보장해주는 공급 체계는 사라지고 자급자족, 자력갱생이란 멋진 말 뒤에 숨은 북한 군인들의 실모습은 이러했다. 북한의 군대는 착하게 자라온 아들딸들에게 군복을 입혀, 부모형제와 같은 인민의 등을 쳐 먹고 사는 법부터 가르쳤다.

소대장 아줌마

군관 가족들은 '혁명가의 안해(아내)들'이라고 자칭하는 가족부대다. 말은 거창하지만 실상은 다르다. 남편들은 훈련에 소집되면 한 달에 한 번 정도 집에 들어왔고, 출장이라도 나가면 보통 한두 달은 걸렸다. 그래서 군관 가족인 아줌마들은 산에 가서 나무하고, 창고도 짓고, 농사일도 혼자 도맡아 해야 했다. 훈련 중이면 복귀하지 못하는 남편 때문에 출산도 혼자 감당해야 했다.

윗동네 사는 보병 6중대 참모소대장 아줌마의 이야기는 외롭고 쓸쓸한 '혁명가의 안해들'의 실상을 그대로 보여준다. 스물다섯 살에 라진 방직공장에서 노동자로 일하다 산골동네로 시집왔다는 이 아줌마는 농사일이라곤 손도 안 대 본 몸으로, 나무뿌리를 캐내어 작은 부데기(밭)를 일구고 고구마나 옥수수를 심었다. '남들도 하는데 나라고 못 할까.'라며 농사에 매달렸다. 남편은 직발로 참모소대장을 달고 다시 군사대학 공부를 하겠다며 집을 떠난 지 이미 오래였다.

참모소대장의 부하였던 부소대장과 사관장은 직속 상관의 가족을 생각해 저녁마다 전사들을 보내 산지게로 거름을 날라주었고, 가을에는 콩단 베고 옥수수 가을 수확까지 해주며 극진히 보살펴주었다. 소대장 아줌마 역시 방직공장에서 배운 솜씨로 군인들 모자와 하복 바지를 수선하거나 군용 마다라스(매트리스)로 여성 군인들의 몸빼 바지를 만들어 주었다. 또 군인들이 조절해다 준 옥수수로 술을 만들어 팔아 짭짤한 수입도 거두며 제법 재미나게 살았다.

제대 날짜만 기다리며 권태로운 나날을 보내는 경보병대대 군인들은 군의소에 입원해 술과 담배를 마음껏 즐기며 요양 생활을 즐겼다. 들키지만 않으면 추궁하는 사람도 없어 입원 생활은 그야말로 꽃밭이었다. 아줌마는 이 환자들에게 술과 담배도 몰래 사다 주었다. 나름 짬이 찬 여성 구대원들 또한 소대장 아줌마의 단골 고객이었다. 한참 멋을 부릴 나이라 규정 군복에 허리 라인을 주고, 바지도 빵빵하게 고쳐 입을 적마다 소대장 아줌마는 수선비를 안 받고 솜씨를 발휘해주는 대신 항생제와 고급 약을 받아 장마당에 팔곤 했다.

살다 보니 자신도 모르게 장사꾼으로 변해가는 것이 신기하다며 자랑스럽게 말하던 소대장 아줌마는, 결혼한 지 얼마 되지 않아 학교로 간 남편은 돌아올 날이 아직 멀었기에, 집에서 할 일이라고는 군인들 상대로 리속 차리기 뿐이었다.

그런데 남성 군인들이 그녀의 집을 제집 드나들듯 출입한 데는
더 큰 이유가 있었다. 옥수수 술 추념도 즐거웠겠지만, 내심 자기
들보다 나이 어린 새색시가 탐났던 것이다. 장사하며 홀로 지내다
보니 아줌마 또한 나이가 많은 부소대장과 눈이 맞아 돌아가기 시
작했다. 말로는 항상 형수님, 아주머니라고 했지만 속은 완전히 아
내 자리를 차지하고 앉았다. 소대장 아줌마는 남편의 빈자리를 메
우듯 부소대장을 안방 남편처럼 여기며 모든 것을 의지했고, 부소
대장은 밤마다 자유주의하며 자신의 정욕을 쏟아내기에 바빴다.

체격은 작은데 통만 커진 아줌마는 리속이 되면 뭐든 덤벼들었
고, 퍽하면 전사들을 불러다 온갖 일을 맡겼으며, 때때마다 부소
대장을 찔러 쌀이며 콩기름, 비누, 세수 수건까지 메어 나르게 했
다. 처음으로 맛본 가족생활, 재미에 그 정도가 점점 지나쳐갔다.

하지만 꼬리는 길면 잡히는 법. 평소 소대장 아줌마 집안 꼴을
아니꼽게 보던 이웃집 아줌마는 언제부턴가 무던히 수고하며 이
집안을 지켜보고 있었다. 그리고… 무서운 것도 모르고 날뛰는 이
들의 관계를 지켜보는 눈들이 또 있었으니….

어느 날 밤, 부소대장이 보낸 전사가 소대장 아줌마 사택을 향
했다. 제집 안방처럼 유유히 들어간 전사는 그때까지만 해도 뒤에
벌어질 참사를 상상조차 못 했을 것이다. 전사의 뒤를 밟은 사관
장이 군관까지 대동해 호박 심은 덫대 뒤에서 이들의 동태를 모
두 살피고 있었다. 처음엔 그저 술병이나 담배를 들고 나올 때 증

거를 확실히 잡을 요량으로 한참을 숨어 기다렸을 뿐인데, 이건 또 누구야?

헐떡거리며 들어서는 건 다름 아닌 부소대장이 아닌가? 드나들던 습관대로 거리낌 없이 문고리를 잡아챘는데 안으로 문이 단단히 걸려있다. 무슨 일인가 싶어 힘껏 낚아채자 끈으로 걸려있던 그 문고리가 툭! 끊기며 벌컥 문이 열렸다. 안으로 뛰어 들어간 부소대장이 한참 후 전사를 끌고 나왔다.

그 전사는 학교 졸업 후 대학 공부 중 군에 들어간 24살의 젊은 청년으로, 부소대장의 잦은 심부름을 도맡은 인물이다. 남편의 빈자리를 채워주는 젊은 남자들의 성욕을 맛본 소대장 아줌마는 그간 들락거리는 군인들을 웬만하면 품에 안아주었고, 이를 모르던 부소대장은 아줌마의 상대가 자기뿐인 줄 착각하며 자기 손안의 여인으로 취해 지냈던 것이다. 부소대장의 그늘 밑에서 좋은 짓을 실컷 즐기던 그 전사는 그날 저녁도 부소대장의 심부름을 즐거이 나갔다가 그만 부소대장에게 딱 걸려 신나게 얻어터지기 시작했다.

부소대장의 등장에 혼비백산한 소대장 아줌마. 미처 정신을 차리기도 전에 이번에는 덫대 뒤에서 사관장과 직일군관이 튀어나오자 아줌마는 물론 부소대장까지 놀라 자빠진다. 사관장은 호랑이같이 달려들어 그들의 목덜미를 잡고 두들겨 패기 시작했다. 그 후 그들은 부대에서 자유주의를 했다는 구실로 즉각 구속이 되어

버렸다.

다음 날이 되자 지휘부가 돌아가는 소문으로 웅성웅성했다. 소대장 아줌마와 부소대장, 전사가 남녀 관계로 잡혀 보위소대로 끌려갔다느니 어쨌다느니. 하지만 더 큰 참사는 아줌마가 정치부로 끌려간 이후에 벌어졌다. 술, 담배, 군수물자, 약, 식량까지 누구한테 받았는가, 어디다 팔았는가 등등 심사가 뒤따르자 아줌마가 꼼짝없이 다 불어버렸다. 이 아줌마의 실토로 군의소 간호원들까지 다 꼬리가 잡혔고, 지휘부 군관들과 일반 하전사, 구대원들 모두 한둘이 아님이 만천하에 드러났다. 그런데 더 놀라운 것은 사관장이 아줌마의 가장 큰 고객이었다는 사실이다. 피복 물자, 식량 물자는 모두 사관장이 다루었고, 이 사관장의 손 안에서 아줌마는 세상을 호령하듯 겁 없이 크게 놀아났다.

지금껏 이런 사실이 없었던 동네 가족들은 큰 충격을 받았다. 아줌마는 군단사령부 보위부로 넘겨졌고, 사관장과 부소대장, 전사, 구분대 관계자들까지 다 보위부에서 취조를 받았다. 부소대장과 사관장은 두 손에 족쇄를 달고 부대가 다 모인 운동장 주석단에서 사생활이 까발려지며 동지심판(한 사람을 몰아 비판하는 일)을 당했다.

첫째, 군용 물자 람용!
둘째, 군사규정을 어긴 상관 가족을 겁탈한 남녀문제!

그날 이후 아줌마는 가족생활에서 쫓겨나 다른 곳으로 이주되었고, 남편은 수치감을 이기지 못해 정신적으로 큰 고통을 받으며 병원생활만 전전했다.

온당치 못한 처신임은 분명하지만, 이 일을 과연 아줌마만의 잘못이라 탓할 수 있을까? 잦은 훈련과 임무 수행으로 결혼만 했지 남편도 없이 외롭고 고독한 과부로 살게 하면서, 혁명가의 안해라며 번지르르한 말로만 세뇌하는 인민군대의 책임이 더 크지 않을까?

석고가루

군관학교로 가기 전, 나는 잠시 군의소 내부 후방물자 식량 담당을 맡게 되었다. 어느 날 간호사들이 자체적으로 떡을 해 먹자고 제안했다. 너도나도 떡을 먹고 싶어 한다는 사정은 알지만, 매일 후방부에서 일일 출고하는 형편 속에 예비 쌀이 나올 리는 없었다. 나에게 이런 제안이 오기까지 전사들의 결심도 쉽지 않았을 것이란 걸 알기에, 힘든 일이지만 수락할 수밖에 없었다.

나는 떡쌀을 조절하는 대신 페니실린이나 마이신을 가족 아줌마에게 내주고, 그걸 장마당에 팔아서 떡감을 좀 사 오자면 어떻겠냐는 의견을 제출했다. 간호원들은 비상약품으로 가지고 있던 항생제 주사약을 내놓았고, 조제실 간호원은 약국장의 비준처방으로 나가는 힝생제를 내놓으며 떡을 하면 자기를 제일 많이 줘야 한다는 우스갯소리를 덧붙였다.

'오냐~, 많이 줄게. 실컷 먹어봐라.'

흐뭇해진 나는 그걸 받아 군의소 바로 근처에 사시는 약국장 할머니에게 떡감을 부탁했다. 군의소에 자주 오시는 약국장 할머니는 군의소 간호원들을 한 식구처럼 대하며 채소도 다듬어주시고, 간호원 직일대기실(당직실)에서 잠도 주무셨다. 특히 나를 이뻐해 따로 쑥떡이나 나물 비빔밥을 싸 와 먹여주시던 엄마 같은 분이었다. 사택 출입이 철저히 금지된 상황에서 비공식적인 일을 치르다 들키면 큰 사고로 이어질 수 있기에 믿을 사람을 찾던 나는 할머니를 찾아간 것이다.

자초지종을 들은 할머니는 항생제가 장마당에선 금값이라며 순순히 받아가셨다. 떡감이든 빵감이든 맛있게 해 먹자며 간호원들은 저마다 고향식 떡을 만들겠다며 호들갑을 떨었다. 이름만 들어도 침 넘어가는 기지떡(술빵), 팡팡 부풀어 오르는 틀빵, 지짐 등 고향의 맛들이 어떻게 탄생할지 기대하며 군침만 꼴깍꼴깍 삼켜댔다. 야간훈련 행군으로 지쳐 잠이 쏟아지는데도, 뭔가 해 먹는다는 말 한마디에 고된 피로도 잊어버리고 좋아들 하는 걸 보니, 군인이 아니라 철부지 어린애들 같아 미소가 나왔다. 사실 나도 속으로는 엄마가 풀떡이라도 해준다면 좋아라 콩당콩당 손뼉치는 아이처럼 빨리 떡을 먹고 싶은 마음이 간절했다.

아침에 나간 약국장 할머니가 돌아오실 시간은 저녁이었다. 산골이라 지휘부 차가 읍내에 나오는 시간에 맞추다 보니 저녁에나 돌아올 수 있었다. 할머니를 기다리며 하루를 꼬박 보낸 간호원들은 벌써부터 소독용 시타(전기로 연결해 끓이는 도구)에 모여 차가운 손을 녹이며 뭔가 요리하는 흉내를 내고 있었다.

취침 준비를 하고 있는데 직일병이 들어와 할머니가 오셨다고 알려주었다. 얼른 나가보니 할머니는 5킬로 정도의 밀가루와 서너 킬로 되는 입쌀가루 보따리를 들고 계셨다. 반가움에 병실로 속속 모인 간호원들은 할머니가 풀어놓는 장마당 이야기를 들으며 좋아라 깔깔 웃었다.

할머니를 바래다 드리고 회의에 들어간 간호원들은 밀가루는 잘 개어서 쉬게 만들고, 입쌀가루는 양이 적으니 그냥 쉰떡(뜨끈한 구들장에 묵혀 발효시킨 떡)으로 해 먹자고 결론을 냈다. 다행히 일부는 담당구역으로 접정 나가고, 또 일부는 공사장 구역에 치료 나가 망정이지 전원이 다 모여 있었다면 코딱지만큼이나 돌아갈까. 절반도 안 남은 간호원들이 그나마 실컷 먹게 생겼다.

떡을 준비하는 인원 외에 모두 취침에 들었다. 나도 추웠던 몸을 녹이며 겨우 잠이 들려는데, 한 전사가 나를 흔들어 깨웠다. 귓가에 대고 하는 소리에 눈이 번쩍 떠졌다.

“???”

소리도 못 내고 후다닥 일어난 나는 요리를 준비하는 직일대기실로 뛰어나갔다. 넓은 법랑 대야에 가득 쏟아놓고 물에 갠 가루는, 밀가루도 입쌀가루도 아닌 석고가루였다. 거칠고 잿빛으로 응고된 가루에 모두 황당해서 할 말을 잃었다.

다음 날 소식을 전해 들은 할머니가 급히 군의소로 올라오셨다. 이런저런 사정을 고하자 할머니는 깜짝 놀라셨다. 할머니 말씀에 따르면, 젊은 장사꾼 여자가 장마당 길거리에 앉아 우는 아이 젖을 먹이며 "할머니, 애기가 울어서 빨리 집에 가야 해요. 싼값에 가루 좀 사줘요."라고 사정했다고 한다. 그때만 해도 사회 가족과 비교해 군대 가족이 조금 더 살 만했기에, 안타까운 처지에 놓인 사람들만 보면 마음 아파하던 할머니는 우는 아이가 가엾고, 갓난아이를 안고 한지에서 먹고 살겠다고 장사하는 아줌마가 애처로워 그걸 항생제와 다 바꿔주셨다고 했다. 이건 떡감, 이건 빵감 하며 바꾼 물건이 마침 살 것들이라 할머니는 후련하고 통쾌한 마음으로 돌아오셨단다.

크게 실망한 간호원들 앞에서 할머니는 어이가 없어 더는 말을 잇지 못하셨다. 어떻게 사람이 먹는 가루에 석고가루를 섞었는지, 더군다나 할머니라고 얕보고 덤벼든 애기엄마가 분통 터지게 얄미웠다. 우리는 앞으로 장마당 교훈을 잊지 말고 꼼꼼히 살피시라고 좋은 말로 위로해드리고 할머니를 보내드렸다.

새로 입대한 간호원들은 현대 사회의 생활 형편과 장마당에서 벌어지는 사기와 협잡에 대한 이야기들을 이어갔다.

‘진짜 사람도 잡아먹을 세상이구나.’

그들의 이야기를 통해 군대 밖 사회가 무섭게 변하고 있음을 어렴풋이 알게 되었다. 우리 간호원들이야 구강과에서 보철 재료로 석고를 자주 쓰기에, 보기만 해도 단번에 알아차리지만, 할머니나 일반 사람들이 혹시나 모르고 먹었더라면 어떻게 됐을지 상상만 해도 아찔하고 끔찍해졌다.

형편 좀 낫다는 군대조차도 일일출고로 쌀알을 세어가며 먹는데, 바깥 사회는 오죽하랴. 애기엄마도 한지에 나와 우는 아기를 품에 안고 먹을 것을 마련하려 나왔겠지 헤아리면서도 참 무서운 사람들이다 싶어 심울해졌다. 그토록 먹고 싶어 하며 기다리던 떡이니 빵이니 했던 일들도 지나간 추억이 됐지만, 그날 느낀 서글픔과 섬뜩함은 석고가루처럼 내 머릿속에 영원히 굳어져 버렸다.

강제 채혈

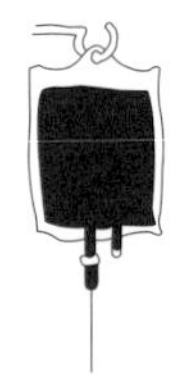

초저녁, 한 구분대에서 실려 온 일레수(회충) 환자가 벌써 몇 시간째 수술을 받고 있었다. 회충들이 밸(창자)을 뚫고 들어가 장기에 박힌 조직을 복구하는 수술은 새벽까지 끝날 줄 몰랐다. 이미 예상했던 대로 간호 중대 전원이 비상소집되어 복도에 정렬했다.

"우리는 지금 환자의 생명을 위하여 뭔가 필요로 하는 시기입니다. 저 환자에게 당장 필요한 것은 피입니다. 우리는 조국해방전쟁 시기 간호원 안영애를 본받아서 환자들에게 무엇인가 바쳐야 할 적절한 시기에 들어선 것입니다. 우리 모두 당의 참된 딸 안영애처럼 살자는 구호를 실천해야 합니다. 저 환자의 생명은 우리에게 달렸다는 것을 잊지 말고, 한 사람도 빠짐없이 채혈장으로 나아갑시다. A형 조는 시급히 수술장 앞으로 모이고, 나머지 간호원들은 취침!"

정치지도원의 구령이 떨어지자, A형의 간호원들이 채혈장으로 달려갔다. 새로 입대한 어린 대원들은 각오는 했다고 하나, 처음 맞닥뜨린 현실이 막상 놀랍기만 했다. 간호장은 이런 대원들을 바라보며 한 마디 소리 지른다.

"야! 너희들 피를 뽑은 것도 아닌데 뭐 그리 무서워해? 간호원이라면 자기의 피와 살도 아까워하면 안 되는 것이다. 고만한 걸 떼고 뽑는다고 어디가 없어지는 것도 아닌데 뭘 그리 두려워하냐? 간호원이라면 이쯤은 응당 각오하고 살아야 해!"

간호장의 호통에 정신을 차린 대원들은 가까스로 잠자리에 들었다. 이윽고 아침 식사 시간이 되었다. 사관장의 지시로 과별로 정렬된 대열을 채혈자들만 따로 구분해 앞에 세웠다. 식당에 들어서니 채혈자들을 위한 식탁이 따로 마련돼 있었다. 삶은 계란 한 알, 증기 밥솥에 찐 정어리 한 마리, 사과 반쪽이 놓여 있었고, 배식 근무자들이 채혈자들에게만 뭔가를 한 숟가락씩 살짝 떠 주었다. 그것은 한때 군대에서 공급해주던 야자 기름이었다. 밥에 비벼 먹으면 그 맛이 제일이었던 야자 기름을 보며 다른 대원들이 "나도! 나도!" 하며 얻어먹으려 했다. 피를 뽑아야만 맛볼 수 있는 야자 기름의 맛은 정말 최고였다. 피를 뽑지 못한 병사들은 옆에서 냄새를 맡으며 군침만 삼켰다.

간호원들의 피를 받은 전사는 며칠 뒤 정신을 차렸다. 알고 보니 그의 어머니는 평양에 있는 합성수지 일용품 공장에서 지배인을 맡고 있었다. 배경 좋은 집안의 외동아들이었던 그는 대학까지 다니다 군대에 왔는데, 처음으로 겪는 빈곤한 생활에 영양 상태가 떨어져 병을 얻었다. 하지만 아프다고 말하면 꾀병 부린다고 더 구박을 받아 말없이 아픔을 견디다가 결국 일레수로 장에 구멍이 뚫린 것이었다. 뒤늦게 아들의 상황을 들은 지배인 엄마는 집안 재산을 다 팔다시피 해 흑염소, 개엿, 찹쌀떡, 볶은 콩가루 등 많은 양의 영양식을 마련해 왔다. 이 소식에 간호 중대가 떠들썩했다. 세상에! 염소고기를 먹을 수 있다니! 들떠 있는 간호원들을 뒤로 하고 그 흑염소는 군의소장의 지시 아래 약국으로 들어갔다.

식당으로 가야 할 흑염소가 왜 약국으로 갔을까. 약국에서 제제원(약국에서 조제사의 지시에 따라 약을 만드는 사람으로, 간부 자제들이 일하는 고급 업무처)으로 일하던 나는 약초를 넣어서 채혈자들의 원기를 회복시켜주겠거니 짐작했다. 하지만 웬걸. 배 안에 온갖 약초를 넣은 흑염소가 찜닭처럼 푹 익어 나오자 군의소장, 정치지도원 참모, 약국장 등 씨알배기(간부)들만 따로 모여 오미자 시럽에 알콜까지 타 마시며 먹자판을 벌였다.

영양실조로 병들어가는 아들을 위해 마련된 흑염소는 아들은커녕, 그를 살리기 위해 피를 뽑아준 간호사들조차도 구경 못 한 채 하찮은 간부들의 입에만 들어가 살이 되고 피가 되었다. 군대나 사회에서 허다하게 느끼는 일이지만, 힘없고 돈 없는 일반인들은 갈수록 힘들어지고 간부층의 계열은 더 잘 먹고 잘사는 사회가 되어 자기들끼리 떵떵거리며 사는 게 북한의 현실이다.

생리대, 누가 도둑일까?

군의소에는 약국 창고장이 관리하는 전시 약품 창고가 있었다. 이곳은 아무나 출입할 수 없는 곳이었지만, 야전훈련을 하던 어느 날 우연히 들어가 볼 기회가 생겼다. 놀랍게도 그곳에는 북한에서 만든 약품이 아닌 대부분의 독일제 약품과 수술용품들이 쌓여 있었다. 압박 붕대부터 조제용 빨간약, 심지어 군용 담요까지 거의 다 독일 제품이었다.

또 하나 신기했던 것은 약품들이 변질되지 않도록 가루 형태로 되어 있어, 전시에 증류수만 섞으면 포도당이나 식염수 같은 물약이 된다는 점이었다. 옥도정기, 빨간약, 리바놀 같은 외용약까지 모두 가루로 되어 있었다. 수술 기재들도 전시에 멸균 가마솥에 찌기만 하면 쓸 수 있게 기름종이에 봉인되어 있었다. 이 전시 약품들은 군단이나 사단의 대기동훈련 때나 겨우 바깥 햇볕을 쬘 수 있었는데, 곰팡이가 슬 것이 염려되어 종종 창고 점검을 했다.

어느 날, 간호 중대 여자 대원들이 이 전시 약품 창고에 들어가

정리 정돈을 하다가 무언가를 발견했다. 전쟁 시 수술장에서 쓰는 가제천(거즈)이었다. 북한제 가제천은 한 번 쓰면 구멍이 숭숭 나 못 쓰는 데 비해, 독일제 가제천은 광목천처럼 결이 빽빽하여 잘 찢어지지 않았다.

질 좋은 가제천을 본 간호원들은 어떻게 그걸 조절해 갈까 서로 눈치를 보았다. 그곳에는 세 명의 간호원 외에 아무도 없었다. 행동을 개시한 간호원들이 가제천이 든 비닐 자루를 씻어내자, 돌돌 말아 압축해 넣었던 천이 빵처럼 부풀어 오르기 시작했다. 눈앞에서 가제천 한 자루는 세 명이 나눠 가져도 처리 못 할 만큼의 양으로 불어났다. 당황한 간호원들은 부랴부랴 약국 창고 뒤편 산에 올라가 가랑잎으로 가제천을 덮어놓고 내려왔다. 들키는 날에는 세 명 모두 목숨을 내놔야 할 일이었다. 밤이 되어 잠자리에 들었으나 걱정 때문에 그저 밤을 뜬눈으로 지새웠다. '왜 그걸 씻었을까, 차라리 그냥 놔둘걸' 하는 후회만 가득했다. 적당한 양으로 여성 군인들에게 꼭 필요한 생리대를 몰래 만들려던 일이 감당하기 어려운 양이 되어 골칫덩어리가 된 것이다.

북한에서 가제천은 여성들에게 매우 요긴하다. 여성 군인들은 한 달에 80cm의 가제천을 두 장씩 생리대로 공급받았다. 이는 북한에서 공급체제가 살아있을 때의 이야기이고, 내가 제대한 뒤에는 이 공급도 제대로 이뤄지지 않았다. 여군은 생리대를 빨아서 쓸 시간조차 없다. 무리 생활을 하는 여성 중대는 한 명이 생리가 시작하면 줄줄이 생리가 뒤따른다. 누구에게 빌릴 수도 없이 부족했기에, 급한 대로 치료 시간에 비누칠한 비닐봉지에 넣어두었다가 삶아 쓰곤 했다. 공동생활이라 먼저 건조대에 올라간 것은 임자도 따로 없이 걷어다 사용하는 일도 태반이었다. 그렇게 귀한 가제천이었기에 욕심이 안 날 수가 없었다.

세 간호원 중 구대원이었던 명숙 중사가 치료받으러 온 정찰소대 소대장 아줌마에게 부탁했다. 작은 화상으로 처치 받으러 자주 오던 정찰소대장 아줌마는 간호원들과 친하게 지내오던 중이라 흔쾌히 부탁에 응했고, 어느 날 밤 몰래 안고 내려가 집에 보관했다. 당장 들킬 일은 없으니 세 간호원은 안도했으나, 괜스레 전시 약품 창고 앞에만 다가서도 죄지은 인간으로 마음이 조마조마해 편치 않은 생활이 이어졌다.

불안하기로는 정찰소대장 아줌마도 마찬가지였다. 들키면 책임져야 한다는 걸 잘 아는 아줌마는 슬며시 남편에게 이 사실을 고했고, 남편은 당장 장마당에 팔아버리라고 호통쳤다. 소대장 아줌마는 세 간호원에게 미안하긴 했지만, 들키는 날에 사달 날 것이 뻔하고 마침 식량 문제도 너무 어려웠던 지라 남편 말대로 장마당에 처분해버리기로 결심했다. 가제천이 군수물자 중 전시 물품이기에 자신이 가제천을 팔아버려도 간호원들이 와서 따지지 못할 것이란 타산도 놓치지 않았다.

일부러 멀리 떨어진 다른 지방 장마당까지 출장 간 그녀는 가제천을 몽땅 팔아버렸다. 민간에서는 가제천이 생리대뿐 아니라 딸자식 시집갈 때 쓰는 혼수 이불 안감으로도 요긴하게 쓰이는데, 어디서 본 적이 없는 최고급 품질의 가제천은 순식간에 동이 나버렸다.

이런 사연을 모르는 명숙 중사는 고민하고 고민하다가 결국 가제천을 창고에 다시 가져가기로 했다. 소대장 아줌마가 치료받으러 왔을 때 명숙 중사는 가제천을 다시 가져다 달라고 말했다. 하지만 소대장 아줌마는 잃어버렸다고 거침없이 거짓말을 했다. 제발 그러지 말고 돌려달라고 사정하다 언성이 높아지기 시작하자, 아줌마는 보위부에 신고하겠다고 오히려 제 편에서 큰소리쳤다. 훔쳐낸 현역 군인 당사자의 처벌이 더 클 것은 당연지사. 오히려 제발 제발 하며 입 막기에 급급해진 명숙 중사는 다행히 제대될 때까지 가제천을 훔친 사연이 발각되지 않았다.

간호장의 화상

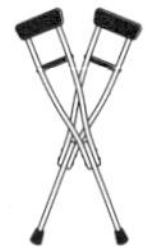

황해남도로 군단 대기동훈련을 나갔다. 백 리 길, 천 리 길, 며칠 밤을 꼬박 걸어갔다. 물이 먹고 싶어도 물병에 물을 담을 새도 없이 도보행군을 계속했다. 갈증을 이기지 못한 다른 대원들은 길옆 논두렁의 물을 물병에 담았다. 나도 뜨끈뜨끈한 논두렁 물을 소처럼 엎드려 마셨다. 올챙이들이 화들짝 놀라 달아났다. 그래도 그 물로 목을 축이니 좀 개운해졌다. 두 손을 오그려 물을 떠먹는 군관들의 얼굴도 땀과 화기로 후끈후끈했다. 너무 지쳐서 무기장구류는 남자들이 대신 메고 갔다.

비가 내렸다. 젖은 군복에서는 물이 줄줄 흘렀고, 신발 속은 꿀쩍거릴 만큼 흠뻑 젖어 철러덩철러덩 소리가 났다. 저녁 무렵 목적지인 옹진에 도착했다. 야외 숙영 일정이라 밖에서 우등불(모닥불)을 피우고 젖은 옷을 입은 채로 말리며 밥을 지었다. 군의소라 우등불에 주사기도 소독했다. 치료실에는 군용천막을 치고 자그마한 간이침대를 놓았다. 간호장과 전사 두 명이 대기 근무를 섰다.

비에 젖은 축축한 땅 위 환자용 침대에 간호장이 누워 새우잠을 자고, 전사들은 비닐막을 깔고 땅바닥에 누웠다.

간호장은 잠에서 깨어나 소독기 끓이는 쟁기에 불을 퍼담아왔다. 산속이라 참나무를 피웠는데, 타다 남은 마지막 숯불이 남아 있었다. 열기가 퍼지자 추위에 웅크린 몸이 조금씩 펴지기 시작했다. 스르르 잠이 든 간호장의 긴장이 풀리며 꼭 쥐고 있던 담요 귀제비(모서리)가 숯 쟁기로 떨어졌다. 불길은 담요를 타고 번지며 연기를 내지르기 시작했다. 잠결에 질식한 간호장은 몸을 꿈틀거리다 그만 참나무 숯 쟁반으로 떨어졌지만, 이미 정신을 잃어 피할 새도 없이 화상을 입은 채 쓰러졌다.

밤 근무를 돌던 사단 직일관이 발견해 급히 비상소집이 내려지고 간호장을 구원했으나, 그녀는 전신에 3도 화상을 입고 고열에 시달리며 병원으로 실려 간 며칠 만에야 정신을 차렸다고 한다. 그러나 왼쪽 가슴과 어깨가 완전히 익어버려 피부를 이식해야 했다. 군의소와 사단 직속 구분대 군인들이 대대적으로 나서 자진해 피부 이식을 했다. 심지어 입원해 있던 환자들까지 자기 피부를 내주겠다고 나섰다. 넓적다리와 어깨에서 살점을 두 점씩 떼어 냈다.

간호장은 옷도 입지 못한 채 화상 부위에 가제천을 덮고 무균실에서 중환자 대우를 받았다. 처치할 때마다 화상이 심각해 식염수를 들이붓고 조심스레 상처를 다뤘다. 간호장은 두 손으로 입을 틀어막고 아우성치며 쓰리고 째지는 아픔을 참아보지만, 익은 피부를 전부 벗겨내고 시뻘건 속살이 드러난 몸은 사람 같지 않았다. 마치 가죽을 벗긴 짐승의 몸과도 같았다. 설령 성형수술을 해도 수준이 낮은 탓에 얼굴은 찌그러지고 일그러져 도저히 볼 수 없을 지경이었다.

그때 그녀의 나이는 24살. 몇 달 뒤면 제대 받아 집에 갈 생각으로 설레던 시기였다. 17세에 입대해 한 번도 가보지 못한 고향과 그리운 부모님, 동생들을 만날 날을 손꼽아 기다리며 달력에 동그라미를 치고, 밥 끼니 수를 세어가던 그녀였다. 꽃 같은 청춘을 군사복무와 맞바꾼 대가는 장애자 신세였다.

그녀는 즉시 제대증과 함께 '영예군인' 칭호를 받고 집으로 돌아갔다.

하지만 영예군인이라면 무엇하겠는가? 찌그러진 얼굴과 불구의 몸으로 남겨진 그녀를 보며, 고된 군생활로 소비된 아까운 청춘보다 앞으로 맞닥뜨릴 고난의 날들이 더욱 서글플 뿐이었다.

영예군인들

자강도 선천군에 무력부 전상자 병원이 있다. 호병원(특수 목적 병원)에서 전상자들을 데리고 후송하다 보면 참 난처한 일들이 많았다. 지뢰에 네 개의 팔다리가 없어진 조각상 같은 환자, 두 다리만 없는 환자, 팔다리에 두 눈까지 날아간 군인들을 보면 대부분 분계선을 지키던 민경 군인들이었다. 도로 사정이 원활하지 않아 이들을 후송하려면 기차로 이동해야 한다. 하지만 기차 또한 한없이 연착되고 수없이 갈아타야 했다.

사람 모양을 잃은 환자들을 바라보는 사람들은 동정의 눈길로 혀를 끌끌 차면서도 이들을 도와주었다. 업고 안고 내려주는 사람들, 모두 자기 자식처럼 환자를 도와주었다. 하지만 시설이 완비된 병원에서도 아픔의 고통으로 하룻밤을 견디기가 힘든데, 진통제에 의지한 채 언제 들어올지 모를 기차를 기다리는 시간은 이들에게 죽음과도 같았으며 북적이는 사람들에게 고스란히 노출된 자신들의 신세는 이들을 더욱 미치게 했다. "왜 쳐다보냐"며 돌변해

싸우기도 하고, 아픔을 참지 못해 주사나 약을 주는 간호원의 머리채를 잡기도 했다. 정신적으로나 육체적으로 힘든 후송 과정은 환자와 간호원 모두에게 마찬가지였다.

그렇게 여러 밤을 설치며 전상자 병원에 도착했다. 그곳엔 후송 과정은 아무것도 아니라는 듯 처참한 부상병들이 숱하게 널려 있었다. 대부분 비무장지대에서 지뢰를 해체하다 다친 환자들로, 두 다리나 양팔도 없이 간호원들에게 안겨 다닌다.

'맴맴맴.'

밖에 나가고 싶어 산호원을 부르는 이들의 신호다. 지겹다는 듯 눈을 흘기면서도 환자들을 달랑 안고 나가 의자에 앉혀 놓는다. 전봇대에 붙어사는 매미라는 뜻이다.

이들은 전상자 병원에서 의수족을 맞춰 영예군인이라는 칭호를 가지고 집으로 돌아간다. 그런데 희한하게도 여기 간호원들이 그들의 팔다리가 되어 주겠다며 시집을 가겠다고 자청해 나선다. 영예군인에게 시집가는 것 또한 당에 대한 충성심의 일부라 강조했기에, 저마다 집단으로 영예군인에게 시집가기 운동을 펼치곤 했다.

남자들을 움직이는 데 여자가 있어야 한다는 사실을 잘 아는 김정일은 군인들을 소집하거나 험한 일을 처리할 때마다 당의 명령이라며 꼭 여자들을 끼워 보냈다. 탄광, 금강 발전소 건설장, 벌목장 등 제일 고된 곳으로 집단을 보낼 때면 마치 당에서 큰 임무를 부여하는 것처럼 등을 떠밀었다. 간부 자식들은 다 골라 빼고, 가난한 노동자 자식들로만 가득 채운 험지에는 당의 호소라면 발 벗고 달려온 노동자 처녀들이 힘을 보탰다.

하지만 살다 보면 여기로 시집오는 게 아니었는데, 내가 이렇게 살자고 온 것은 아니었는데 뒤늦게 후회해도 소용없다. 영예군인의 신부가 되겠다고 나선 간호원들도 이들과 다를 게 뭐란 말인가.

집단 진출로 시집간 처녀들은 당이 부여한 충성심에 대한 보상으로 한동안 말없이 지낼 수 있다. 하지만 고난의 행군으로 모든 보급이 끊기자 삐거덕 잡음이 나기 시작했다. 자기 입 하나만 건사해도 다행이었던 고난의 행군에 불구가 된 남편, 아버지를 챙길 여력이 없다. 장사하다 말아먹고 거지가 된 안해, 남편이고 아이들이고 내버리고 방랑살이 떠난 안해, 먹고 살기 위해 떠도는 아이들. 고난의 행군에 영예군인들이 굶어 죽지 않았다고 누가 장담할까? 안해들도 자식들도 자기 하나 살겠다고 불구 아버지를 두고 다 떠나버렸는데 말이다.

당이 부여한 영광스러운 칭호가 그저 허망할 뿐이다.

평양 – 개성 고속도로 공사

내가 있던 2군단은 개성 판문점 지구부터 황해북도 금천까지 군단, 사단, 려단, 련대가 합동하여 김일성의 생일인 1989년 4월 15일까지 고속도로를 완공하기 위해 공사에 투입되었다. 공사장에서 치료 업무와 매일 오후 1시부터 2시까지 진행되는 위생선전방송까지 맡은 나는 군의소와 선전부를 오르내리며 바쁘게 움직여야 했다.

학창 시절부터 화술에 취미를 붙여, 사단에서 제기되는 행사 때마다 결의문이나 축하문을 낭독하던 나를 깊게 봐온 선전부의 배려였다. 게다가 일본에서 들여온 쏘니 방송 장비로 구쭌하게(아주 잘) 갖춘 방송차까지 동원되니, 나는 힘든 줄도 모르고 신나게 뛰어다녔다.

어느 날 갑자기 군단으로부터 급한 무전 전문이 날아들었다. 우리 군단 구역이었던 금천군의 례성강 다리 공사장에서 대형 사고가 터졌다는 소식이었다. 례성강 무지개다리는 강과 강 사이를 구름다리로 연결하는 구간으로, 얼마 남지 않은 김일성 생일까지 완공하기 위해 수많은 인원이 밤낮없이 작업에 매달린 곳이었다. 다른 구간들은 로천 공사라 거의 마무리 단계였지만, 례성강 구간은 까다로운 물밑 수중 공사였기에 진척이 늦을 수밖에 없었다. 기간을 맞추기 위해 군인들은 물론 사회 지원자들까지 동원되었고, 그 많은 인력에 대형 장비까지 무게가 더해지자 그만 다리가 버티지 못하고 무너져버린 참사였다.

오전 9시경 발생한 사고에 금천군 인민병원부터 지역 진료소들까지 줄줄이 비상이 걸렸다. 군단 직속 경보대대, 호병원 군인교도소대(간호양성소대), 금천군의 행정 일꾼들과 군당 일꾼들까지 위생복도 없이 현장 수습에 투입되었다.

우리가 도착하자 대충 인원을 끊어 치료해야 할 담당을 배정하더니, 무작정 여성 군인들에게 군용 밥통 뚜껑에 담긴 알코올을 입 안으로 들이밀었다. 알코올을 보니, 예전 전쟁 시절 여성 간호원들이 알코올을 마시며 시신을 처리했다는 이야기가 머리를 스치며 '얼마나 큰 사고란 말인가!' 정신이 번뜩 들었다.

급히 주는 알코올을 반 컵 정도 마시고 현장으로 달려가 보니, 차마 눈 뜨고 볼 수 없는 참상에 머리가 핑 돌 지경이었다. 진동하는 피비린내와 찢어지는 신음 속에 서로 밀치고 떠밀리니 정신이 얼떨떨했다. 주위를 살펴보니 손목과 팔다리가 사방으로 흩어져 여기저기 굴러다녔고, 콧구멍과 목구멍에 세멘트 몰탈이 들어가

껵껵 마지막 숨을 헐떡이는 이들도 보였다. 눈에 마른 세멘트가 들어가 맹인마냥 허우적거리는 사람들, 머리가 절반 없어져 짐승 같은 비명을 지르는 사람들, 기계 장비에 끼거나 공사장 철근에 꽂힌 부상자들이 곳곳에서 아우성쳤다.

간호원들과 사회 의료사들은 조금이라도 움직이는 사람부터 살리기 위해 움직였고, 외지에서 온 노동자들이 죽은 시신들을 운송하는 일을 맡았다. 안타깝게도 군인 대부분은 시신으로 발견되었다. 사회 지원자들은 다행히 다리 밑이나 주변에서 철근과 세멘트를 날라주는 일을 하다 보니 비교적 피해가 적었다.

호병원의 복도와 구급실, 심지어 기존 환자들이 입원한 병실까지 사고 환자들로 차고 넘쳤고, 복도의 피는 쓰레박으로 바께쯔에 퍼담을 정도로 낭자하게 흘러있었다. 오후 3시가 되자 평양에서 구급대 장비들과 함께 만수대 창작사(김부자를 찬양하는 글과 그림, 사진을 찍는 곳으로, 여기가 출동한 것은 이번 사고가 국가적 사건임을 알 수 있다.)와 인민군 무력부에서 연방 비행기를 띄워 날아왔다. 비행기에서 내린 항일투사 김철만이 방송차에 올라 이렇게 외쳤다.

"인민군 장병들과 지원자들을 조국은 잊지 않을 것입니다. 지금 이 상황에서 갈팡질팡하지 말고 침착하게 의료 일꾼들이 하라는 대로 움직여주십시오. 최고사령관 동지께서는 이곳 상황을 지켜보고 계십니다. 용기를 내어 현장에서 빠져나오십시오. 서로 힘이 되어 손잡고 나오십시오!"

　누가 누군지도 모르게 세멘트를 뒤집어쓴 현장에서 방송 소리에 귀 기울이는 사람은 아무도 없었다. 남자들이 몰탈 구뎅이에서 사람을 겨우 뽑아내 주면, 여자들은 담가(환자나 물건을 실어 나르는 기구)에 실어 후송차로 보내 지혈을 했고, 자기도 살려달라 울부짖는 환자를 하나라도 더 구하려고 다들 정신이 맴돌이칠 뿐이었다. 해보자는 듯 방송차와 비행기에서는 조국해방전쟁 시기 전쟁터에서 만들어진 '결전의 길로'라는 노래를 연방 틀어대고, 만수대 창작사에서는 그 광경을 기록하느라 이리저리 사진 샤타를 들이대며 북새통을 피웠다.

　현장은 더 처참해져 갔다. 시체라면 손사래 치던 간호원들은 서슴없이 시체 잔해를 군용 담가에 담았다. 락후된 도로길을 달리는 호송차에서는 덜컹거릴 때마다 부서지고 잘린 부상자들이 아프다고 목이 터져라 울부짖었다. 정신을 반쯤 잃은 절단 환자, 시퍼렇게 부풀어 오른 지혈 환자, 저마다 처절하게 아픔을 호소했고, 모두가 구급 환자라 누구부터 먼저 수술받고 치료해야 할지 분간도 되지 않았다.

　수술장에 들어온 환자는 소독보다 마취부터 들이대고 꿰매고 절단한 후 마무리되는 족족 입원 시설로 옮겨졌다. 대퇴 골절 환자들의 다리에 금속 못이 박힐 때마다 거기서 튀는 핏방울과 살점들이 간호원들에게 쏟아졌다. 수많은 환자의 팔, 다리, 손목을 비틀어 맞추고, 떨어진 갈비뼈를 고정하고, 부러진 뼈를 잘라 맞추는 그곳은 그야말로 도살장이었다. 기사를 찍기 위해 들어왔던 만수대 창작사 기자가 참혹한 광경을 버티지 못하고 실신한 채 들려 나갔다. 늦더위에 군인들이 런닝만 입거나 하복 차림으로 일했던 터라, 찢어지고 패여 살점이 군데군데 없는 부상자는 환자라 쳐주지도 않았지만 외상성 쇼크는 심각했다.

이틀이 지났을까. 병원에서 시신들이 무더기로 나갔다. 그나마 심장박동이 있던 군인들조차, 폐까지 들어간 세멘트로 인해 호흡기 협착증이 오며 결국 하나둘씩 숨을 거두었다. 기침하며 피를 토하고 가슴을 쥐어뜯는 이들에게 상황은 더 가혹해져 갔다. 식염수를 물 쓰듯 들이붓고, 약품도 오는 족족 써버리니 이제 비상용 약물도 바닥을 드러냈다.

'아! 전쟁이 다른 게 아니구나.'

실전 같은 참상을 뼈저리게 경험했다.

이런 정황 속에서도 호병원 야외에 설치된 방송에서는 '결사전가'가 연신 울려 퍼졌다. 다 죽어가는 그들에게 최후의 각오를 하라는 마지막 메시지를 연방 보태는데.

우리의 끓는 피를 조국에 바치리.

영예로운 깃발이 머리우에 빛난다.

나가자! 인민군대 용감한 전사들아.

인민의 조국을 지키자!

목숨으로 지키자!

이 노래는 마치 '너희는 이미 다 죽은 것이다. 영광스러운 최후를 맞이하라!' 하고 주문을 거는 듯했다. 추도곡 같은 전투 가요를 들으며 숨을 거두는 군인들이 불쌍해 남몰래 눈물을 삼켰다.

그 후 인민군 무력부에서는 사고당한 전우들을 부상 크기에 따라 감정제대나 영예군인, 전사영예훈장을 주고 제대시켰다. 사망한 군관들은 전사증이나 렬사증을 주었다. 시신들은 합장으로 공사장 주변의 야산에 묻었고, 가족들에게는 조국에 아들들을 바친 '조국의 어머니'란 칭호를 하사했다. 아까운 청춘들이 조국을 위해 목숨을 잃었으나, 그 부모들은 당에 충성한 아들을 둔 것으로 자랑스러워해야만 했다.

대북 vs 대남방송 1

1986년 10월의 마지막 날, 전연 구분대로 교방(부대 간 자리 이동)하여 개성지구로 나갔을 때였다. 때아닌 이른 새벽, 갑자기 내린 비상소집으로 배낭과 무기를 급히 둘러메고 걸어나온 대기동훈련 겸 교방이었다. 후방 구분대였던 금천과 달리 전연은 조용하고 엄숙하여 모든 것이 낯설기만 해 우리를 더욱 긴장시켰다. 첫서리가 내리고 미처 집 마당에 들이지 못한 볏단과 콩단들만이 배고프고 고달픈 우리 꼰삼이(군인)들을 맞아주었다. 벼락같이 비밀리에 90리 길을 눈곱도 못 떼고 걸어온 끝에 도착한 전방은 한국 땅이 바로 마주 보이는 개성시 장풍군 대덕산리였다. 그제야 우리 부대가 진짜 교방하였음을 알 수 있었다.

전연 초소라는 말만 들어도 소름이 끼쳤던 당시, 조금만 눈을 들어 바라보면 남조선 태극기도 보였다. 해도 뜨기 전부터 남한 괴뢰군 초소에서 울려 퍼지는 방송 소리가 낯선 개성 땅에 들어선 후방 군인들의 마음을 흔들어 놓았다.

“어이, X사단 인민군대! 교방하느라 고생했어. 걸어왔니? 어이구, 우린 교방하면 비행기 타고 가는데. 히히히히히. 니들은 무좀발로 고생하며 걸어왔네. 환영한다! 우리랑 사이좋게 놀자아, 히히히히.”

와! 세상에! 벌써 다 알고 있다. 우리조차 어디로 가는지, 왜 가는지도 모른 채 비밀리에 들어온 교방인데, 남조선 괴뢰군은 벌써 방송으로 불어 재꼈다. 남쪽을 향한 대남방송은 무슨 소리인지 들리지 않았지만, 북쪽을 향하여 들려오는 그 방송은 방구 소리, 기침 소리, 하품 소리까지 또렷하게 들렸다. 집채만 한 확성기는 잠자는 시간을 제하면 쉴 새 없이 노래하고 말했으며, 둘이서 소곤대는 말소리까지 망탕 틀어댔다.

학생 시절 3방송에서 듣던 통일혁명당 아나운서 같은 간드러진 말소리에 ‘뭔 방송이 질서도 없이 저렇게 문란하담?’ 하고 괜히 트집을 잡아보기도 했다. 하지만 그 방송 소리라도 없으면 전방은 쥐가 다 죽은 것처럼 조용했기에, 나는 은근히 남조선 방송소리가 하도 재미나서 자주 귀 기울여 듣곤 했다.

어느 날, 3사단이 위치한 전방초소에 접종하러 가게 되었다. 군의장은 전날부터 전방초소에서 주의할 점, 지켜야 할 몸가짐, 언제 일어날지 모르는 불시의 정황들을 알려주며 우리를 더욱 긴장시켰다.

여대원 두 명과 함께 군의장을 따라 올라간 초소에는 이미 분대별로 전원 대열해 접종 준비를 끝낸 상태였다. 철저하게 위장한 그물망 사이로 새빨갛게 드러난 남조선 괴뢰군 초소가 보였다. 영화나 이야기에서만 듣던 전방초소가 바로 내 눈앞에 있었다.

오랜만에 산 고지에 나타난 여성 군인들의 모습에 남성 군인들이 남다르게 들떠 있었다. 우리는 전방의 군인들이 아직 낯설어 몸둘 바를 모르는데, 코앞의 괴뢰군 초소에서 벼락같이 방송이 울려 퍼졌다.

"여자 군대! 여자 군대다! 남자 군대들, 오늘 기분 좋겠다아! 하하하하. 여자 군대들, 요길 봐봐, 오빠가 뽀뽀해줄까? 하하하하."

연방 시야까시(놀림)를 걸어대는 방송은, 처음으로 고지를 방문하는 우리를 더욱 떨리게 했다. 기를 못 펴고 쭈물거리는 우릴 보자 그곳의 중대장이 대처에 나섰다.

"아, 진짜 저놈 시키들. 밥 처먹구 기운두 좋다. 하루종일 악제가리 놀려대네. 저기다 대포알이나 한방 갈겨주면 히히히히히. 야, 이놈들아! 똥이나 묵어라!"

그런데 이상했다. 시간이 감에 따라 자꾸자꾸 방송 소리에 귀가 쏠렸다. 증오하는 마음으로 귀를 닫을라치면 왠지 더 재미가 나고 덕분에 심심할 새가 없었다.

'와~, 남자들 목소리가 진짜 부드럽다.'

여자들의 간을 녹이는 남조선 남자들의 방송 소리는 여성 대원들의 빗장도 풀어놓았다.

잠시 후 지휘부에서 접종을 마치는 대로 식사를 하라는 지시가 내려왔다. 여성 군인들이 왔다고 따로 차려준 식탁에 그 부대 중대장과 우리 여성 군인들이 함께 앉았다. 냉잇국에 정어리 한 마리, 염장무, 달래 절임, 마늘 절임, 삶은 계란. 모두 다 소금 절임이지만 그래도 전방이라 그런지 잘 먹는 셈이다. 후방에선 생선 보기도 힘들고, 명절에도 돼지고기는 웃대가리들이 먹고, 쫄병들은 돼지가 장화 신고 건너간 돼지 목욕물만 먹는다. 반면 전방에는 장군님의 배려(?)로 계란과 고기가 공급되었고, 건빵과 개성식료공장이 공급하는 당과류(과자, 사탕)도 드물게 들어온다고 했다. 배식을 마치고 식당에 앉으니 또 시작됐다.

"어이! 인민군대! 주사 다 맞고 밥 먹나? 하하하하. 여자 군대들은 다 집에 갔나? 어어어어~ 여자 군대 보고 싶어. 인민군대 보리밥 마이 묵고 푹 퍼지게 한잠 자그라. 나두 밥 먹고 또 올란다."

1시가 되자 우리 쪽 초소에서도 방송이 울려 퍼졌다.

"남조선 국군장병 여러분 안녕하십니까? 여기는 조선인민군 x 사단 대남 방송국입니다. 지금 우리 초소 군인들은 최고사령관 동지의 따뜻한 사랑과 배려로 기름진 오곡에, 영양가 높은 육류를 마음껏 먹으며 조국을 지키고 있습니다. 우리가 누리는 행복을 맛보고 느껴보시겠습니까? 총부리를 돌리고 이 땅으로 넘어오세요."

북쪽에서는 정치적 공세 방송, 그러거나 말거나 남조선 방송은 웃고 떠들고 심지어 짐승 울음소리까지 흉내 내며 하고 싶은 말만 지껄였다.

이때 눈앞에서 반짝거리는 글자.

'뛰면 5분!!'

진짜 통일 마당이 보이는 듯한 그곳은 남조선 땅으로 뛰어가면 5분 거리다.

다음 날까지 교대제로 들어오는 비무장지대 군인들을 기다리며 갱도에 들어가 휴식을 하기로 하였다. 새벽 2시경에 이르니 그제야 모두가 잠든 것 같았다. 세상의 쥐들도 다 자는 고요한 새벽, 북과 남이 떠들고 들들 볶던 노랫소리, 말소리가 다 멈추었다.

고요한 새벽의 침묵을, 북과 남이 한 하늘을 이고, 함께 지새우고 있었다.

대북 vs 대남방송 2

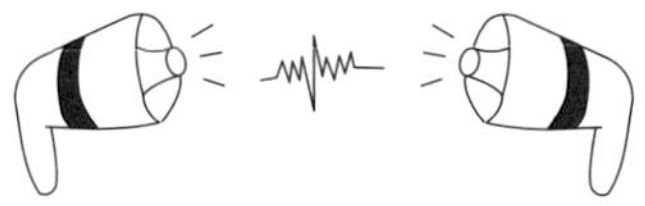

아침이 된 듯 벌써 삐지직거리며 방송을 접하는 소리가 났다. 아니나 다를까, 인민군대 기상 시간인 5시도 되지 않았는데 소리가 들려왔다. 갱도 안에서도 저 정도 시끄럽게 들린다면 방송 출력은 아주 대단할 것이다.

"야야! 인민군대! 빨리 일어나라. 해가 중천에 떴다! 밤새 술집 갔다가 오느라 파김치 됐냐? 으하하하하."

이번에는 여자 방송원이다.

"인민군 장병 여러분, 간밤에 이곳까지 나오시느라 고생하셨어요. 우리는 인민군 X사단 오빠들 환영합니다!"

그렇게 말하더니 갑자기 새로 온 우리 사단장의 이름을 부르며 나이, 성격, 식성까지 방송으로 낱낱이 불면서 괴뢰군 초소 방문을 환영한다는 것이었다. 아침 잠을 깨운 방송 소리에 짜증이 났던 나는 '참말로 기가 막히네. 쟤네들이 저걸 다 어이 아나?' 깜짝 놀랐다.

세상에 비밀은 없었다. 새벽 비상소집으로 이유도 모른 채 교방을 한 우리에게 남조선 괴뢰군 초소는 모두가 쉬쉬하던 온갖 비밀 정보를 퍼다 나르고 있었다.

갱도 안의 습기로 냉한이 몰려와 남성 군대 모포를 덮었다가 이에 물린 여성 대원들 사연, 밤새 중대장까지 아가씨네 술집에 간 사연, 보초 교대 근무하는 인력이 누구인지, 아무리 숨어서 몰래 하는 일도 어느새 들여다보고 금세 방송으로 불어버렸다. 지휘관들은 골치 아프다고 '제발 쟤네들 눈에 띄지 좀 말라.'고 법석을 떨었다.

그래도 나는 마음대로 말하고, 웃고, 떠드는 괴뢰군 초소의 방송이 재미나고 끌렸다. 헤어진 여자 친구에게 애원하는 말, 보내고 싶지 않은 남자와 떠나고 싶지 않은 여자의 사연들, 대남방송의 정치적 공세에도 끄떡 않고 지들 마음대로 자연스럽게 말하는 그 방송이 참 좋았다.

하지만 방송에 민감하게 반응한다는 자체가 곧 그 방송에 관심을 두고 귀를 기울인다는 뜻으로 평가되기에 모두가 미동조차 하지 않았다. 하지만 군의장들은 미세한 우리의 표정을 간파하고 있었다.

"야! 너희들 뭘 듣구 웃어? 엉? 누구 군복 벗길려구 지랄들이야? 귓구멍을 솜방매로 탈아 막아버릴까 부다. 썅!"

저 분단의 선, 철조망 4킬로 구역을 그렇게 마주 보며 사노라니 반세기 동안 이어진 분단의 나날들이 참으로 비참하게 느껴진다. 방송으로 불어댈 만큼 서로 훤히 바라보이는 저곳에 어이하여 50년이 넘는 분단의 선을 걷어내질 못할까. 언제까지 서로 헐뜯고 비아냥거리면서 살아야 하는 걸까.

어느 한쪽이라도 무너지고 쓰러진다면 모를까, 한 치 양보도 없이 악의감을 가지고 바라보는 하나의 강토 한반도 땅. 우리는 한민족, 한 핏줄, 한겨레임을 분명히 안다. 남한 괴뢰군 초소에서 울려 퍼지는 아리랑 노래와 도라지 민요를 들을 때면 속으로 장단 맞춰 함께 부르는 민족의 노래다. 남한 군인들이 "어무이 보고 싶습니다. 사랑합니데이." 하고 외치면 북한 군인들의 눈시울도 같이 뜨거워진다.

부모를 사랑하는 마음도 총자루 쥔 남북한의 군인들 모두가 같은 마음이다.

이대로 서로 달려갈 수 있다면, 또 달려올 수 있다면…. 저 철

조망을 걷어내고 한목소리로 듣는 민족의 대통일 방송이 되기를
기원한다.

적재물자

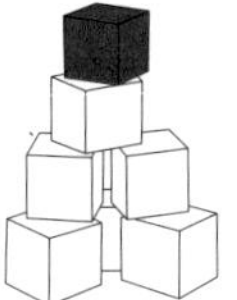

달이 밝게 뜨고, 밤하늘의 별빛도 찬란하던 어느 날 밤, 직일병 근무를 서던 새벽이었다. 아직도 쫄병 신세로 초저녁 근무와 새벽 근무를 서느라 잠을 설쳤던 나는 쏟아지는 졸음과 싸우며 억지로 근무를 서고 있었다. 산속에 있는 우리 군의소는 너무 한적해서 밤의 날새가 날갯짓하는 소리까지 다 들릴 정도였다.

약간의 바람 소리와 산골짜기에서 내려오는 개울가의 물소리만 조잘거리는 한밤중, 이때 하늘에서 뭔가 커다란 물체가 우리 군의소를 향해 날아왔다. 날아오는 속도는 아주 유유하지만 무거운 짐을 달고 흐느적거리는 모습이 수상했다. 평소 군의소 앞산에서 마주 보던 정찰대대 군인들이 낙하 훈련하는 것을 보았기에 그것일까 의아해하며 지켜보고만 있었다.

병실 직일병에게 다가가 "저기 날아오는 게 뭐지?" 하고 물었다. "어디? 어머나! 저건 남조선에서 오는 기구다!"라고 대답했다. 나는 남조선에서 날아오는 기구라는 말에 이제 곧 저기서 사람들이 뛰어내리는 거라 겁을 먹고 부대 참모부에 전화를 걸었다.

"직일관 동지! 군의소 근방에서 적재물자를 발견했습니다. 상황 처리 어떻게 할까요?"

"뭣이라구? 여기서 경비소대가 올라갈 테니 그때까지 내려오지 않으면 단발로 쏠 것!"

이 소식에 중대가 기상했다. 직일군의였던 외과 군의가 권총으로 적재물자를 단방에 떨구었다. 그러자 풍선 안에서 물건들이 후두둑 떨어지고 '쏴악' 소리를 내며 삐라가 쏟아져 내렸다. 한참이 지나 경비소대에서 올라왔으나 이미 총을 쏴 떨군지라 아침에 날이 밝으면 모두 불태우라 지시하고 다시 내려갔다.

나는 직일병 근무를 인계하고 잠자리에 누웠으나 좀처럼 잠이 오질 않았다.

'그게 뭘까? 삐라라면 어떻게 생겼을까? 왜 삐라를 여기까지 달구 왔을까?'

남조선에서 날아온 풍선 기구를 난생처음 본 나는 별의별 것들이 다 궁금해 좀처럼 잠이 오지 않았다.

아침이 되자 사관장이 전날 밤 근무를 섰던 대원들에게 풍선 기구가 낙하한 곳에 가 물건들을 모두 마대에 담아오라 지시했다. 안 그래도 궁금했는데 잘된 일이라 싶어 수거반 네 명이 조를 이뤄 산으로 향했다. 허겁지겁 산 중턱에 오르자, 어젯밤의 일이 그려지는 듯했다. 큰 비닐박막은 고급재질로 만들어져 매끈매끈하면서도 매우 투명했다. 큰 매주나무에 걸려 너풀거리는 풍선 주변으로 말도 못 할 물건들이 가득 쌓여있었다. 삐라로만 알고 올라온 우리는 한참 동안 멍하니 그 주변을 돌아보았다. 이 세상에서 아직 구경도 못 해본 물건들이 얼마나 많았는지 성인용 티셔츠, 가방, 양말, 사탕, 1kg 쌀 봉지, 원주필(볼펜), 공책, 만화책, 휴대용 전지, 여자 나체 사진, 반도체 라디오, 원피스 등등 각종 물건이 삐라와 뒤섞여 있었다.

함께 올라온 짝꿍 오명숙이가 내 허리를 꾹 찌르더니 눈짓한다. 명숙이는 색깔이 기가 막힌 색연필(컬러 사인펜) 묶음부터 제꺼덕 몸뻬바지 주머니에 쑤셔 넣었다. 이것저것 들춰가며 물건은 물건대로 먹을 것은 먹을 것대로 분리하면서 나도 목이 긴 검은색 양말이며 브래지어, 런닝 셔츠, 반도체 라디오를 따로 담아 풀숲에 감추었다. 함께 올라온 구대원 상사는 제대를 앞둔지라 이쁘고 멋있는 옷가지와 쌀 등을 부지런히 담더니 슬그머니 어데론가 사라졌다. 말을 맞추지도 않았는데 우리는 서로의 행동을 눈감아주며 암묵적으로 공범이 되었고, 삐라 마대만 한가득 지고 내려와 아무 일

없다는 듯 돈사 아궁이에 불태워버렸다.

그렇게 마주한 남조선은 멋있는 풍경과 화려한 가정생활, 근사한 공원, 북한 군인들의 심리를 유인하는 나체 사진들로 가득했다. 유학 공부하다가 귀순한 전철우씨가 인터뷰한 글과 사진도 그때 보았다.

그러다 문득 머리를 스치는 것은 말누깔 사탕(왕눈깔 사탕), 예쁜 오화탕(오색 막대사탕), 그리고 알사탕이었다. 보위부에서는 적재물자의 위험성에 대해 강연하며 독약이 들었으니 조심하라 하였다. 허나 보기만 해도 맛깔스러운 사탕의 자태에 우리는 그 사탕에 정말 독약이 들었는가 확인해보기로 했다. 입에 넣어볼까 말까 고민하던 오명숙이 "옳치!" 하고 뛰어나가더니,

"도끄야, 이리 와봐~."

군의소에서 기르는 개를 부른다. 꼬리를 살랑살랑 흔들며 달려온 개에게, "오늘은 우리 독끄 생일이다. 요거 먹구 명이 길면 오래 살고, 짧으면 죽어야지 뭐. 호호호." 한다.

도끄는 사탕을 홀딱 받아서 오도독, 오도독 깨물어 먹는다. 나와 직일 간호병은 도끄를 한참 바라본다. 30분이 지나고 한 시간이 지나도 우리 도끄는 잘 놀았다.

동료 간호원은 냉큼 사탕 한 알을 입에 넣고 오도독, 오도독 깨

물어 먹더니 내 입에도 말누깔 사탕을 밀어 넣었다. 꿀맛 같은 사탕이 입안에 들어오자 그 향기와 감각이 너무나 달콤했다. 다 먹지 못한 것은 군의소 약품창고 풀숲에 감춰놓고 짬만 나면 둘이서 그걸 먹노라니 전에 같으면 연거푸 겹치는 근무가 짜증이 나겠건만 사탕과 비스켓 과자를 먹는 재미에 근무가 즐겁기만 했다. 그 덕에 도끄는 자꾸 우리를 따라다녔다. 품종이 다른 간식들이 나올 때마다 도끄가 시험 대상이었으니, 세상에 태어나 처음으로 제대로 된 개 대접을 받는 격이었다.

한국에서 들어온 적재물자는 보위부에서 직접 회수하여 관리하지만 삐라만큼은 불태워버리고 다른 물건들이 나오면 기를 쓰고 찾아내 회수했다. 독약 처리가 된 물건들이라며 영상물을 조작해 선전했지만, 우리는 양말과 원주필, 향수까지 가만가만 요긴하게 잘 썼다. 적재물자와 삐라들을 접하면서 한국은 이렇게 사는구나 많은 생각을 가지게 되었고, 그때부터 나와 간호원들, 그리고 도끄까지 적재물자를 기다리는 날들이 많아졌다.

순복이의 사랑

우리 병원의 식당에는 노무자로 일하는 윤순복이와 조순애가 있었다. 이들은 학교 졸업 후 어린 나이 18살에 곧바로 이곳에 취직해 식당 뒷방에서 합숙하며 밥도 짓고 화구(석탄 때는 일)도 보면서 식당일을 도왔다. 둘은 웃기도 잘하고 말도 잘해 간호원들과 금세 친해졌고, 가끔 병실로 놀러와 동생처럼, 친구처럼 말동무가 되어 주곤 했다. 군부대에서 일하면 못해도 이런 것쯤은 가지고 있어야 한다며 여성 군인들에게만 공급하는 테트론 브래지어와 꽃쁘링 팬티를 달라고 조르기도 했다. 얻어가는 것도 잘했지만, 저녁이면 누룽지 떡을 해와 직일병들의 야참을 챙겨주던 복스러운 성품의 친구들이었다.

나는 노래도 잘하고 웃기도 잘하는 순복이와 금방 친해졌고, 숨김없이 주고받는 이야기가 좋아 순복이와 많은 시간을 보냈다. 특히 고향과 형제 이야기만 나오면 시간 가는 줄 몰랐다. 부모님을 대신해 두 동생을 돌보며 살던 순복이는 졸업을 앞두고 이모님 댁에 동생들을 맡기고 취직을 했다. 하지만 순복이의 마음은 온통 두 동생 걱정뿐이었다. 순복이가 고생한 이야기를 할 때마다 ‘우리 오빠도 우리를 이렇게 키워주셨구나.’ 생각이 들어 마치 내 이야기를 듣는 듯했고, 우리의 처지가 서로 안쓰러워 눈시울이 뜨거워질 때가 많았다.

어느 날 직일 근무를 서는 날이었다. 이곳저곳 순찰을 하던 나는 늘 그랬듯 순복이가 합숙하는 식당에 들렀다. 순복이를 부르려던 순간, 문밖에 놓인 남자 군화 한 켤레가 눈에 들어왔다.

‘여자 신발은 순복이 것, 그럼 저 군화는 누구 거지?’

의문만 안은 채 돌아섰지만, 나는 순복이와 만나는 군화의 주인공을 알고 싶었다.

며칠 후, 일이 끝날 무렵 나는 순복이에게 조심스럽게 물어보았다.

“너 친한 남자 있니?”

눈이 동그래진 순복이가 나를 쳐다본다.

“밤에 순찰하다 보니 너희 합숙소에 군화가 있드라.”

내 말에 순복이는 화들짝 놀라며 입 다물라고 손가락 시늉을 했다. 그날은 여러 말 없이 넘어갔지만, 참 여자의 속마음이란…. 나는 순복이의 비밀이 너무 궁금해 죽을 지경이었다.

어느 날, 함께 합숙하는 순애가 슬쩍 다가와 말을 꺼냈다.

"혹시 너, 순복이 좋아하는 남자 생긴 거 알아? 너무 빨리 가까워지잖아. 난 거의 매일 밤 돈사에서 자야 한다니까, 호호호. 이러다가 사고 치는 거 아니야?"

돈사에는 구급차 운전수 아주머니가 입당 준비를 하느라 매일 군불을 지피고 돼지죽을 끓이는데, 최근 순애는 대부분 그 아주머니와 함께 돈사에서 지냈다고 한다(북한에서는 입당하기 위해 가정일도 다 버리고 죽을지 살지 모르고 일만 한다). 나는 그제야 일이 어디까지 흘러갔는지 알았다.

며칠 뒤, 순복이를 불러 조용히 이야기를 나눴다. 그녀가 만나는 남자는 76mm 소대장이었다. 그는 내과에 입원해 벌써 두 달째 치료를 받고 있는 경환자였는데, 합숙소까지 찾아와 순복이를 만났다고 한다. 순진한 순복이는 소대장 아님 죽고 못 사는 사이가 되어 있었다.

노무자로 일하는 순복이는 늘 군인들의 호기심의 대상이었다. 타고난 귀여움과 착한 심성 덕분에 인기가 많았던 그녀는 소대장이 부대로 복귀한 이후에도 식당 일만 끝내면 부대까지 곧장 그를 찾아가곤 했다. 그런 순복이의 사랑은, 나조차 말릴 수 없는 지경이었다.

순복이는 더욱 얼굴 보기가 힘들어졌다. 중대교양실에서 즐겨 보던 텔레비도 보러 오지 않았고, 우리 병실로도 더는 찾아오지 않았다. 내심 섭섭함이 쌓이던 즈음, 우연히 개울가에서 순복이를 만났다. 평소와 달리 이 말 저 말 에둘러 빨래만 하던 순복이는 고개를 숙인 채 슬쩍 여자들의 임신 주기가 어떻게 되냐고 물어보았다. 드디어 올 것이 오고, 갈 데까지 갔음을 알아차릴 즈음 순복이가 덧붙였다.

"글쎄 그 소대장이 알고 보니까 유부남이었더구나. 난 그냥 총각이래서 그런 줄만 알았는데. 이제 나 어쩌면 좋니? 결혼하면 다 될 줄 알았는데."

일찍이 고아가 되어 동생들 뒷바라지만 하다가 한 남자를 만나 애틋하게 키워 온 순복이의 첫사랑. 외롭게 고생만 하며 살아온 순복이는 친정 오빠처럼 소대장에게 마음을 주고 의지했을 것이다.

그런 순복이의 마음을 너무나 잘 알기에 그녀의 이야기를 듣고 있자니 소대장에 대한 증오심이 불타올랐다. 소대장은 순복이가 임신했다는 소식을 듣고는 솥 밑의 재를 긁어먹으면 애가 떨어진다며 손을 쓰라고 했단다. 솥의 재는 양잿물과 같은 작용을 한다. 잘못 먹으면 죽을 수도 있다. 짐승도 아니고 사람을 가지고 장난하나 싶어 나는 더 화가 치밀어 올랐다.

순진해 빠진 순복이는 정말로 솥재를 먹어볼까 마음먹고 있었다. 유부남을 좋아했다는 수치심 때문에 혼자서 해결해보려던 순복이는, 식당에서 일하니 솥의 숯은 얼마든지 있다며 "먹어볼까?"라고 묻기까지 했다.

몇 개월인가 물어보니 다섯 달이란다. 그 달수면 절대 그러면 안 되는 때였다.

"순복아, 그러지 말고 가족진료소 아줌마한테 이야기해서 병력서 만들어 입원해봐라."

나는 침착하게 달래보았다.

"안 돼. 그러면 남편 이름이 있어야 해. 들키는 날엔 사로청에서 비판하고 사상투쟁당할 텐데. 차라리 양잿물이라도 마실 거야…."

겁을 먹은 순복이는 눈물을 흘리며, 제발 비밀로 해달라고 사정해왔다. 당장이라도 소대장을 소환해 욕이라도 퍼붓고 싶었지만, 순복이의 만류에 나는 참고 물러났다. 순복이가 잘못되는 날에는 절대 용서하지 않겠다 결심하며 다른 방법을 알아보기로 했다.

그러나 문제는 함께 있는 순애였다. 순애는 군인들의 귀여움을 혼자 독차지하는 순복이를 늘 아니꼽아하는 눈치였다. 언젠가 날 찾아와 순복이가 생리하지 않는다며 이상한 부분이 있다고 말했을 때, 나는 어쩐지 순애가 이 기회를 잡아서 순복이를 비참하게 만들지도 모르겠다는 생각이 들었다. 일은 이미 돌이킬 수 없이 진행되고 있었다.

어느 날, 한 정치위원이 진료를 위해 병원을 방문하자, 직속 간부들은 군의소의 식사 상태를 확인하러 식당을 들락거렸다. 순애는 그때 정치위원에게 유부남인 76mm 소대장이 처녀인 순복이를 건드렸고, 순복이가 현재 아이를 가졌으며, 그 둘이 언제 어디서 만나왔다는 것까지 싹 다 고해바쳤다.

곧장 순복이와 순애가 불려갔고 소대장도 이내 불러왔다. 정치위원은 증인이 있다며 솔직히 말하지 않으면 용서는 없다고 다그쳤고, 겁에 질린 순복이는 순애가 보는 앞에서 모든 걸 사실대로 털어놓았다. 유부남인 것을 몰랐으며, 이모님 댁에 맡겨둔 두 동생을 다시 거느리는 누나가 되고 싶어 빨리 결혼까지 할 생각이었다고 했다.

눈물 콧물 흘리는 순복이의 사연에 정치위원도 땅이 꺼지게 한숨을 쉬며 그녀를 측은하게 바라보았다. 당신이 사랑한 그 소대장은 이미 농촌의 유치원 선생하고 결혼해 정 깊게 잘살고 있다는 정치위원의 자세한 설명을 들은 순복이는 뭐라고 할 말을 잃었다. 몸을 함부로 굴렸다는 소리밖에 못 들을 바엔 당장 죽어버리겠다고 오열했다. 순간의 실수로 거짓된 사랑을 하며 여기까지 온 소대장에 대한 추궁이 본격적으로 시작되었고, 소대장이 강직제대 당했다는 소문만 쉬쉬하며 돌아다녔다.

순복이는 창피하다며 방 밖으로 나오지도, 먹지도 않았다. 나도 순복이를 자주 볼 수 없었다.

비가 내리는 어느 날, 나는 비옷을 대충 머리까지 뒤집어쓰고 부지런히 토끼풀을 주고 있었다. 그때 순복이가 나를 찾아와 병원에 입원하겠다고 말했다.

"그래 잘 생각했다. 병원에서 마음 편히 중절하는 게 나을 거야. 그런 솥재 먹으면 기관이 다 녹아 붙고 입안도 다 녹는단다. 그런 건 먹을 생각 아예 말어."

그 말을 하면서도 순복이가 너무 애처롭고 가여워 자꾸 목구멍으로 뭔가 치밀어 올랐다.

'저것이 엄마나 큰언니라도 있었음 저렇게 되지는 않았을 텐데.'

내가 언니가 되어 몸 푸는 것을 돌봐주고 싶었지만, 군대에 시간, 날짜, 분과 초까지 메인 몸이라 도움을 줄 수 없어 그저 안쓰러운 마음뿐이었다.

순복이는 그런 나의 마음을 헤아리듯 내 손목을 그러잡았다.

"나, 갔다 올게. 병원 가기 전에 소대장 동지 좀 만나구 갈게. 꼭 할 이야기가 있어. 갔다 와서 보자."

비둘기 마음이 아직도 콩밭에 있는 줄 알고, 나는 소대장을 만나지 말라 하고 싶었다. 그러나 끝내 "그래, 마지막으로 한 번만 가 봐라. 하지만 마음은 주지 말고 하고 싶은 말만 하고 빨리 와라. 비도 오는데…." 하고 말았다.

나는 순복이가 쓰고 있던 비닐막박을 젖히고 내가 걸친 군용 비옷을 걸쳐주었다. 순복이는 까만 눈으로 말없이 고맙다는 눈길만 남긴 채 하얀 덧니가 살짝 드러나는 미소를 건네주었다. 순복이는 아무 말 없이 돌아서 길을 걸었다. 그날 순복이는 빗속을 눈물로 걸었을 테다.

순복이가 농장 뒷집에 곁방살이하는 소대장네에 도착했다. 문을 노크하자 젊은 여자가 나와 의아한 눈길을 보냈다.

"소대장 동지를 찾아왔는데, 집에 계시나요?"
"왜 찾아왔는데요? 누군데요?"

"저는 소대장 동지와 사랑하는 사람입니다. 결혼을 약속했고, 임신까지 했습니다. 꼭 소대장 동지를 만나야 해서 왔어요."

여자가 놀랄 새도 없이, 방 안에서 뛰쳐나온 소대장은 순복이의 손목을 잡아끌며 황급히 밖으로 나왔다. 탈곡장 뒷골목으로 몰고 간 그는 순복이를 한없이 꾸짖었다.

"여기가 어딘 줄 알구 왔어? 너 정신 있냐? 미쳤어? 죽어 볼래?"
"너가 어디서 실수하고 내 발목을 잡냐?"

그는 연신 욕지거리를 내뱉더니 급기야 임신한 아이가 자기 아이가 아니라고 잡아뗐다.
뒤따라 나온 마누라가 이 광경을 지켜보다가 자기 남편 직무 해임당하고, 처벌, 강직까지 받게 생겼다고 순복이의 머리끄덩이를 흔들고 뺨따귀를 올려붙였다.

'그래, 죽여라. 차라리 여기서 죽어버리는 게 속 시원하리라.'

순복이의 가냘픈 몸이 치는 대로 흔들렸다.

'이제 이렇게 된 바에 너도 못 살고 나도 못 살자. 난 이미 망가

질 대로 망가졌고, 소문날 대로 소문났으니….'

　순복이는 마지막으로 소대장 아내에게 진실을 폭로해 복수하겠
다는 생각으로 그곳에 왔지만, 그마저도 무참히 짓밟히고 말았다.
　합숙소로 돌아온 순복이는 엄마와 동생들을 부르며 한없이 울
었다고 한다. 어린 나이에 처음으로 사랑을 알았고, 두 동생들과
함께 행복한 가정을 꿈꿨던 그녀였다. 그러나 그 꿈은 산산조각이
났다. 순복이는 어리석은 자신을 원망하며, 깨져버린 사랑을 한탄
하며 울고 또 울었다.
　새벽녘이 되자 순복이는 병원으로 떠날 준비를 하는지 사물함
에서 간단한 옷가지를 데사구(천가방)에 담고 짐을 차곡차곡 정리
해놓았다. 잠시 후면 또 일어나 식당일을 시작할 시간이었다. 긴
밤을 뜬눈으로 울기만 했던 순복이는 밖으로 나왔다. 누구도 일어
나지 않은 새벽이지만 돈사에서만은 돼지죽 끓이는 군불 연기가
피어올랐다. 한참 동안 곳곳을 둘러본 순복이는 돈사 옆 우물길로
발걸음을 옮겼다. 순복이는 보이지도 않는 캄캄한 우물 안을 허
리 굽혀 들여다보며 동생들의 이름을 목놓아 불러보았다. 그 새벽
의 울림을 깊고 검은 우물이 삼켜버린다. 한참이나 울음을 토해낸
순복이는 그대로 치마를 뒤집어 올리고 우물 안으로 뛰어들었다.
　소대장과 풋내기 사랑을 키우며 하루빨리 결혼해 어린 동생들
을 돌보고 싶어 했던 순복이의 사랑. 고아로 자라면서 자신이 겪

었던 고생만큼은 동생들에게 절대 물려주지 않겠다고 늘 되뇌던 순복이의 진심. 동생들에게는 소대장을 '아버지'라 부르게 할 거라며, 꽃다운 열여덟 나이에 서른한 살 소대장을 오빠이자 아버지처럼 따르며 마냥 좋아하던 순복이의 행복은 그렇게 부서졌다.

나는 명랑하게 웃으며 힘들고 외로운 시간을 견디던 순복이의 모습을 떠올릴 때마다 소대장에 대한 증오가 불타올랐다. 얼마 지나지 않아 소대장은 강직 처벌을 받아 고원군의 석탄 광산으로 보내졌다고 한다.

순복이는 식당 요리사 아바이와 식당 엄마들의 손길로 이름 없는 갱도 뒷산에 조용히 묻혔다. 나는 순복이의 마지막 모습을 지켜주고 싶었으나, 군대는 분란을 일으킨 죽음에 대해 민감한 반응을 보이며 이를 허락하지 않았다. 순복이는 봉분도 없이 땅속에 묻혔다.

돈사에서 순복이의 옷가지와 물품을 불태우는 순애의 눈에서는 미안함과 후회의 눈물이 한없이 솟구쳐올랐다.

사관장의 제대 배낭

사관장은 하루 종일 이리저리 분주하게 뛰어다녔다. 제대 준비는 다들 그렇게 하는 줄 알았기에 그녀의 마음을 이해할 수 있었다. 북한에서 남성은 10년을 복무하지만, 여성은 7~8년으로 기간이 짧다. 지루했던 그 기간을 마치고 집에 갈 생각을 하노라면, 누구나 가슴 벅차고 설레어 온다.

사관장은 친동생으로 지낼 수 있을 만큼 부지런하며 전사들 생일까지 챙겨 돌봐주던 인정 많은 친구였다. 중대 간호원과 환자들의 식사, 중대 피복 물자 관리는 원래 후방경리지도원의 몫이지만 대부분 사관장이 맡아 볼 때가 많았다. 중대 살림살이를 너무나 깐지게(빈틈없이) 잘해온 사관장은 후방경리지도원의 직속이자 이런 물자를 주고받는 창고장이었다.

양식 피복 창고만큼은 다른 군관들도 함부로 들어가지 못한다. 군수 물자들과 식량이 들어찬 창고이기 때문이다. 그래서 북한군에선 양식 창고장들과 피복 창고장들의 권세가 매우 세다. 심지

어 사단급 지휘부 군관들도 창고장들 앞에서는 꼬리 내린 삽살개
다. 창고장에게 잘 보여야 옷 한 벌, 쌀 한 톨이라도 더 받을 수 있
기 때문이다.

사관장은 제대가 바로 코앞으로 다가오자 하루분씩 타오는 식
량도 절약형 배낭에 차곡차곡 모아두었고, 피복 물자로 나오는 남
자군인들 발싸개천(광목)을 퉁구리로 들여와 중대 사물고(관물대)
에 감춰두었다. 백포, 매트리스 겉감까지도 닥치는 대로 저장해두
었다. 군용 매트리스 한 개의 천이면 여성 군인들 몸빼바지가 두
벌은 넉넉히 나왔다.

어느 날 점심식사를 마치고 무기 소재를 하며 잠깐 사관장과 대
화를 나눴다.

"그래, 제대 준비는 잘 되어가니?"
"뭐 준비랄 게 있겠습니까. 그냥 쌀 한 배낭 지구 가려구요."
"그래, 준비하는 과정에 도움이 필요하면 말해. 뭐든 도와줄게."
"고맙습니다. 중위 동지."

짧은 대화였지만 지금까지 서로 나누고 보살펴준 사관장에 대
한 진심이 담겨 있었다. 며칠 뒤 제대 준비가 잘 되어가는지 걱정
됐던 나는 사관장에게 다시 말을 걸었다.

“나두 언젠가는 제대할 몸이기에 짬짬이 모아둔 게 있어. 그것도 가져가. 난 어차피 제대하려면 5~6년 있어야 하니까.”

“그럼, 중위 동지. 말을 해야 하는지 고민 중에 있는 것이 있는데 해두 될까요?”

“말해봐. 내가 도울 일은 도울 테니.”

“다름 아니라 준비한 것들을 역전 부근에 내가야 하는 게 문제입니다. 부대 안에서 내 가는 게 문제가 될 것 같아서요. 한번 봐주십시오.”

나는 사단장의 부탁에 그가 준비한 제대 배낭을 봐주러 함께 갔다. 며칠 전 쌀 한 배낭만 내 가겠다는 사관장의 말을 믿은 나는 눈앞에 펼쳐진 광경에 할 말을 잃었다. 쌀, 콩기름. 피복, 지하족(군용 운동화)에 이르기까지 간호중대의 살림에 맞먹는 물자가 사관장의 집으로 나가려고 대기 중에 있었다. 누가 보면 완전히 비리 사관장 같았지만, 북에선 자기 몫을 알아서 챙겨야 능력 있고 실속 있는 군인으로 쳐주는 분위기였다. 순간 놀랐지만 내가 준비해준 것도 아니고 알아서 재간껏 준비한 물자였기에 돕고 싶은 마음이 들었다. 나는 사관장에게 그동안 아끼며 모아두었던 꽃뿌링 팬티와 테트론 브라자, 군복 하복바지까지 가져가라고 내주었다. 아무 말 없이 “고맙게 받아갈게요.”라며 받는 사관장을 보면서, 내심 ‘난 가진 것도 없는데 아무튼 재간들도 좋다.’는 생각이 들어 사관장을 다시 보았다.

물건을 역전으로 빼돌리는 일은 그야말로 도둑고양이 작전을 방불케 했다. 나는 약초 재배를 도와주는 62 경보대대 군인들에게 도움을 요청했다. 그날 밤 나는 일부러 간호 직일병에게 다른 심부름을 시켜놓고, 중대사물고로 경보병들을 잠입시켰다. 군대에 와 도둑질이 전공이 된 경보병들에게 사관장의 물건들을 뒷문으로 빼내오는 일은 식은 죽 먹기였다. 역전 주변의 손짐 보관에 맡겨놓는 일을 깨끗하게 처리하고 돌아온 경보병들에게 사관장은 필승담배와 농태기 술 5리터를 빵깡(비닐통)채로 들려 보내며 통 크게 보답했다.

제대 날짜까지 혹시나 걸리지 않을까 나도 조바심이 났지만, 그녀는 무사히 제대했다. 물건이 나간 그날 밤, 사관장은 나에게 속사정을 털어놓았다. 그녀의 집은 농촌이었다. 제대해 집에 가면 당장 바꿔 입을 옷 한 벌도 없는 깡촌이었다. 그래서 군부대에서 쓰는 이불 거죽부터 밥 식기, 심지어 숟가락, 젓가락까지 모조리 챙겨가야 자기도 쓰고 팔기도 하면서 한동안 살 수 있는 것이었다. 그나마 사관장은 중대에서 한 명 뽑히는 사관의 총우두머리이고 실권도 많아 저렇게 준비라도 할 수 있지만, 분대장이나 부소대장으로 제대하는 여성들은 별로 챙겨가지도 못했다. 조금 챙겨 간 제대 배낭을 털어먹으면 그 다음엔 대책이 없다.

전우들과 인사를 마치고 멀어지는 사관장을 보면서 나는 제대

후의 내 앞날이 걱정돼 한숨을 내쉬었다.

3장
짐승들

나는 단물장사

열여섯 살에 군 소속 배구선수로 선발되어 스물아홉 살까지 총 14년간 군인으로 나라에 충성하고 제대를 맞았다. 40원을 손에 쥐고 사회로 나오니 세상은 달라져 있었다. 소위 '고난의 행군'이 시작된 세상은 모두를 배고픈 고통에 몰아넣었고, 따뜻한 정을 나누던 사람들은 제 입에 먹을 것 하나라도 더 넣기 위해 악에 받쳐 있었다. 온 동네 거지들이 이집 저집 문을 두드리며 물 좀 달라고 애원했다. 그러나 목이 말라 물을 청하는 게 아니다. 된장이든 간장이든 물에 풀어 끼니를 해결해 달라는 것이었다. 모두가 입에 거미줄을 치는 형편에 거지들의 구걸은 날마다 늘어가니, 동네 인심은 점점 매섭게 조여왔다. 그야말로 피도 눈물도 말라가는 시절이었다.

고향이라 돌아왔지만, 동생까지 업혀 사는 오빠네 집도 하루하루 끼니가 급선무였다. 장마당에서 쌀 1kg이 125원. 내가 받아 든 40원은 겨우 강냉이 가루 한 됫박 살 수 있는 돈이었다. 오랜 기간 군대 생활에 젖어 있던 나는 뭐부터 어떻게 해야 할지 몰랐다.

그나마 동생은 군수품 공장의 기동선전대로 매일 공연 다니느라 자기 입 건사 하나는 문제없었다. 때마다 공연장에서 먹을 것을 얻어와 조카들에게도 나눠주곤 했다. 그래봤자 옥수숫가루로 만든 빵과 감자농마(전분)가루 떡, 팅팅 불은 국수 따위였지만, 당장 솥에 들어갈 만한 끼니거리가 없던 조카들에게는 그것조차 소중한 양식이었다.

이런 상황을 지켜보니 내가 더는 넋 놓고 가만히 앉아 있을 때가 아니라는 걸 깨달았다. 나는 제대할 때 장만해 온 속옷가지들을 챙겨 장마당으로 나갔다. 군수품은 재생질(값싼 대체품)이 아니기에 내놓기만 하면 잘 팔린다. 역시나 속옷도 처녀애가 단번에 쓸어갔다. 그렇게 푼돈을 마련한 나는 뭔가 돈이 될 만한 장삿거리를 찾으러 장마당을 두리번거렸다. 사람들이 우글우글, 북적북적. 뭔 일인가 궁금해 다가가 보니, 단물장사(사카린 물)를 가운데 두고 사람들이 무더위에 그 물을 사 먹느라 야단이었다. 그때 단물 한 컵이 50전, 큰 컵은 1원을 하는데도 정신없이 팔려나갔다.

이거다! 나는 그길로 뚜껑이 달린 중국제 비닐 바께쯔와 비닐 바가지, 사카린을 사 들고 집으로 돌아왔다. 당장 먹을 게 아니라고 올케언니가 나무랄까 봐 몰래 탄창고에 감춰두고, 오빠네가 출근하기만을 기다렸다가 바께쯔를 들고 역전으로 향했다. 대한민국 같으면 얼음 동동 띄워도 겨우 팔릴까 말까겠지만, 북에선 사카린도 진수성찬이니 수돗물에 당도만 알뜰히 맞춰내고 장사 준비를 마쳤다.

한창 무더울 때 열차가 정시에 떠나지 못해 많은 사람들이 역전에서 며칠씩 날을 새고 있었다. 제대로 씻지도 못한 여행객들이 밤이면 사방에 폭탄(똥)까지 발사해 놔 냄새가 지독하다. 장사하는 아낙네들은 자기 자리만 간신히 치우고 앉아 물을 팔았다. 이런 자리마저 깡패 청년들이 찾아와 자릿세를 받아낸다. 그래도 매일같이 단물장사들이 밀려오는 걸 보니 꽤 남는 장사인가보다 내심 기대가 컸다.

예상대로 하루 종일 단물을 팔고 나니 국수 두 사리 사 올 값이 나왔다. 집에 와 시래기나 말린 나물, 풋절이들을 넣고 국수로 죽을 쒀주니, 오랜만에 낟알 죽을 마주한 조카들은 날뛰듯 기뻐했다. 우리 큰 고모가 제일이라며 해맑게 웃어주는 조카들이 그저 고마웠다. 얼마나 배가 고팠으면 고기 한 점 없는 풀죽에 말아준 국수에도 감격하며 먹어댈까.

매일 국수를 사 오는 나를 본 오빠가 걱정스레 물었다.

"너가 온 후부터 국수죽이라도 먹으니 좋긴 한데, 이거 어떻게 생긴 건지 알고나 먹자."

단물장사의 자초지종을 들은 오빠는 얼굴이 굳어졌다. 제대 후 사회생활을 시작하는 여동생이 갈아입을 옷도 없이 매일 군복이나 입고 다니는 모습을 보며, 오빠가 돼서 부모 구실도 못 해줘 죄스럽다며 오빠도 올케언니도 울먹였다. 오빠의 속마음을 내가 모를 리 없었다. 먹고살 길 없는 시절에 돈 한 푼 없이 맨몸으로 입만 더한 내가 오빠에게 몇 배로 더 미안하기만 했다. 더욱이 축구 선수가 되겠다는 조카는 밥상에서 돌아앉기 무섭게 배고프다 보챘고, 축구화는커녕 발가락이 다 나온 운동화에 런닝셔츠만 입고 뛰다가 밤마다 몰래 솥뚜껑을 열어보며 배고픔을 달래는 모습이 어찌나 안쓰러운지.

단물이라도 열심히 팔아 조카들에게 축구화도 사주고, 운동복도 사주고 싶은 목표가 생겼다. 단물장사는 그런대로 자리를 잡아 이제 국수 서너 사리까지 살 돈이 장만 되기 시작했다. 이젠 싸리 바구니에 삶은 올감자, 옥수수들을 담아 메고 되거리장사꾼들에게도 팔아 보았다. 점차 쌓이는 푼돈을 세어가니 제법 고모 노릇을 해줄 수 있겠다는 희망이 보였다.

그러던 어느 날 당 조직에서 비서가 찾아왔다. 누군가 내가 역전에서 단물장사하는 걸 신고했다고 한다. 비서는 이게 당원으로서 할 짓이냐! 개인 이기주의에 젖어 혼자 잘 먹고 잘 살려는 것은 당의 사상에 어긋나는 행동이라며, 당생활총화 때 비판받을 준비나 잘 해오라고 윽박질렀다. 배급도 안 주고 직장도 없는데 어떻게 살아가냐고 하소연하자, 대답질 한다며 더 언성 높여 욕을 퍼붓는다.

살고자 했다!

살아야 하지 않냐!

울분이 터질 듯했지만, 당에서 터무니없이 걸고자 들면 누구라
도 속수무책으로 당하는 사정을 잘 아니 입을 다물 수밖에 없었다.

그렇게 꽃제비 이순실의 짐승보다 못한 거지 생활이 눈앞에 닥
쳐오고 있었다.

오리목장의 꿈

황해북도 신계군 2군단 산하 군부대에는 정말 큰 오리목장이 있었다. 이곳에서 생산되는 오리와 닭고기, 알들은 군단 사령단급 간부들에게 우선 공급되었다. 내 친구 류명순이는 이곳에서 목장 사육사로 일하고 있었다.

고난의 행군이 시작될 무렵, 갑자기 모든 배급이 중단되고 직장에서 나오던 월급도 막히자 무단 결근자들이 속출했고, 약속이라도 한 듯 전 군민들이 이리저리 떠밀리며 방랑길에 오르기 시작했다. 장사라도 하면 괜찮을까 싶었지만, 장사하는 행위를 개인 이기주의 사상에 젖은 행동이라며 국가가 허리띠를 졸라매면 인민들도 다 같이 졸라매야 한다고 장사를 허용하지 않았다. 죽어도 직장에 나와 죽으라고 했다.

이런 어려운 환경에 제대 후 시작한 첫 사회생활은 도무지 살아갈 길을 찾을 수 없었다. 군대에서는 제노(자기 스스로를 인정하거나 뽐내다)라고 소리치며 어깨에 힘주고 살아가던 군관이었던 나는 답 없는 사회생활에 기가 죽고 어깨가 축 처져 있었다. 같은 동네에서 한 학급 친구였던 명순이가 제대하고 집에 온 나를 보며 언제 한번 신계군 오리목장으로 놀러 오라고 청했다. 언제 가보랴 싶었지만, 정말 길이 없다고 느껴지던 어려운 시절에 명순이를 찾아 신계 쪽으로 향했다.

주소도 없이 신계 오리목장이라고 물으며 찾아간 곳에서 명순이는 반갑게 나를 맞아주었다. 자기 합숙소로 데리고 간 그녀는 식당에서 삶은 오리 똥집과 소금을 내놓았다. 고난의 행군을 선포한 지 2~3년이 지났지만 군부대 노무자들이라 그곳만큼은 아직 어려운 사회생활과는 멀게 좀 살았던 것 같다. 병들어 죽은 오리라도 고기랍시고 챙겨 먹을 수 있기에, 오리목장에 자식들을 보낸 부모님들은 마치 한국의 삼성전자에 취직한 것마냥 이를 자랑스럽게 여기고 있었다.

그래서 목장에는 노동부 간부와 안면이라도 있는 자식들만 갈 수 있었다. 명순이 역시 아버지가 군화수리공으로 일하면서 연줄이 닿았기에 취직한 경우였다. 이렇게 오리목장에 취직한 사육공들은 자기 가족들에게 가져다주기 위해 병들어 죽은 폐사 오리들을 소금독에 절여 두었다.

명순이는 내 사는 처지를 누구보다 잘 알기에, 절여 둔 오리고기와 알들을 몰래 챙겨주겠다고 스스럼없이 말했다. 아니, 그 귀한 걸…….

명순이가 자기 친구들에게 나를 소개하자 동료 처녀애들과 언니들은 "고생 많았겠다"라며 뭐든 많이 먹으라고 마른 동태 눈깔, 좀 상했어도 먹을 만한 마른 명태들을 들여왔다. 오랜만에 구경해보는 먹을 거라 입으로 들어가는지 코로 들어가는지도 모르게 시간 가는 줄 모르고 먹기만 했다. 닭과 오리의 사료로 쓰이는 마른 명태 대가리와 생선 부산물들이지만, 오로지 먹을 게 있다는 것만으로도 행복한 밤이었다.

명순이의 합숙소에서 같이 잠들려는데, 목장 경비를 마치고 들어온 명순이가 정문 앞 논밭에 뭔가 있다고 난리를 쳤다. 나는 도둑일 수도 있다는 생각에 명순이와 밖으로 달려가 보았다. 정문 밖에 나가 가만히 주의를 둘러보니 열다섯 살도 채 안 돼 보이는 남자애 하나와 동생쯤 되어 보이는 여자애 두 명이 숨을 죽인 채 오들오들 떨고 있었다. 언제 씻었는지 알 수도 없이 겨우 가릴 곳만 가린 아이들의 몰골은 마른 장작 위에 거적을 걸친 허수아비 같았다. 애들이라 주저없이 다가가 여기 온 이유를 물으니,

"목장에 병들어 죽은 오리 있으면 한 마리만 주세요. 네?"

내 동생이 하소연하는 것 같았다. 명순이 역시 이 아이들의 사정을 모를 리 없다. 길지도 짧지도 않게 오리 한 마리만 달라고 했다. 막무가내로 오리를 달라 조르는 아이들을 명순이가 가로막았다.

"너희들 여기 있으면 당장 쫓겨나. 누나가 들어가서 오리 한 마리 가져다줄 테니 먼데 가 있거라. 알았지?"

아이들은 금방이라도 눈물을 쏟을 듯 깊숙이 인사를 하고 멀리 비켜 갔다. 폐사 오리도 없어서 못 먹는 형편이었지만, 이런 오리와 닭도 마릿수대로 식당에 인계되기에 한 마리 얻자고 해도 여간 어려운 일이 아니었다. 명순이는 이것저것 잴 것도 없이 가장 큰 오리의 목을 비틀어 차고 나왔다. 꽥 소리 한 번 내지 못한 오리가 비닐 자루에 담겼다. 아이들이 숨은 곳으로 다가서자 바람같이 아이들이 튀어나왔다.

"목장 사람들이 보면 이 누나 쫓겨나니까 빨리 이곳에서 벗어나야 한다. 참! 이 오리는 병든 오리니까 내장은 꼭 빼고 먹어라. 내장만 빼면 아무 탈 없다. 그리고 다음엔 절대 오지 마."

고맙다고 연신 인사하던 아이들이 뭔가를 내밀었다. 꼬질꼬질한 손수건에 싸인 것은 구운 개구리였다. 낮에는 잡기 힘든 개구리를, 밤이 되면 옷가지에 불을 붙여 잡아 고픈 배를 채우는 아이들이었다.

명순이와 나는 아이들이 무사히 빠져나가길 간절히 기도했다. 아이들이 오리를 안고 가다 잡히는 날엔 나도 마찬가지지만, 명순이는 타도 대상이 된다. 불안해진 나는 그길로 명순이가 싸준 오리고기와 똥집, 생선 부산물들을 안고 야밤의 목장을 빠져나왔다.

군복 입은 시절에는 도둑질하는 게 신이 났었지만, 지금 명순이가 준 물건을 들고 가는 이 길은 금방이라도 잡힐 듯한 공포에 손발이 떨렸다. 역전으로 향한 나는 장마당에 팔아 볼 요량으로 기차에 올랐다. 오리 냄새가 진동하니 불편하다. 눈치 빠른 장사꾼 아줌마가 내가 들고 있는 게 뭐냐고 묻더니 오리고기를 낚아채듯 빼앗으며 사 갔다. 장마당 시세도 모르는 나는 장사꾼이 쥐여주는 대로 돈을 받아들고 통강냉이라도 한 되 사려고 장마당을 돌았다.

한국에 와 구제역으로 병든 가축들을 파묻는다는 뉴스를 볼 때마다 그때의 생각이 난다.

'저걸 다 소독해서 진공 포장해 북한에 좀 가져다줬으면…'

내장 빼고 삶아 먹으면 아무 탈 없는데. 병든 닭도 없어서 못파는 장사꾼 아줌마는 나에게 "또 가져오라." 하고 일렀는데….

명순아! 그때 너를 만나고 내가 한국 땅에서 가진 꿈이 바로 목장 주인이었단다. 병든 닭도 못 먹던 그때가 잊히지 않아서, 앞으로 통일이 되면 우리 고향에 목장을 크게 세워 고기도 먹고 알도 생산하는 목장 주인이 되겠다 마음먹었지.

내가 제일 소원했던 하얀 쌀밥에 고깃국을 내 고향 사람들에게 실컷 먹이고 싶어서. 통일되면 너에게 꼭 신세 갚음을 해야겠다.

그런데 이렇게 통일이 안 되니, 갚고 싶은 신세에 자꾸 이자만 붙어서 어쩔까 싶다.

삼촌의 사형을 보다

개성시 개풍군 삼거리에 사는 막내 외삼촌은 X군단 32여단 경보병으로 근무하다 서른두 살에 제대를 맞고, 농장의 인삼분조(농장의 작은 작업 단위)에서 분조장으로 지내고 있었다. 내가 제대 후 삼촌 집에 식량을 구하러 갔을 때만 해도 배낭 가득 옥수수를 담아줄 만큼 살림이 꽤 괜찮았었다. 그 후로 삼촌에게 편지 몇 번 전하며 살다가, 나도 살기 어려워 친척이고 뭐고 떠돌다 보니 전혀 신경을 쓰지 못하고 지냈다.

1994년 7월 어느 날, 장맛비로 물이 불어나 기찻길도 도로도 모두 끊겨 집안에만 박혀 있는데 한 통의 전보가 날아왔다. 삼촌 댁에서 온 전보였고, 내용은 삼촌이 사망 직전이란다. 황해도에 살던 오빠와 나는 서둘러 여행증(북한에서는 자유로운 이동이 제한되어 당국 허가를 받는 내부 통행증이 필요함)을 신청했다. 개성은 승인번호지역(특수관리대상지역으로 특권층이 거주하는 평양, 국경 접경지역, 군사요충지, 외국인 관련 지역, 교도소 수용지역 등이 해당됨)이라 며칠씩 기다려 여행증을 받아야 했다. 하나밖에 안 남은 막내 삼촌이 서른일곱 젊은 나이에 왜 사망 전일까 불안해하며 삼촌 집까지 걸어가기로 했다.

"아무리 길이 끊겼다지만 걸어서라도 가자!"

황해도에서 새벽 5시에 걷기 시작하여 저녁 9시까지 90리 길을 걸었다. 캄캄한 밤에 비를 맞으며 삼촌네 집에 들어서자, 삼촌 엄마(삼촌의 아내인 숙모)가 울며 맨발로 달려 나왔고, 애들은 엉엉 소리 내며 울고 서 있었다.

'삼촌이 죽었구나!'

생각하며 뛰어 들어갔지만, 삼촌은 보이지 않았다. 무슨 영문인가 싶어 신발도 벗지 못하고 토방(툇마루)에 걸터앉자, 삼촌 엄마가 울먹이며 하는 이야기는 다음과 같았다.

삼촌이 일하던 인삼작업반에 막 제대한 아저씨가 새로 들어왔는데, 삼촌과 단짝 친구가 되어 아주 친하게 지냈다고 한다. 인삼작업반에 들어와 열심히 일하던 그 아저씨는 영양실조에 걸려 일도 못 나가는 안해와 병든 딸을 바라만 보더니 우리 삼촌에게 이렇게 말했다고 한다.

"여보게 병국 아범, 우리 색시 다 죽게 생겼소. 딸년두 병들어 저러구 눕어만 있지. 자꾸 소고깃국을 먹구 싶다구 하는데 소고기를 어데서 구하겠나. 난 저 색시랑 딸년이 죽으면 어이 살겠소. 불쌍해서 내 눈 뜨고 못 보겠소. 내일 당장 죽어도 원이 없게 소고기나 한 점 사다가 먹였으면 얼마나 좋겠소. 아무래두 며칠 못 갈 것 같소."

이 말을 들은 삼촌은 속상한 일이 있으면 진작 말하지 며칠을 혼자 고민했냐고 나무람하셨다. 평소 자기 입에 들어간 것도 남에게 다 뽑아주는 삼촌이었지만, 사실 삼촌 집에도 먹을 게 다 떨어지고 돈도 없었다. 소고기가 나올 구멍 수만 짜내며 며칠을 고민하던 중에 또다시 그 아저씨가 찾아왔다. 오직 소고기뭇국만 찾는다는 안해가 점점 더 위독하다는 것이었다.

그 말에 삼촌은 아저씨를 데리고 들판으로 나갔다. 그 마을에는 네 마리의 소를 키우고 있었다. 소들을 매 놓은 들판으로 간 삼촌은 독한 비료를 먹여 송아지를 죽여버렸다. 죽은 송아지를 둘러메고 깊은 산 속으로 들어간 삼촌과 아저씨는 각을 떠서(부위별로 나누어 자르는 일) 일부는 땅속에 파묻어 놓고, 나머지는 자루에 메고 내려와 병든 안해와 딸은 물론 삼촌 가족들까지 나눠 먹었다고 한다.

난생처음 마주한 소고기 추념에 모두 놀랄 수밖에 없었다. 삼촌 엄마가 어디서 얻었느냐 물어보니 주변 군인들에게서 얻은 거라고 했단다. 삼촌과 아저씨 가족들은 이틀 동안 한집에 모여 소고기로 삼식을 챙겨 먹으며 비밀에 부치기로 단단히 약조했다. 삼촌은 송아지를 도살한 자리를 여러 차례 찾아가, 흔적을 모조리 치우고 감쪽같이 뒤처리하였다.

그러나 그 작은 산골 마을 일은 눈감아도 뻔히 다 알게 된다. 송아지를 잃은 주인은 기어코 송아지의 행방을 찾아내겠다며 추적에 들어갔고, 당에 신고까지 하며 온 동네를 들쑤셨다. 불안 속에 삼촌 엄마가 조심스레 물었다.

"여보, 우리가 먹은 소고기가 혹시 그 집 송아지 아닙니까? 아이고 성실이 아빠 어떻게 하겠소. 그냥 자수해 보세요. 하물며 죽이기야 하겠습니까. 자수하면 감옥은 가더라도 용서는 받을 수 있을 겁니다. 어서 가서 자수하세요."

안전부 보안원 자전거가 들락날락하는 걸 본 삼촌은 올 것이 온 거라 생각하고 가족들을 위해 자수했다. 바로 가택 수색이 진행되었다. 그러자 삼촌 엄마도 까마득히 몰랐던 사실들이 드러났다. 파묻어 놓은 김장독에 못다 먹은 소고기가 소금이 뿌려진 채 저장돼 있었고, 변소칸 잿더미 무지에는 발려진 뼈들이 파묻혀 있었던 것이었다. 삼촌과 아저씨는 즉각 살인자라는 딱지를 달고 호송차에 실려 시안전부로 잡혀갔다. 삼촌 엄마는 울며불며 어떻게 된 일인가 물어봤지만, 안전원들은 살인죄라는 말만 남기고 가버렸다고 한다.

몇 달이 지나도록 면회도 안 되더니, 어느 날 안전부에서 전보장이 날아왔다. 수의를 가져오라는 것이다. 삼촌 엄마는 본인이 자수한 일이라 감옥살이까지는 예상했지만, 사형수들이 입는 수의를 가져오라는 말에 너무 황당하여 온 집안에 전보장을 날렸다. 우리가 도착한 날로부터 이틀 후, 어느 한 장터 주변 강가에서 사형을 집행한다는 공개문도 붙었다. 동네 사람들은 살인자의 집안이라고 돌을 던졌고, 나무 울바자(울타리)까지 모두 뽑아가며, 바람벽마다 살인자의 집안이라 낙서를 하였다.

모든 일을 삼촌이 주도적으로 저지른 터라 삼촌은 사형을 받고, 함께 갔던 아저씨는 20년 형을 받았다. 재판도 없이 사형이 어떻게 집행됐을지는 안 봐도 뻔했다. 북한에서 소는 인권을 가진 사람처럼 취급하기에, 도살했을 경우 살인에 해당하여 무조건 사형이었다. 한국처럼 변호사를 찾을 수도, 법에 항소할 수도 없는 북한에서는 무조건 끝을 보는 사형제도가 가장 빠른 일 처리 방법이었다.

이틀을 울며불며 지내던 삼촌 엄마는 밤새 수의와 손망에 갈아 까불린 조이밥(좁쌀밥), 고추 장아찌를 벤또에 담아 들고 30리 길을 걸어 안전부로 갔다. 안전부는 삼촌 엄마를 보더니 "사형시간이 오전 10시인데 인제 오냐!" 꽥꽥거리며 삼촌 엄마만 받아서 마지막 면회를 시켰다. 가슴에 수의와 마지막으로 지은 찰조이밥을 끌어안은 삼촌 엄마를 바라보니 너무도 억이 막혀 눈물만 줄줄 흘러내렸다.

안전부 뒷마당의 커다란 철문이 열렸다 닫혔다 하더니, 삼촌을 싣고 온 차량이 사형장으로 들어갔다. 한참 후 안전원들 양팔에 이끌려 거의 실신한 상태로 끌려나온 삼촌 엄마의 손에는 수의는 사라지고 밥보자기만 매달려 있었다.

우리는 아무 말 없이 삼촌 엄마를 양팔에 끼고 강가로 걸어 나가니 벌써 많은 사람이 모여있었다. 맨 앞자리는 사형수 가족이 있을 자리라 누구도 다가서지 못했고, 그 앞으로 키만 하게 세워진 십자형 나무 판대기 일곱 대와 바로 밑에 깊게 판 구뎅이가 눈에 띄었다.

사형이 집행되기 10분 전, 삼촌과 다른 사형수들을 실은 안전부 차들이 포장을 뒤집어쓰고 달려왔다. 도착한 차에서 7명의 사형수가 내렸다. 벌써 절반 다 죽은 사람들이 뼈에 가죽만 남아 제대로 걷지도 못한 채 안전원들에 의해 끌려 나왔다. 사람 아닌 몰골에 누군지 알아볼 수도 없었고, 육안으로 본 삼촌의 몰골은 더는 내가 알던 삼촌이 아니었다. 어떻게 만들었기에 사람이 저 지경일까! 장작개비같이 바싹 말라 광대뼈가 튀어나온 삼촌을 보자 삼촌 엄마는 소리도 못 내며 흐느꼈다.

뒤켠 구석에서 그들의 입에 재갈을 물렸다. 다음으로 마스크를 눈 밑까지 올라오게 씌우더니, 또 검은 천으로 눈을 둘러막았다. 그리고 각자 이름표가 있는 막대기에 한 명씩 세웠다. 힘없이 꽂아 놓은 막대기들은 대롱대롱 힘없이 매달린 너무도 연약한 사람들의 무게를 쉽게 지탱하고 있었다.

방송차가 먼저 앞자리로 들어오고, 뒤이어 한국의 현금 수송 차량을 닮은 시커먼 차가 떡 하니 들어왔다. 그 차 안에서 무장한 안전원들이 내리더니 얼굴을 가린 채 흰 장갑을 끼고 사형수 앞 30미터 거리에 섰다.

방송차에서 사형수들의 죄를 한 사람씩 소개했고, 가족들은 울지도 부르지도 못하고 겁에 질린 눈으로 자기 식구를 바라볼 수밖에 없었다.

마지막으로 가족이 해당 사형수에게 읽어주는 마지막 말하기가 남았다. 죽음으로 가는 남편과 가족들에게 읽어주는 글은 본인이 쓴 글이 아닌, 안전부에서 지시한 글이었다. 부들부들 떨리는 목소리로 마지막 글을 읽으며 목이 메어 우는 삼촌 엄마에게 안전원이 바람 같은 발길질을 하며 욕을 해댔다.

"이 쌍, 개간나야! 뭘 잘했다구 썩어질 눈물을 짜는 거야! 당연히 갈 길을 제 발로 가는 놈한테 눈물이 나오냐? 개간나, 빨리 제대로 못 읽어!"

삼촌 엄마는 눈물 한 방울 흘리지 못하고, 써준 대본을 마지막까지 더듬더듬 읽어 나갔다.

"당신은 우리나라 사회주의 헌법을 몸으로 위반하고 살인을 한 살인자다! 고마운 우리 사회에서 어떻게 이런 일이 있을 수 있는가. 당신은 자기가 한 죗값을 만 사람들 앞에서 죽음으로 씻어야 한다. 우리 사회주의 헌법은 인민을 대표하는 법이기 때문에 당신의 죄를 용서할 수 없으며, 안해인 나도 함께 살아온 당신의 살인 행위를 받아들일 수 없다. 갈 곳에 가서도 죗값에 대하여 깊이 뉘우치길 바란다. 죽음으로 법 앞에, 나라와 인민 앞에 죗값을 받는 것이 응당하니 인민의 심판을 받아야 한다는 것을 말하고 싶다."

사형수 남편을 위해 안해들에게 강요된 마지막 말이었다.

일곱 명 중 두 명은 소를 잡아먹었고, 한 명은 중앙당 간부에게 유언비어를 돌려 정치적 손실을 끼쳤다고 한다. 다른 한 사람은 방직공장 지배인으로 경제범으로 잡혀 왔고, 나머지 세 사람은 신의주에서 중국사람을 통해 남한 CD를 불법으로 사들여 은밀히 팔다 잡혀 시범적으로 처형대에 올랐다.

제일 먼저 선두자가 나와 메가폰으로 뭐라고 외치자, 여기저기서 돌팔매질을 연속하여 해댔다. 그렇지 않아도 이미 다 죽어있는 송장 같은 사형수들의 이마에서 피가 쏟아지고 코피가 터졌다.

“인민의 이름으로 이자들을 처단한다.”

“사격준비! 연발로 쏴!”

따당따땅 소리와 함께 맥없이 걸려있던 사형수들이 머리부터 떨구고 쩍 소리도 없이 숨을 거두었다. 자기가 맡은 사형수들을 확인한 사격수들은 바람같이 사라졌다. 다 죽어 매달린 우리 삼촌과 다른 사형수들에게 어디선가 자꾸 돌이 날아왔다. 한참 후 죽은 사람들을 구뎅이에 집어넣는 아바이들이 나오더니 시체를 넣고 돌과 흙을 대충 뿌려 다지고 가버렸다. 사람들이 흩어지고 나서야 목 놓아 우는 삼촌 엄마와 사형수 가족들의 모습에 나도 오빠도 울고 또 울었다. 사람 때문에 사람이 죽어야 한다니. 본인도 불쌍하게 살면서 남이 불쌍한 걸 못 보고 살았던 우리 삼촌이 왜 사형까지 당해야 하나. 지나가는 사람들이 침을 뱉고 돌과 흙을 뿌리며 우리와 사형수 가족들을 저주했다.

자수하면 용서해주겠다고 약속하지 않았는가! 그 기만에 속아 양심으로 마주한 북한의 법은 가난하고 힘없는 사람들의 일생을 총알 하나로 깨끗이 처리해버렸다.

13년 하전사로 복무하며 젊은 청춘을 인민과 조국에 바쳤던 삼촌은 죄에 대해 한치의 용서를 구할 기회조차 부여받지 못하고 생을 마감했다.

도망자

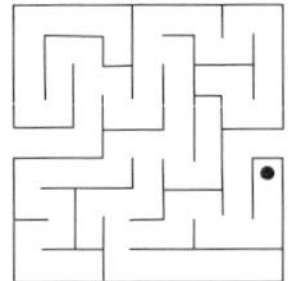

모두가 배고팠다. 그냥 배고픈 게 아니라, 너도나도 빼앗아서라도 내 입에 욱여넣어야 하루를 사는 짐승처럼 변해가던 때였다. 집집마다 시도 때도 없이 문을 두드리는 소리로 가득했다. 나가 보니 열 살도 안 되는 아이들이 먹을 것을 달라며 아우성이다.

"넌 누구니? 너 엄마 어디 있니?"
"엄마도, 아빠도 죽었어요. 야는 내 동생이래요."

애처롭게 쳐다보며 아이들이 말했다.
한겨울, 강물이 바닥까지 얼어붙는 추위에 입은 것도 없이 알몸에 가깝다. 추위보다 무서운 게 굶주림이라더니 그저 먹을 것만 달라고 빌고 또 빈다. 나라고 먹을 게 있을까. 물이라도 마시라고 건네주니 벌컥벌컥 마셔대는데 배가 이미 불뚝하다. 다른 집도 줄 게 없으니 물만 내줬을 터, 그거라도 받아 마신 아이들의 배가 물로 가득 찼다.

그래도 고픈 배를 채우려 연거푸 물을 마시던 한 아이가 갑자기 꿀떡대더니 입에서 분수처럼 물을 쏟아냈다. 한참 물을 토해내던 아이는 끝내 노란 속물까지 끌어내더니, 다른 집 사정은 좀 다를까 기대하며 동생 손을 이끌고 사라진다. 군대에서 그나마 주는 거 먹고살았던 나는 이런 상황이 당혹스러웠다. 아이들이 불쌍해 눈물이 났지만, 이제는 나 또한 먹은 게 없어 기력 없이 말라가고 있었다.

며칠이 지나 우물가에 나가 보자 새파란 몸뚱아리들이 웅크리고 있었다. 가만 들여다보니 우리 집에서 물을 얻어 마셨던 그 아이들이었다. 배가 고파서였나, 얼어 죽은 것일까, 아니 아마 둘 다였겠지.

'세상이 어쩌다 이렇게 됐을까!'

아이들의 죽음이 너무도 참혹했지만 나도, 누구도 이 아이들의 시신조차 수습해 줄 여력 없이 모두가 배고프고 추운 나날이었다.

단물장사도 끊기자 며칠 내내 굶는 날들이 이어졌다. 군대에서 배워 써먹을 기술은 접수(도둑질)밖에 없으니 내 나이 29살에 여기저기 훔쳐 먹으며 주린 배를 채웠다. 그날도 장마당에 나가 뭐라도 훔쳐 먹을까 서성이는데 한 할머니가 나를 불렀다.

“니 제대 맞았니? 꼴을 보니 며칠 굶은 거 같은데 내 니 도와줄 테니 이리 오라.”

그나마 내게 남은 거라곤 제대 때 입고 나온 군복 한 벌. 할머니는 빵 다섯 개를 줄 테니 군복과 바꾸자고 했다. 빵 하나가 5원. 돈이고 뭐고 배고파 눈이 돌아갈 지경에 금박 두른 옷이라도 못 벗을까. 옳다구나 군복을 벗어대는데 내 팬티를 본 할머니가 팬티에 빵 하나 더 얹어주겠단다. 사회에는 티셔츠 한 장 제대로 입은 사람이 없었기에 군대 보급품인 질 좋은 팬티는 꽤 값을 쳐줬다. 팬티까지 다 벗어주고 할머니가 건넨 겉옷만 대충 걸치고 나자 이제 내게 남은 건 아무것도 없었다.

그래도 군인 출신이라고 동네 사람들에게 어깨에 힘 좀 줬던 나인데, 팬티 한 장까지 싹 다 거덜난 거지 신세가 되고 나니 너무도 창피했다. 더구나 옷 한 벌 못 해줘 미안해하는 오빠 앞에 군복까지 팔아먹은 내 꼴을 도저히 보일 수 없었다. 나는 그길로 집을 나왔다.

거처도 없이 이곳저곳을 흘러가며 훔쳐 먹고, 때려 먹고, 닥치는 대로 먹고, 살기 위해 발버둥 쳤다. 나만 그러했을까. 여기저기 강도질이 판을 치고, 굶어 죽고 아파 죽는 사람들이 널려 있었다. 아무것도 할 게 없고, 할 수 없는 사회에서 모두가 거지로 몰락하고 있었다.

6개월을 정처 없이 떠돌다 보니 양강도 혜산에 다다랐다. 북한의 꽃제비들이 여기 다 모였는가, 그야말로 온통 거지들 소굴이었는데 나름의 이유가 있었다. 여기서 강 하나 건너면 중국인데, 거기 가면 그래도 먹을 게 좀 있다는 것이다. 여름엔 가물어 바닥 자갈밭이 다 드러나 건너기 수월하지만, 경계가 삼엄해 엄두도 못 낸다. 그래서 추위가 극에 달하는 1~2월, 강물이 얼어붙으면 경계도 풀리고 건너갈 만하단다. 이래도 죽고 저래도 죽을 판에 먹을 게 있다니 나도 꽃제비들과 함께 그 강을 건너기로 작정했다.

건너기만 하면 뭐라도 먹을 수 있겠다는 희망은 오래가지 않았다. 손발이 얼어 터지며 강을 건너는 순간, 바로 중국 공안에 잡혀 북송되어 보위부로 끌려간다. 보위부에서 갖은 고문을 겪고 풀려나면 다시 이 강을 건넌다. 북한 땅에서 살 수 있는 방법이 하나라도 있었다면 찢기고 얻어터지는 고문길이 뻔한데 그 강을 건너고자 했을까. 살길이라곤 강을 건너는 것밖에 없으니 죽어라 강만 건넌 세월이 꼬박 10년이었다.

고문과 시집살이

하도 보위부에 잡혀 들어가다 보니 이제 나만 보면 "간나새끼, 저년 또 왔니?" 하는 인사가 붙었다. 이들도 지치지 않고 잡혀 들어오는 내가 질릴 대로 질린 모양이다. 제집 드나들 듯 보위부를 들락거렸지만, 그때의 고통과 수모는 지금도 내 마음을 짓누른다. 뜨거운 물에 지져져 숭덩 구멍이 나 아직도 머리카락이 자라지 않는 뒤통수와 손등, 그리고 가슴이 찢겨져 울퉁불퉁 제멋대로 새살이 돋은 상처 자국을 볼 때마다 섬뜩한 기억이 되살아난다.

보위부에 들어서면 우선 여자고 남자고 '벗어!' 소리에 실오라기 하나 걸치지 못하고 옷을 다 벗어야 했다. 일렬로 선 채로 다리를 벌리라고 하는데, 처음 잡혀 온 여자들은 수치심에 눈물이 터져나오지만, 울어봐야 돌아오는 건 가차 없는 욕설과 매질뿐이었다.

다리를 벌리고 상체를 구부리면 항문이고 자궁이고 손을 집어넣어 마구 휘저었다. 수치심은 둘째치고, 통증에 눈앞이 아찔해졌다. 탈북자들은 중국에서 돈이 생기면 꼬깃꼬깃 각 잡아 항문이

나 자궁에 넣거나 심지어 삼키기까지 하는데, 이들의 수법을 익히 아는 보위부가 가만둘 리 없었다. 설사약을 가득 먹여 바가지 하나 던져주고 며칠 내내 싸는 똥 속까지 돈이 있나 없나 샅샅이 뒤졌다.

"누굴 만났나?"
"어디를 가봤나?"

사상 검증은 집요의 극치다. 아니라고 모른다고 대답하면 그대로 매질이 날아오거나 뜨거운 물이 부어졌다. 사정없이 날아오는 고문은 결국 아니어도 몰라도, 맞다고 안다고 대답하게 했다.

특히 "교회 가봤나? 뭘 들었나?" 종교 질문은 예민한 부분이었다. 탈북자들이 유일하게 숨어들어 보호받는 곳이 종교 기관이기 때문이었다. 그때만 해도 나는 십자가라면 그저 병원 표시로만 알았다. 교회가 뭐 하는 데인지 들어본 적도 없어 "모릅니다." 답하는데 그대로 책상 위에 올려둔 손가락 위로 쫙쫙 매질이 떨어졌다. 아무리 모른다고 이야기해도 "썩어빠진 애미나이! 어디서 수 부리고 있어." 막무가내다.

내리치는 매질에 손가락이 부러질 듯 아파 나도 모르게 자꾸 손을 피하자, 이제는 연필같이 뾰족한 막대기로 내 손등을 내리꽂았다. 뜨거운 물과 불에 온몸이 지져지고, 얼어 터진 몸을 혁대로 내려칠 때마다 살점들이 여기저기 뜯겨 나갔다. 도저히 고문을 감당하지 못해 가보지도 못한 교회도 갔고, 만나지도 못한 사람들을 만났다고 거짓을 고하면 그때야 보위부의 검증이 마무리되었다. 물론 이들은 우리의 말을 다 믿지 않는다. 그저 끝까지 몰아붙여 보면 사실을 말하는지 거짓을 말하는지 판별할 수 있다. 사실 그들에게 진실과 거짓은 중요치 않았다. 이미 사상이 더럽게 물든 종자들은 죽여도 무방한 사회였다.

참 아이러니하다. 꿰매지도 못하고 새살이 붙어 덕지덕지 흉터로 남은 내 온몸의 상처는 여전히 고통의 기억이지만, 한편으로 '그때보다 더한 고통은 아니지 않은가' 하고 매 순간 살아갈 용기를 주었다. '이들이 그토록 무서워하는 교회가 대체 무엇이길래?'라는 의문은 오히려 나를 교회로 향하게 하는 신앙의 기회를 열어주었다.

이제는 이렇게 말할 수 있다.

"그래! 니들 보위부가 나에게 살 용기를 심어주었고, 제대로 선교 활동을 해줬으니 당신들 보란 듯이 잘살아 보겠다!"

악에 짓눌린 삶 속에서도 그런 다짐이 나의 희망이 되었다.

꽃제비 10년 중 4년을 감옥에서 살았다. 풀려나면 또 강을 건넜고, 또 끌려오기를 8번이나 하니 보위부 지도원조차 "니, 다시 여

오지 말고 저짝 멀리 좀 가버리라!”라고 소리쳤다. 그들에게도 누나가 있고 여동생이 있을 터, 온갖 고문에 만신창이가 된 내가 딱해 보였을 것이다. 차마 남한으로 가라는 말은 못 하고, 멀리멀리 도망가서 잡히지 말라는 말이었다. 그들은 오빠네 집으로 연락을 넣어 제발 집에 데려가 단속 좀 하라고 당부했다.

감옥에서 풀려나오는 나를 본 오빠는 비쩍 골아 제대로 서지도 못하는 내 모습을 보자 가슴을 치며 눈물을 쏟았다. “죽어도 우리 집에서 죽자.”라며 나를 끌고 갔지만 오빠네 집안 꼴도 눈 뜨고 볼 수가 없었다. 제대로 먹지 못해 결핵에 걸린 올케언니는 쿨럭쿨럭 피를 토하며 화장실도 벌벌 기어 다녔고, 그마저도 힘에 부쳤는지 쓰러진 채 똥오줌을 쌌다. 22살 난 조카는 영양실조로 눈이 멀어 강제 제대를 당하고 산송장이 되어 있었다. 10살도 채 안 된 둘째 조카가 온 가족을 먹여 살려보겠다며 산에 가 풀을 뜯고, 냇가에 개구리 알을 주우러 다녔지만, 먹을 게 어디 남아있으랴. 모두가 매일 굶는 형편이라 고문받은 내 꼴이나 배곯은 오빠네 꼴이나 다를 게 없었다.

‘이 집에 입 더하면 사람도 아이다. 도망쳐야 한다.’

내 속마음을 꿰뚫어 본 듯 오빠는 나를 구슬렸다.

“도망쳐야 또 잡혀 고문받기만 더 하겠니. 시집이라도 가라. 시집가면 니 입 하나 건사 못하겠니.”

북한에서 시집간다는 것은 여자가 온갖 혼수를 다해 시댁 살림살이에 크게 보태는 일을 뜻한다. 입에 풀칠할 것도 없는 마당에 시집이라니 가당키나 할까. 오빠는 “내 친구니 빈손으로 와도 멸시치 않을 거다.”며 오랜 동무에게 나를 시집보냈다.

떠나던 날, 내게 저고리가 몽땅 저고리로 닳을 때까지 그저 그 집 귀신이 되어야 한다고 신신당부하던 오빠는 문을 나서는 내 뒷모습을 제대로 바라보지 못하고 주저앉았다. 빈털터리로 여동생을 시집보내는 오빠의 속을 어찌 모르랴. 평생을 부모 노릇 하느라 고생한 오빠를 봐서라도 버티며 살아야 한다고 다짐했지만, 시집을 가는 내 발걸음 역시 무겁기만 했다.

‘어차피 거지처럼 사는 거 될 대로 되라지. 그래도 오빠 친구라니 모르는 이보다 낫지 않은가.’

기대도 희망도 없었지만, 시댁이 될 집 대문을 여니 ‘야… 나 여기 죽으러 왔구나.’ 하고 맥이 탁 풀렸다. 살림을 보아하니 집안에 된장, 간장, 소금 하나 없이 움막만 쓴 거지집이었다. 어찌 살까 한숨만 나왔다.

시누이 되는 사람의 첫인사가 매서웠다.

"어머! 저것 봐라! 진짜 빈손이네! 배낭 하나 안 지고 왔네."

장애가 있는 시아주버님부터 시부모, 시누이까지 여섯 식구나 되는 이들은 마치 가난의 원흉이 이제야 나타난 마냥 온갖 화풀이를 내게 해댔다.

개울터 물쑥을 캐다 풀죽을 쑤어도 보고, 몸이 부서져라 먹거리를 찾아다녔지만, 나라고 뒷마당 밭떼기를 지고 사는 게 아니니 끼니때마다 빈 상이 이어졌다. 가난에도 술에 미쳐 사는 신랑과 시아버지는 당장 술을 내놓으라고 성화였다. 쌀도 없는데 술이 있을까. "술이 어딨습니까?" 물으면, "너, 지금 나한테 접어드니?" 신랑의 욕설과 발길질이 날아왔다. 시어른들도 말릴 법한데, "들인 며느리가 복떼기가 없으니 집이 이 모양이여." 거드는 형국이었다. 여기서도 이어지는 매질에 맞을 대로 맞은 나도 악이 번졌다.

'그래, 때려보라. 때려 쌀 나오고 술 나오면 내 더 못 맞아줄까.'

여군 시절 당당한 풍채에 주먹 꽤나 썼던 나도 신랑과 맞받아 치고받으며 버텼지만, 6개월이 지나니 몸도 마음도 마를 대로 말라갔다.

나는 그렇게 다시 시댁에서 도망쳐 나왔다. 견딜 수 없는 배고
픔에 신랑의 매질, 시댁 식구들의 천대와 멸시까지 이어지자, 내
인생이 어디까지 고달플지 기약 없는 고통에 지쳐가고 있었다.

4장
출산

출산

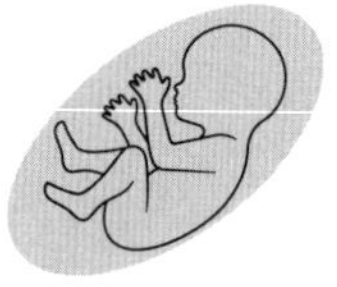

시댁에서 도망쳐 장마당을 떠도는데, 그래도 낯이 익은 아줌마가
나를 붙잡았다.

"니 혹시 애 섰니? 암만 봐도 애 선 것 같다."

오로지 입 풀칠에 급급했던 나는 임신은 상상도 못 했던 일이라
너무 당황스러웠다. 하도 못 먹어 달거리가 들쭉날쭉한지 이미 오
래된 터라 아니라고 손사래 치는데도, 보는 아주머니마다 애 들어
선 게 맞다고 확신했다. 그때 이미 임신 6~7개월 차였던 듯하다.

빈집살림에도 구들 농사는 짓는다고, 저녁 5시만 되면 전기도
없는 북한은 그저 아이들을 줄지어 낳았고, 그 아이들은 굶어 죽
고, 맞아 죽고, 병들어 죽었다. 나 또한 병원 검사는커녕 발붙이
고 잘 데도, 끼니마다 먹을 것도 없이 해결 못해 대책 없이 만달을
채울 때까지 임신이고 뭐고 배 채우는 데만 급급한 채 떠돌았다.

참으로 춥고 추웠던 날, 양강도 혜산 역전에서 진통을 맞았다. 배를 끌어안고 출산할 자리를 찾았지만, 아기 낳을 변변한 자리가 없어 발만 동동 굴렀다. 짐승들도 새끼를 낳기 전에 둥지를 튼다고 하는데, 하물며 사람이 아기 낳을 자리 하나 없다는 처지가 그렇게 서글플 수 없었다.

진통의 아픔으로 몸부림쳐도 그 누구 하나 거들떠보지 않았다. 역전 승무원들은 행여나 역전 안에서 아이를 낳을까 봐 당장 나가라고 내쫓기 바빴다. 역전 보일러 아궁이 옆에 쓰러져 있자니 이미 양수가 터져 다리 밑으로 물이 흥건했다. 지나가는 길손에게 도와달라고 요청해보았지만, 꽃제비 따위에게 손을 잡아주는 사람은 아무도 없었다.

임신이 뭔지도 몰랐던 나는 아기를 출산하는 일이 너무 무섭고 떨려 차라리 아기를 낳다 죽어버렸으면 좋겠다고 바라고 있었다. 그때 지나가던 한 할머니가 아궁이 앞으로 다가와 혀를 끌끌 차셨다. 생추위에 아무것도 없이 출산을 앞둔 나를 보더니 누군가 길거리에 던져버린 쌀자루를 끌고 와 뭔가 준비를 시작하셨다. 천으로 만든 쌀자루는 이미 꽁꽁 얼어 있었지만, 내겐 이불솜만큼이나 따뜻한 손길이었다.

할머니는 버려진 유리 조각을 주워 바짓가랑이에 뿍뿍 문질러 닦으시더니, 콧바람을 흥흥 불어 소독을 마쳤다. 진통 끝에 세상에 나온 아기의 탯줄을 자르고, 자신의 머리에 썼던 낡은 세수 수건을 벗어 아기를 싸더니 쌀자루에 겹싸 내 품 안에 안겨주셨다.

우는 아이를 받아드니 친정엄마 생각이 나 왈칵 눈물이 쏟아졌다. 할머니는 내 등을 하염없이 쓸어주시며 "애기 엄마가 울면 눈도 안 보이고 젖도 안 나오니 그만 그치라."고 다독이셨다.

"내 이제 어찌 살아요."

할머니 손을 붙들고 엉엉 우는데, "애기를 봐서라도 살아야지 어째. 미역국을 먹어야 젖이 나오는데…" 하고 말을 곱씹더니 한참 후 자리를 떠나셨다.

할머니가 떠나자 나는 금방이라도 죽을 것 같았다. 아이를 어떻게 키우는지, 앞으로 뭘 어찌해야 하는지 앞날이 막막하기만 했다. 집도 없는 이 한지에서 이 아이를 어떻게 키울까.

배고파 우는 아이에게 젖을 물렸지만 허약해진 나는 아무것도 나올 게 없었다. 어쩔 수 없이 그날부터 젖동냥하러 다녔다. 장마당 입구고 길거리고 닥치는 대로 다니며 젖동냥을 구하면 그래도 한두 명씩은 업은 아기를 내려놓고 내 딸에게 젖을 물려주셨다. 너무나 고마워 큰절하며 울기만 하자 아기에게 뭐라도 사 먹이라고 잔돈을 품에 넣어주기도 했다.

어쩌다 동냥젖을 먹이는 거지 엄마가 되어버렸나, 내 신세가 너무 가련해 이렇게 사느니 그냥 죽어버릴까 험한 생각에, 동냥젖도 안 먹이고 나도 물 한 모금 안 먹은 채 압록강 주변에 누워있기도 했다. 그러면 물 길으러 나온 아낙네들이 배고파 울어대는 딸을 보고선 물과 누룽지 죽이라도 먹여 나를 살려놓았다.

아침마다 눈을 떠 새날을 맞이하는 게 제일 두려웠다. 간밤에 자다가 얼어 죽든 굶어 죽든 목숨이 꺼지기를 고대했지만, 질겨 터진 생명은 쉽게 꺼지질 않았다. 국경 경비대 군인들조차 핏덩어리 아기를 안고 자갈밭에 누워있는 내게 누룽지나 칼파스(소세지)를 몰래 가져다주었다. 역전 안에 들어가면, 더럽다고 매번 쫓겨났지만 배고파 우는 아기의 목소리를 들은 손님들은 식사를 나눠주며 배를 채워주었다.

주변의 도움으로 간간이 배는 채웠지만, 살인마 같은 북방의 추위는 피할 길이 없었다. 추위가 매서워 밤이 되면 아파트 복도로 찾아들었다. 유리 창문도 없는 아파트 복도 밑에 비닐박막을 깔고 웅크리고 앉으면 엉덩이는 얼음장처럼 얼어오지만 그래도 바람 막을 자리는 그곳밖에 없었다. 역전 보일러실에서 갓 퍼낸 탄재라도 만나면 남아있는 따뜻한 김에 잠시나마 몸이라도 녹일 수 있었지만, 이마저도 꽃제비들이 모여든다고 탄재에 물을 부어 꽁꽁 얼게 만들었다.

한지에 앉아 내 신세를 한탄하며 하도 울어 눈은 항상 부어 있었고, 산후병으로 뼈마디가 부러질 듯했지만, 배고파 우는 아기를 달래며 늘 입속으로 이런 노래를 불러주었다.

잘 자거라 아가야. 내 사랑 아가야.
밤은 캄캄 깊어도 잠 잘 자거라.
저 하늘의 별님들 밝게 웃으며
너를 지켜주리라, 내 사랑 아가야.

입속으로 중얼거리는 노래 속에 터져 나오는 눈물은 새파랗게
얼어든 아기 얼굴로 흘러내렸고, 이유도 없이 당해야 하는 아기의
고통이 미안해 매일 밤을 눈물로 보냈다.

철국 엄마 1 - 생명의 은인

핏덩이 딸을 안고 떠돌던 꽃제비 시절, 고난의 행군에 전염병 파라티푸스(일명 열병)까지 전국을 휩쓸었다. 나 역시 이 병에 걸려 지옥의 문턱까지 갔으나, 또 한 번 나를 살린 생명의 은인이 나타났다. 그 이름은 철국 엄마. 한 부대 상급자였던 철국 엄마는 꽃제비 대열에서 운명처럼 얼결에 만났다. 탈북 전까지 나와 내 딸을 보살피며 험난한 고비마다 살아남을 수 있게 해준 인생의 천금 같은 은인이었다. 그녀가 없었다면 나는 이 세상에 없었을 것이라 확신한다.

된장, 간장 구경한 지 오래고, 소금도 없어서 풀죽 맹탕이로 겨우 끼니를 채우던 시절, 엎친 데 덮친 격으로 전염병까지 돌기 시작하자, 굶어 죽는 사람만큼 병들어 죽는 자들이 늘어났다. 한밤 자고 나면 가마니에 말려져 지게에 실려 산에 묻히는 아이들과 노약자들이 부지기수였다. 파라티푸스는 심한 고열과 함께 두통, 어지럼증, 설사까지 동반되어 3~4일이면 죽어 나가는 병이었다. 물만 마셔도 토하고 설사가 나, 눈이 무덤 구뎅이처럼 푹 들어가고 얼굴은 살비듬이 일어날 정도로 까칠해진다.

황해남도 청단군에서 방황하며 벼이삭을 줍던 때였다. 이곳은 곡창지대라 전국의 꽃제비 방랑자들이 물밀듯이 몰려들었다. 어린아이를 업고 떠도는데 갑자기 어지럼증과 매스꺼움, 설사가 나더니 이틀이 지나자 기운도 없이 그냥 쓰러져 버렸다. 다행히 곁에 있던 철국 엄마가 날마다 벼 이삭을 주워다 일곱 살 철국이와 네 살 난 철순이, 병든 나와 내 딸까지 거둬주고 있었다.

벼가을이 끝난 날씨는 초저녁부터 이른 아침까지 매섭게 추워졌다. 나는 압록강 개울가에 드러누운 채 철국 엄마가 오기만을 기다려야 했다. 아이들은 배고파 울다 잠들고, 깨어나면 다시 엄마를 찾으며 울기를 반복했다. 아이들을 안아줄 기력도 없이 쓰러져 있는 나를 대신해 철국이가 나선다. 고무신에 물을 담아와 아이들 입술에 발라주며 달랜다.

"우리 엄마가 먹을 거 가지고 온다. 엄마 오면 맛있는 거 줄게. 울지 마라, 아가야."

어린 여동생에 내 딸까지 땜쟁이 손으로 눈물을 닦아주며 달래주던 철국이가 어찌나 고맙던지. 하지만 해가 질 무렵이면 꾹꾹 버티던 철국이도 주린 배를 참지 못해, 엄마 나간 길을 목 빼 들고 서서 울음을 터트렸다. 이런 상황에도 병들어 누워만 있는 나 자신이 그토록 밉고 한심할 수가 없었다.

굶주림은 한창 꽃피는 아이들을 너무 일찍 철들게 했다. 하루하루 먹을 걱정과 살아갈 근심에 웃음보다 눈물로만 커간다. 새벽길에 나간 철국 엄마가 저녁에 들어섰다. 엄마 발소리에 맨발로 자갈밭을 달려나간 철국이는 왜 인제야 오냐고 엄마 손을 꼬집고 뜯으며 떼를 썼다. 엄마가 없을 땐 제법 어른스러웠지만, 엄마 앞에서는 천상 어린애가 되는 철국이를 바라보니 무능력한 나 자신이 그저 죄스럽다.

철국 엄마는 돌아오자마자 차가운 손을 입김으로 녹여 내 이마부터 짚어본다. 아무것도 할 수 없어 미안하기만 했던 나는 그 손길이 너무 고마워 눈물이 터져 나왔다. 혼자서 살아내기도 힘든데, 두 자식에 나와 내 딸까지 등에 짊어졌으니 그 고생이 오죽하랴. 그런데도 내 손과 발을 주무르며 아이들을 봐서라도 용기를 내 살아보자고 다독여 주는 그녀가 내겐 하늘이 내려준 은인과도 같았다. 그러면서도 내 욕심은 끝이 없었다. 그녀가 돌아오지 않으면 우린 다 죽은 목숨이니, 혹시 그녀가 우릴 버리고 가진 않을까 노심초사하며 염치도 없이 그녀에게만 매달렸다.

가린 것, 깐 것 없는 한지 개울가에 철국 엄마가 돌아오니 따뜻한 온기가 도는 듯했다. 그녀는 들어오자마자 논두렁에서 주워 온 새알들을 삶아 나와 애들 입에 넣어주었다. 철국 엄마가 씹어서 먹여주는 그 새알을 겨우겨우 목구멍으로 넘겨보지만, 삼키는 대로 다 토해버렸다. 머리 들 힘도 없이, 겨우 눈만 뜨고 쳐다보니 철국 엄마 온몸이 볏짚 북데기로 덕지덕지했다. 고열로 떨고 있는 나를 따뜻하게 해주려고, 탈곡한 볏짚 북데기를 이고 지고 온 것이었다.

병에 걸린 지 일주일이 지나자, 내 상태는 죽으면 개울가 모래라도 덮어줄까 자리까지 봐둘 정도로 악화돼 버렸다. 삐짝 말라버린 나를 보고 이제 죽겠구나 싶었던지 철국 엄마는 저만치 가고 있는 소달구지를 향해 소리쳤다. 한참 후 돌아온 달구지꾼이 나를 부축해 달구지에 올려놓았다.

지금도 생생한 달구지꾼 아바이 말이었다.

"애미나이, 오늘 밤은 영 못 넘기겠구만."

이 말에 철국 엄마는 다급히 말했다.

"충단아! 오늘 병원에 못 가면 죽는 거야. 정신 차리구 병원 가라. 꽃제비지만 그래두 사람인데 주사 한 대, 약 한 알 먹여주겠지. 니 오늘 살아오지 못해도 충단이는 내가 키울 테니 아무 걱정 말고, 죽더라도 병원 가서 죽자. 응?"

"언니…, 우리 충단이 부탁해요. 나 죽으면 충단이 버리지 말

구 엄마 되어주세요. 그동안 너무 고마웠습니다. 이 은혜 죽어서
도 안 잊을게요….”

꺼져 들어가는 내 부탁을 귀대고 들어주던 그녀는 곧 병원에 따
라오겠다며 눈물로 나를 보냈다.

소달구지에 누워 ‘몹쓸 놈의 병에 걸려 이렇게 죽는구나.’ 생각
했다. 눈물만 흘리는데, 달구지 아바이가 담뱃불을 붙이며 염장을
지른다. 어젯밤 자기 부락에서도 처녀애가 파라티푸스로 죽어 산
에 묻어줬다고. 달구지가 덜컹거릴 때마다 머리가 박살나듯 아파
오는데, 이 아바이 말을 들으니 갑자기 오기가 생기기 시작했다.

‘지금 충단이가 나를 찾으며 울고 있을 텐데, 나 죽으면 딸아이
불쌍해 어찌할꼬.’

살아야 한다. 어떻게든 살아야 한다. 이 악물고 정신줄을 겨우
겨우 붙잡으니 어느새 군 병원 전염병동에 도착해 있었다.

철국 엄마 2 - 탈출

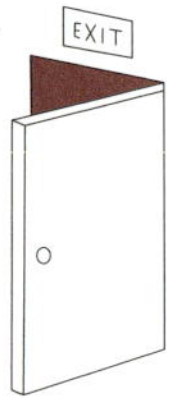

간단한 수속을 마친 후 병동으로 자리가 배정되었다. 침대도 없이 비닐 마대 안에 볏짚 북데기를 넣어 마다라스라고 깔아놓은 병원 바닥에는 파라티푸스 환자들로 발 디딜 틈이 없었다. 하룻밤에도 수십 명이 들어오는 병실은 아우성과 신음으로 가득 차, 머리가 깨질 것 같았다.

나는 아침에 눈을 뜰 때마다 '살았구나, 다행이다.' 싶어 너무 좋았다. 살기만 하면 철국이네와 딸 곁으로 돌아갈 수 있을 테니, 혼자서 화장실도 못 가면서도 오직 딸 곁으로 돌아가는 상상만 했다.

이런 나를 지켜보던 한 아주머니가 말했다.

"무언가를 생각하고 눈물 흘릴 정도면 이제 살아난 거예요."

나는 그 말이 너무 고마웠다.

'내가 살 수 있구나!'

하루빨리 아이를 만나볼 생각에 마음이 더 바빠졌다.

그렇게 며칠이 지났을까? 아침 창문으로 누군가 살며시 문을 두드렸다. 겨우 고개 들어보니, 철국 엄마가 딸아이를 배낭에 짊어지고 내게 보여주는 것이었다. 전염병 격리 대상자는 면회가 금지되어 있었는데, 도대체 어떻게 들어왔을까.

놀라움이 가시기도 전에, 씻지도 못해 깜도라지처럼 새까맣게 변한 내 딸이 눈에 들어왔다. 머리에는 부스럼이 나서 상처가 헐어 있었고, 그곳에서 진물이 흘러내리고 있었다. 창문 너머로 엄마를 알아본 아이가 안기겠다고 발버둥 치며 울어대는데, 그 모습을 보는 순간 너무 행복해서 눈물이 났다. 일어서지도 못한 채 방바닥에 누워 두 팔만 허우적거리며 딸을 찾는데, 아이의 울음소리에 간호사가 들어와서는 당장 나가라고 호통을 쳤다.

한시도 잊은 적 없는 내 딸. 제아무리 빌어먹고 주워 먹는 거지의 삶이라도, 딸과 함께라면 행복할 것 같았다. 배고파 울고, 추워서 잠도 못 들고 오들오들 떠는 모습을 볼 때마다, 세상에 태어나게 한 나 자신이 너무 미안해서 울고 또 울었다. 한 줌의 배도 채워주지 못하는 엄마의 죄, 이제는 품 안에서 지켜보는 것조차 할 수 없다는 그 죄가 더욱 무겁게 짓눌렀다.

서서히 멀어져 가는 철국 엄마와 딸의 뒷모습을 바라보자 가슴

깊이 쌓였던 분노가 울컥 치밀어 올라 도무지 누워있을 수가 없었다.

'정신 차리자. 살아야 한다.'

불쌍한 딸을 위해서라도, 혼자 고생할 철국 엄마를 위해서라도, 살아야 한다는 각오가 다시금 역력히 피어올랐다.

이제 슬슬 벽을 딛고 일어나 물도 마시기 시작했다. 병실이 모자라다 보니, 회복 기미만 보여도 곧바로 퇴원 수속이 진행됐다. 이 병원은 꽃제비 환자들만 따로 격리해 둔 곳이었다. 9.27 여관(꽃제비 수용 여관)에서 배급되는 강냉이 쌀을 받아 식량 보급에 보태고 있었기에, 퇴원 환자들은 병원 관계자와 함께 여관에 들러서 쌀을 받아 병원에 수납한 뒤에야 떠날 수 있었다. 나도 경리과 아줌마의 부축을 받으며 9.27 여관에 쌀을 받으러 나갔다. 경리과 아줌마는 가는 내내 "한지에서 어이 사냐? 어데서 왔냐? 나이와 고향은 어이 되냐? 딸 이름과 나이는 뭐냐?" 세세히 물어보며 내 처지를 안타까워했다. 여관에서는 꽃제비임이 확인되자 껍질이 절반인 강냉이 쌀 12kg을 내주었다. 껍질이 태반이더라도 강냉이 쌀을 눈으로 보자 당장 철국이네와 딸 생각밖에 떠오르지 않았다. 저런 쌀 하나에 거지로 전락한 우리들.

온통 딸 생각만 가득한 채, 경리과 아줌마가 이끄는 대로 발걸음을 옮겼다. 병원으로 들어가는 길목에 장마당이 서 있었다. 국수 끓이는 냄새, 틀빵 지지는 냄새, 수수 빈대떡 부치는 냄새들이 코끝을 유혹했다. 꼴 같지도 않게 말라버린 내 몸은 다시 살아나고자 몸부림치듯 무서운 식욕을 불러일으켰다. 나는 체면이고 뭐고 경리과 아줌마에게 수수 빈대떡 한 개만 사 달라고 애원했다. 빌다시피 사정하는 내 모습이 불쌍했는지 아줌마는 "그래 주마." 하며 승낙하면서, "인차 갔다 올 테니 강냉이 쌀 잘 붙들고 가만 앉아 있으라." 하고 당부했다.

강냉이 쌀 12kg이 내 품에 안기자, 그토록 간절했던 빈대떡 생각은 싹 달아나 버리고, '이 쌀이면 철국이네랑 며칠은 산다! 이걸 들고 튀자!'는 생각만 번뜩 스쳤다. 죽어가던 몸에 어디서 힘이 났는지, 나는 강냉이 쌀 12kg을 둘러메고 사람들 사이를 빠져 허둥지둥 도망쳐 버렸다. 아이들을 먹여야 한다. 철국 엄마에게 신세를 갚아야 한다. 잡히면 못 돌아간다는 기대와 걱정들이 뒤섞여, 12kg의 무게 따위는 따질 겨를조차 없었다.

골목에 숨어서 해만 떨어지길 기다리던 나는, 마침내 딸과 철국이네가 지내는 개울가로 향했다. 강가 자갈 위에 걸어둔 냄비 안에서는 무엇인가가 바글바글 끓고 있었다. "철국아!" 부르며 다가가자, 쪽잠을 자던 철국이가 "이모!" 하며 와락 안겼다. 어데 갔었냐 따지고 묻는 철국이를 뒤로하고 딸애부터 찾는데, 철국 엄마와 딸이 보이질 않았다. 철렁 내려앉는 가슴에, 철국 엄마! 충단아! 부르며 허둥대자, 철국이가 얼른 나서서 상황을 일렀다. 아기 먹일 게 없어 엄마가 업고 역전으로 동냥 나갔으니 걱정하지 말라며, 아기를 업고 나가면 아이를 봐서라도 죽물에 빵 쪼가리라도 얻어 먹일 수 있다고 했단다. 이 고된 상황에도 충단이를 친딸처럼 보살펴 온 철국 엄마가 고맙고 미안해 눈물이 왈칵 쏟아졌다.

달그락거리며 김을 피워대는 냄비를 열어보니, 누렇게 말라비틀어진 배춧잎이 끓고 있었다. 철국이가 주워 온 배추 떡잎이란다. 나는 즉시 훔쳐 온 강냉이 쌀을 큰 손 가득 담아 냄비에 넣었다. 쌀을 보자 눈이 휘둥그레진 철국이는 "어데서 구했어요? 누가 줬어요?" 하며 궁금한 게 많았다. 배고팠을 철국이와 철순이에게 죽부터 먹이자 허겁지겁 잘도 먹는다. 배가 차니 아이들은 금세 곯아떨어졌다. 얼마나 하루가 고달팠을까. 맹탕에 말라버린 배춧잎, 껍질 섞인 강냉이 쌀이라도 오랜만에 배불리 먹은 아이들의 잠든 표정이 편안하고도 해맑았다.

해가 다 넘어가서야 철국 엄마가 돌아왔다. 우는 딸애를 업은 채 강가로 들어선 철국 엄마는 나를 보자 허겁지겁 달려와 이마도 짚어보고 손발도 만져보며 살아 돌아왔음을 반겨주었다. 아이부터 끌러 품 안에 안겨주는데, 엄마를 알아본 딸은 두 발을 한들거리며 품에 안겨 젖부터 찾았다. 꽁꽁 얼어버린 아이의 몸, 그래도 철순이 옷을 덧입혀 춥지 않게 해주려 애쓴 흔적이 역력했다. 순간적으로 온몸이 파르르 떨리며 참았던 오열이 터져 나왔고, 철국 엄마도 흐느끼며 나를 안아주었다.

철국 엄마가 아니었다면 나와 딸은 이 세상에 없을 것이다. 병들어 쓸모없는 나를 대신해 아이를 지켜준 철국 엄마는 형제도 부모도 서로를 저버리게 만든 세월 속, 그 힘든 고난을 혼자 떠메고 우리를 지켜주었다. 떠돌이 생활 속 철국이네와의 동고동락은 나에게 하늘이 준 복 중의 참복이었고, 이런 철국 엄마만 있으면 어떤 고난도 이겨낼 수 있을 거라 믿고만 있었다.

철국 엄마 3 - 강을 건너는 사람들

하루는 잠을 자는데 자갈돌 밟는 소리가 자그락자그락 들려왔다. 나와 철국 엄마는 9.27 여관의 규찰대가 꽃제비 단속을 나왔을까 무서워 숨을 죽였다. 9.27 여관은 죽어야 나오는 감옥과도 같아, 규찰대에 쫓기는 꽃제비 생활은 도망자 신세와 다를 게 없었다. 바싹 몸을 낮추고 소리의 주인을 추적하는데, 가만히 들여다보니 열서너 살 된 아이들 모습이었다. 강가에 모여 뭐라 뭐라 쏙닥거리던 아이들은 갑자기 바지까지 홀딱 벗어 목에 걸치더니, 서로의 손목을 그러잡고 압록강으로 기어들어 갔다.

철국 엄마와 나는 두 눈이 휘둥그레졌다.

"아니 저 애들이 지금 미쳤냐? 저길 어디라고 막 건너가냐?"

아이들이 붙잡힐 것도 걱정이지만, 출동한 경비대가 우리까지 단속에 나설까 불안해 안절부절못했다. 그 아이들은 우리의 걱정을 비웃기라도 하듯 유유히, 뒤 한 번 안 돌아보고, 누구의 저지도 없이, 아주 능숙한 솜씨로 강을 건너 중국 변경의 담장 사이로 빠져나갔다. 강을 건널 때마다 중국 공안에 잡혔던 나는 진땀을 흘리며 그저 아이들이 무사하기만을 기원했다.

그 후로도 어른, 아이, 늙은이 구분 없이 삼삼오오 모여 강을 건너는 도강자들이 자주 눈에 띄었다. 이틀이 멀다 하게 계속되는 이 광경을 지켜보니, 건너갈 땐 빈손이지만, 돌아올 땐 보따리며 배낭이 차고 넘치게 들고 왔다. 일가친척도 없는 중국 땅에서 무얼 저렇게 들고 오나 하도 신기해, 오늘은 또 뭘 챙겨오나 넋을 놓고 구경하는 게 일상이 됐다.

하루는 동도 트지 않았는데 경비대 상등병과 하사가 갑자기 들이닥쳤다. 당장 일어나 강변으로 나가라 재촉하더니 전짓불로 자고 있던 아이들의 얼굴을 하나하나 비춰보았다. 놀란 철국 엄마가 날이 밝으면 떠날 테니, 아이들을 봐서라도 한 번만 눈감아 달라고 사정했다. 당장 철수하라던 경비대도 아이들의 울음에 마음이 약해졌는지 마지못해 돌아서는가 했는데, 갑자기 화다닥 엎드리더니 우리의 몸을 잡아끌었다. 시키는 대로 잠자코 있으니, 누군가 강을 건너와 짐을 내려놓더니 바지를 입고 있었다.

이들이 코앞까지 다가오길 숨죽여 기다리던 경비대들은 결정적인 순간 달려들어 이들을 낚아챘다. 꼼짝없이 잡힌 이들은 우리와 같이 생활하던 꽃제비 엄마들이었다. 그녀들은 중국에 건너가 배추와 무를 뽑아왔고, 쓰레기통에서 옷가지들과 신발을 주워다 장마당 장사꾼들에게 싼값으로 팔아먹곤 했었다. 허접한 물건들을 살피던 경비대원들은 밀수꾼이 아님을 확인하자, 당장 나가라고 윽박지르면서도 물건들을 다 돌려주었다. 그러면서 우리에게도 배추 한 통과 무 한 개를 툭 던져 줬다. 이불도 없이 쭈그려 자고 있는 아이들을 보니 아마도 고향집 식구들이 생각났을 것이다.

한바탕 소동이 지나가자 철국 엄마는 무언가 결심한 듯 말했다.

"충단아, 우리도 저기 가자. 가서 배추랑 무랑 뽑아다 장마당에 팔자!"

도강! 난 정말 무서웠다. 잡히는 순간 어떤 고문이 기다리는지 누구보다 잘 알았다. 더구나 이제 내 옆엔 지켜야 할 충단이가 있었다. 아직도 파라티푸스의 후유증으로 걸음도 뒤뚱거리고 어지러운데 철국 엄마가 잡히기라도 하면 나와 아이들은 끝이었다. 생각만으로도 아찔해, "철국 엄마 잡히면 나는 못산다." 울며불며 가지 말자고 빌었다. 예상치 못한 반응에 놀란 철국 엄마는 안 갈 테니 걱정하지 말라며 나를 안심시켰다. 하지만 그날 이후부터 그녀는 건너편 중국 땅만 물끄러미 바라보는 날들이 많아졌다. 강을 건널 생각에 설레기라도 하는지 매일 강가를 바라보며 벼르는 듯했다.

그러던 어느 날, 자고 있는데 문득 감이 이상해 눈을 뜨니 역시나 철국 엄마가 보이지 않았다. 강단이 센 철국 엄마의 기질을 익히 알아 언젠가 이런 날이 오겠구나 마음먹고 있었지만, 막상 그녀가 사라지자 세상이 끝난 듯한 두려움에 눈물이 쏟아졌다.

'철국 엄마야, 갔으면 무사히 꼭 돌아오라. 아이들을 위해서라도 반드시 돌아와 주라.'

나는 강 건너 중국 땅을 하염없이 바라보며 철국 엄마가 돌아오길 손꼽아 기다렸다.

철국 엄마 4 – 도강 계기

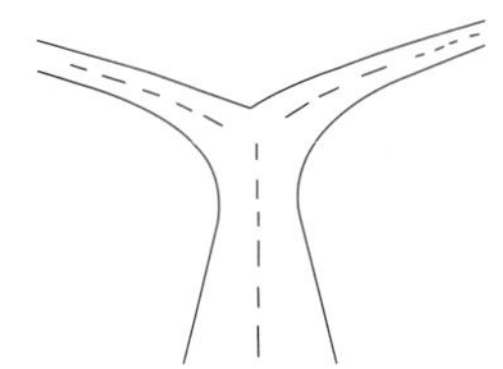

아이들은 돌아올 시간이 지나도 모습이 없는 엄마를 찾으며 울어대기 시작했다. 어질어질해 머리를 잡으니 손이 가는 대로 머리카락이 뽑혀 나왔다. 고열로 인한 후유증 때문에 이미 머리카락이 반도 남지 않았다. 그대로 강바닥에 드러누워 흘러가는 구름만 바라보았다. 아이들을 돌볼 기력도 없이 그저 철국 엄마만 생각했다.

'철국 엄마는 밤이 되길 기다리고 있을 거야. 철국 엄마라면 반드시 돌아올 거야.'

자신을 위안하며 긴 하루를 보냈다.

어둠이 깃들자 강 건너 중국 땅에 불빛이 화려해지고, 자동차 경적 소리도 선명하게 들려왔다. 강가를 타고 유유히 흐르는 물소리와 귓전을 스치는 바람에 귀 기울이며 간신히 초조함을 달랬다. 새벽녘이 되니 강 건너로 들락거리는 꽃제비들의 움직임이 보이기 시작했다. 눈을 부릅뜨고 철국 엄마의 모습을 찾아보는데, 새벽이 다 지나가도록 그녀의 모습은 보이지 않았다.

'하루만 더 기다려보자. 그녀라면 반드시 올 거야.'

오후가 되자 다시 아이들이 배고프다고 보채고, 엄마 어디 갔냐고 울어댔다. 배고픈 충단이도 빈 젖을 빨며 악을 쓰고 발버둥쳤다. 철국 엄마는 내 딸 동냥젖까지 얻어 먹이며 아이들을 건사시켰는데, 제대로 밥 한 끼 못 먹이는 내 처지가 참으로 한심했다.

"이모, 우리 엄마 어디 갔나요?"

그나마 아이들을 돌보던 철국이마저 울어대자 나는 더 이상 어찌할 바를 몰라 그저 손 놓고 앉아 넋을 빼고 있었다. 강가로 빨래 함지를 이고 나오던 할머니가 우는 아이들을 한참 바라보더니 발걸음을 돌려 강둑으로 나가셨다. 한참 후 돌아온 할머니는 좀먹은 사각 양털 마후라를 딸에게 둘러주시고, 메주 된장 한 공기를 덜어 주시며 어서 애들 먹이지 않고 뭐 하느냐고 나무라셨다. 또 한참 후 웬 아주머니가 이밥 누룽지를 둘둘 말아 건네며, 고무줄로 묶은 1원짜리 종이돈 뭉치를 세보지도 않고 여러 장 뽑아 주셨다. 중국말로 뭐라 뭐라 하는데, 아마 장마당에 가서 애기 죽이라도 사

먹이라 말한 듯했다. 철국 엄마가 사라져 막막했던 그날따라 지나가는 길손들의 도움이 이어지니 하늘이 돕는 것 같아 먹먹해졌다.

기운을 차리고 아이들이 꺾어 온 나뭇가지에 불을 지펴 된장국을 끓였다. 집 떠나와 처음 맛보는 된장국. 어린 시절 된장국을 자주 끓여주시던 외할머니의 모습과 군인 시절 야전에서 끓여 먹던 된장 맛이 떠올라 그때와 다른 지금의 신세가 더없이 처량해졌다. 이 귀한 된장국을 철국 엄마랑 같이 먹었다면 얼마나 좋을까, 오늘 밤도 안 돌아오면 이제 나는 어쩌나, 다시 폭풍 같은 걱정이 몰려들었다. 통탄하는 내 마음과 달리, 아이들은 낱알 하나 없는 된장국에도 낄낄거리며 엄마 생각을 잠시 잊고 있었다.

내 곁에 꼭 붙은 아이들은 잠이 들었다. 이제나저제나 철국 엄마가 돌아오기만을 기다리며 오늘도 뜬눈으로 밤을 지새웠다. 밤이 자꾸 깊어지자, 오늘도 못 돌아올 수 있겠구나 체념이 들려는데, 저편 어슴푸레 저걱저걱 발소리가 들려왔다. 반사적으로 고개를 들어보니, 바지를 가랑이까지 둘둘 걷어 올린 철국 엄마가 물을 뚝뚝 흘리며 걸어오고 있었다. 돌아와 준 것이 너무 고마워 달려가고 싶은데, 다리에 힘이 빠져 겨우 팔만 허우적댔다. 다급하게 달려온 철국 엄마는 나를 부축해주며 아이들 얼굴부터 하나하나 살펴봤다. 그리곤 한 짐 가득 지고 온 보따리를 내려놓았다.

짐들을 막 풀어 보려는데, 어디서 나타났는지 경비대들이 순식간에 들이닥쳤다. 철국 엄마 꽁무니를 쫓아 온 이들 중 한 명은 지난번 왔었던 상등병이고, 나머지는 처음 본 하사였다. 다른 꽃제비들은 철수시켜도 병들어 누워있는 나와 어린아이들은 모른 척 눈감아주던 이들이었다. 오자마자 짐부터 풀어제끼는데 양파, 벼, 콩, 만투(빵), 신발, 밥, 옷가지들이 마구 쏟아져 나왔다. 딱 봐도 중국 오물장(쓰레기장)에 갔다 왔음을 알아차린 군인들은 가져갈 만한 것도 없었는지, 내일 당장 여기서 사라지라 호통만 치고 돌아섰다.

요란스러운 소리에 잠이 깬 철국이는 무슨 상황인지도 모르고, 오직 엄마가 나타났다는 사실이 좋아 엄마 품으로 안겨들었다. 철국 엄마는 가슴을 쓸어내리면서도 물건을 뺏기지 않았다는 사실에 헤벌쭉 웃기까지 했다. 군인들이 사라졌나 꼼꼼히 확인한 그녀는 품 안에서 무언가 꺼내 보였다. 중국 돈 5원짜리와 10원짜리 몇 장. 군인들이 몸 검사를 안 해 건졌다며 철국 엄마는 마냥 신이 났다.

그 날 우리는 그녀의 중국 출장 이야기로 밤을 새웠다. 철국 엄마가 오물장을 뒤지는데 쓰레기를 운반하던 중국인들이 돈까지 쥐여주더란다. 그 돈으로 내 약을 구해보려고 하룻밤 더 지냈고, 말도 안 통하는 중국인들에게 사정하느라 고생이 이만저만이 아니었다고 했다. 철국 엄마는 날 붙잡고 단단히 일렀다. 몸을 추스르고 나면 다 같이 중국 오물장 옆 산에 가 살자고 했다. 중국의 산은 나무도 많고, 잘 곳도 많으며, 먹을 것도 흔하다고 했다. 꽃제비 신세로 도망치며 사느니, 중국에 가서 애들 배곯지 않고 사는 게 낫다며 기필코 가야 한다고 주장했다.

철국 엄마가 가져온 온갖 잡동사니들을 정리하고 보니 바라만 보아도 배가 부른 것 같았다. 그림의 떡이기만 했던 휴즈신발(밑창이 고무로 된 신발)과 나일론 솜옷을 우리 애들이 입고 있다. 품속의 돈으로 쌀도 사고 돼지고기도 한 근 샀다. 하루 세 끼 따뜻한 밥을 먹을 수 있다는 것 자체로 그렇게 행복할 수가 없었다. 매일 배고파 울기만 했던 아이들이 장난치며 웃는 모습을 보자 감격스럽기까지 했다.

철국 엄마는 더 추워지면 얼어 죽는다고, 빨리 떠날 채비를 해야 한다고 날마다 귀가 으스러지게 볶아댔다. 어느 정도 몸을 추스른 나도 철국 엄마를 따라서 중국에 갈 결심을 단단히 품고 있었다. 애들만이라도 배고프지 않고 따뜻하게 지낼 수 있다면 무슨 일이든 못하랴. 더욱이 상황 처리가 빠른 철국 엄마가 앞장서니 중국이고 소련이고 못 갈 데가 없었다. 어차피 철국 엄마가 없었으면 죽은 몸이나 마찬가지라 그녀가 데리고 간다면 어디든지 따라갈 작정이었다. 이미 지리를 정찰해 온 철국 엄마는 몇 시에 떠나서 어디로 빠져나갈지, 거대한 군사 작전을 펼치듯 면밀하게 계획을 짜나갔다. 도강 계기는 이렇게 시작되었다.

철국 엄마 5 - 중국 꽃제비

비가 억수로 쏟아지던 그 날, 우리는 혜산의 세관 다리 밑으로 숨어들었다. 세관 다리가 있는 좌측에는 군에서 설치한 감시초소가 있었다. 거기엔 송아지만 한 세퍼드 군견을 키웠는데, 배고픈 철국이가 개밥이 탐나 슬쩍 다가가자, 당장이라도 잡아먹을 듯 짖어대며 달려들었다. 군인 한 명이 달려와 다리 밑을 확인했다. 우리를 보고도 별말 없이 들어가 버리는 군인, 한갓 꽃제비에 불과한 아낙네들과 아이들이 비나 피하려고 들어왔겠거니 대수롭지 않게 판단한 듯했다.

도강을 결심한 후, 날을 봐오던 철국 엄마는 비 오는 대낮에 강을 건너야 한다며 오늘이 바로 그때라고 선언했다. 아니, 이 벌건 대낮에 강을 건너자니 가슴이 철렁 내려앉았다. 비가 오면 시야가 좁아지고, 군인들도 꼼짝 않고 들어앉아 있으니 이때가 적기라는 그녀의 말에 어느 정도 수긍이 갔다. 철국 엄마의 성격을 아는 이상, 나는 더 이상 지체할 것 없이 행동 지침을 물어봤다.

철국 엄마는 보물 1호처럼 달고 다니던 배낭 속 모든 물건을 쏟아내기 시작했다. 냄비, 나무젓가락, 소금, 비닐박막, 아이들 옷가지, 그녀가 애지중지 끌어모은 재산들이다. 그녀는 한 치의 미련도 없다는 듯, 먼지까지 훌훌 털어제끼고 빈 배낭에 자고 있던 내 딸을 넣어 내 등에 메어줬다. 철국이와 철순이에겐 무슨 일이 있어도 절대로 울지 말라 일러주는데, 어찌나 비장한지 아이들에겐 협박처럼 들렸을 것이다. 두 남매는 영문도 모른 채, 엄마의 얼굴에 겁을 집어먹고 고개만 연신 끄덕였다. 나라 땅을 벗어나는 원대한 작전이 시작됐음을 이 아이들은 알 리가 없었다.

나는 아이를 넣은 배낭을 그러쥐고, 철국 엄마는 네 살 난 철순이를 업고 일곱 살 난 철국이의 손목을 바투 잡고 바지를 걷어 올렸다. 압록강에 한 발을 들여놓자 살을 에는 차가움에 등골이 오싹해졌다. 절반까지는 다리 밑으로 빠지고, 중간부터는 다리를 벗어나 강둑으로 향했다. 당장이라도 목덜미를 그러쥐고 달려들 경비대들이 떠올라 숨이 턱 밑까지 차올랐다. 잔뜩 얼어붙은 내게 철국 엄마는 압록강 절반만 넘어가면 중국 땅이라 경비대들도 잡으러 오지 못하니 안심하라 일렀다. 덕분에 무서움이 좀 가라앉으려 하는데, 대신 중국 공안이 있으니 무조건 부지런히 걸으라 이내 겁을 주었다.

추위를 생각할 겨를 없이 뒤도 안 돌아보고 압록강을 건넜다. 손발이 새파랗게 얼어붙어 아무런 감각이 없었다. 퍼렇게 질린 아이들도 덜덜덜 온몸을 떨면서도, 나름의 눈치가 있었는지 울지도 보채지도 않았다. 문득 뒤를 돌아보니 내 나라 땅이 강 건너에 서 있었다. 갑자기 눈물이 쏟아져 나왔다. 저 땅에 무슨 미련이라도 남아있는가. 집도, 가족도, 인생도 다 뺏어버린 저 땅. 아무것도 남지 않았다고 훌훌 돌아섰는데, 딱 하나, 부모님과 함께한 내 어린 시절의 추억이 남아있었다. 아직도 사랑하는 가족들이 저 땅에 머물고 있었다. 다시 돌아갈 수 있을까. 다시 돌아가고 싶을까. 수많은 감정이 마음을 후벼왔다.

우리는 중국 장백현 지구에 들어섰다. 퍼붓는 빗속을 뚫고 시골 마을을 빠져나가니, 그제야 살았구나 안도감이 느껴졌다. 우리를 이끄는 철국 엄마는 마치 정찰병 같았다. 더러운 물이 흐르는 도랑길을 가뿐히 건너고, 높다란 담장도 척척 넘어갔다. 아이 두 명을 업고도 어떻게나 빠른지, 그 정신력과 투지라면 저승길도 뚫고 나갈 듯했다. 나는 짐이 되지 않으려, 철국 엄마와 한 발자국이라도 떨어질세라 부지런히 따라붙었다.

철국 엄마의 꽁무니를 정신없이 따라가다 보니 드디어 장백현의 텔레비전 중계탑 산이 보였다.

"중국 탑산으로 올라가면 무조건 살 수 있다."

도강하던 꽃제비 아이들이 늘상 하던 말이 떠올라 마음이 한결

가벼워졌다. 잡히지 않으려면 최대한 깊숙이 숨어야 했다. 어디가 어딘지도 모른 채, 닥치는 대로 산속으로 기어들어 갔다. 비가 밤새 올는지 계속 퍼부어 댔다. 발에 달라붙은 흙이 한 버치나 되고, 해도 저물어 길도 잘 보이지 않았다. 아무리 가도 아이들을 재울 마땅한 곳이 보이지 않아 슬슬 걱정이 드는데, 철국 엄마는 이미 내 생각을 꿰뚫고 있었다. 조금만 더 가면 오물장이 나오니 막판 힘을 더 내보라 말해줬다. 죽을지 살지 모르고 찾아온 목적지가 코앞이라고 하니, 그제야 온몸의 세포들이 추위를 느끼기 시작했다.

마가을(늦가을) 날씨에 비까지 내려 아이들은 얼마나 추울까 싶어 돌아보는데, 아니나 다를까 철국이가 힘들다고 칭얼거렸다. 철국 엄마는 울기만 하면 확 내버리고 간다며 버럭 소리를 질렀다. 서러운 철국이는 엄마의 엄포에 울음소리도 못 내고 꾹꾹거리며 엄마 손을 다잡았다. 엄마가 옆에 없으면 어떤 운명에 처해질지 잘 아는 철국이는 엄마 손을 잡으랴, 눈물을 훔쳐내랴, 눈치까지 보며 꾹 참고 있었다.

한창 어리광부리고 밥투정해 댈 일곱 살 아이가 죽음을 각오하고 강을 건너 이국땅에서 벌벌 떨며 걷고 있었다. 어른도 이렇게 힘든데 저 어린 것이 힘들다는 말 한마디 꺼내지 못하고 모든 걸 참아내고 있었다. 철국이가 너무도 안쓰러워 가슴에서 피눈물이 치밀어 올랐다. 나도 이러한데, 아들을 다그친 철국 엄마의 마음은 오죽했을까.

이제 우리는 낯설고 물선 이역 땅에서 중국 꽃제비로 살아야 했다. 피 끓는 이팔청춘을 조국 보위에 다 바쳤던 철국 엄마와 나는 북한 땅을 떠돌다 못해 중국에서까지 떠도는 거지 신세가 됐다. 무슨 죄를 지었다고 이런 고통을 당해야 하는가.

이런 부모를 잘못 만난 가엾은 아이들은 또 무슨 죄란 말인가.

가녀린 아이들의 몸 위로 세찬 빗줄기가 끝없이 내리치고 있었다.

철국 엄마 6 - 탑산에서

어느덧 오물장에 도착하니 쏟아지던 빗줄기도 가라앉았다. 둘러보니 장백지구의 쓰레기들을 다 끌어모았는지 꽤나 규모가 큰 오물장이었다. 고양이 뿔 빼놓고 없는 것이 없다고 자랑하던 철국 엄마의 말이 틀린 게 아니었다. 이불, 침대, 약, 치약, 칫솔, 소금, 간장까지 제대로 구색을 갖춘 오물장은 고급 백화점마냥 근사해 보였다. 아이들 옷도 챙겨 입힐 수 있고, 배고픔도 해결할 수 있다는 것만으로 마음이 두둑해져, 진동하는 온갖 냄새마저 향긋하게 느껴졌다.

아이들 젖은 옷을 갈아입히려 쓰레기 더미를 뒤져보는데, 곳곳에 북한 사람들이 버리고 간 군대 하복 바지와 누더기 옷들이 여기저기 널려있었다. 근처에 분명 북한 사람들이 있다는 뜻이었다. 우리는 오물장 근처를 살펴보았다. 도랑창 밑에서 연기가 피어올랐다. 철국 엄마는 살길을 만난 듯 기뻐하며 그곳으로 달려갔다.

가보니 우리보다 이틀 먼저 들어온 아기 엄마 세 명과 철국이

또래 아이들 두 명이 나무 사이에 비닐박막을 매 놓고 비를 피하고 있었다. 이미 오물장에서 주워 온 살림들이 한가득이었다. 우리를 본 아낙들은 아이들 옷부터 갈아 입히라며 자루에서 옷가지들을 꺼내주었다. 중국 사람들이 버린 쓰레기라지만, 내 눈에는 새거나 다름없이 따듯하고 폭신한 옷들이었다. 북한에선 상상도 못할 고급 옷을 걸쳤으니 기분만큼은 대통령 영부인이 따로 없었다. 철국 엄마와 나는 "이렇게 멋진 사람들이 거지 같은 누더기나 걸치고 빌어먹고 다녔으니, 어이 된 말인가!" 하며 서로를 추켜세우며 웃음을 터뜨렸다.

아낙들은 잠자리도 흔쾌히 내어주었다. 하늘이 무너져도 솟아날 구멍이 있다는 말이 우리를 보고 하는 말이었다. 강 건너 남의 나라 땅에 갓 발을 디딘 우리는 비 맞은 참새마냥 최최하고 남루한 꼴이었으나, 아낙들의 도움으로 살 구멍 수를 찾았으니 이보다 더 큰 행운이 없을 것 같았다.

하지만 면밀한 철국 엄마는 여기도 오래 있을 자리가 아님을 금방 알아차렸다. 수시로 중국 공안들이 습격해 탈북자들을 북송시키니, 어지간히 깊은 산속이 아니면 잡히기 십상이라 했다. 아낙들은 비가 멎어 차가 올라올 날씨가 되면 공안대가 또 습격해올 테니, 먹거리와 냄비들을 챙겨 산으로 올라가야 한다고 일러주었다. 쪽잠이라도 자야 내일 또 산에 올라갈 텐데 영 잠이 오지 않았다. 이제 알아서 살아갈 방도를 찾아야 했다. 엄마들 근심이 쌓이는 동안, 철국이는 지치고 힘들었던 몸을 엄마 품에 기대고 깊은 잠에 빠져들었다. 과자와 빵을 배불리 먹고 잠든 아이들의 얼굴을 보니 그래도 근심보다 행복감이 느껴졌다.

나는 살면서 가장 걱정 없이 행복했던 날을 꼽아보라면 이렇게 말한다. 배고파 우는 아이들의 눈물을 안 보는 날이 제일 행복했다고. 벌거벗으면 어떠한가. 돌아서면 배고파 칭얼거리는 아이들. 아무것도 해줄 게 없어 가슴이 찢어지는 엄마들. 맹탕 풀죽이라도 배불리 먹이고 싶어 아무리 발버둥을 쳐봐도 굶기는 날이 허다했다. 엄마 눈치 보느라 나이보다 서둘러 철드는 아이들이 불쌍해 밤마다 눈물을 쏟았다. 이제 공안에만 잡히지 않으면 배는 채우며 살아갈 희망이 보였다.

근심과 희망으로 날을 지새우다 보니, 언제 비가 내렸냐는 듯 맑게 갠 새날이 밝았다. 산골길이지만 오물장으로 가는 길 도로 포장이 견고하고 매끄러웠다. 그만큼 공안대 차량이 쉽게 올라올 수 있을 것이다. 언제 닥칠지 모를 공안대를 피해 서둘러 산으로 올라가야 한다. 장백현 산속은 빽빽이 들어선 이깔나무 삼엽송 사이로 양방 목동들이 오가는 오솔길이 여기저기 나 있었다. 사람들이 다닌 흔적들이 많으니, 이를 피해 더 깊이깊이 들어가야 했다. 우리는 일단 오물장에 가, 있는 한껏 살림살이부터 쟁여보기로 했다.

이른 아침부터 오물장으로 새파란 트럭들이 드나들었다. 한족 출신의 트럭 운전수들은 밥과 반찬이 든 봉지를 챙겨주거나 쓸만

한 쓰레기들을 따로 담아 오물장 사람들에게 나눠주곤 했다. 이들이 주는 옷에는 냄새도 많이 나지 않았고, 묵은쌀 자루며 식당에서 먹다 남긴 깨끗한 음식들도 꽤나 많았다. 여기가 천국이구나! 정신없이 둘러보는데, 운전수 한 명이 우리를 향해 휙! 휘파람을 불었다. 신호를 감지한 아낙들이 너도나도 뛰어가더니 큰 자루 하나를 받아왔다. 죽은 새끼 돼지 한 마리가 담긴 자루였다. 여러 번 중국 땅을 드나든 아낙들은 이들과 어느 정도 대화가 가능했는데, 들어본즉, 병들어 죽은 것도 아니고, 죽은 지도 얼마 되지 않았으니 먹어도 무방하다고 했단다. 아낙들은 새끼 돼지를 극진히 마대에 담으며, 조국에 못 들어가면 여기서 끓여 먹고, 들어가게 되면 장마당에 가서 팔고 올 거라 계획을 세운다.

한나절 동안 오물장을 뒤져 산에 오를 준비를 마쳤다. 이불부터 옷가지, 먹거리, 심지어 애들 장난감까지 집만 있으면 새살림을 꾸려 쓰고도 남을 살림이었다. 철국이도 열심히 오물장을 뒤지며 우유 가루를 먹는 듯했다. 철국 엄마는 상한 걸 먹는가 싶어 부리나케 달려가더니만, 돌연 나더러 당장 뛰어오라고 고래고래 불러댔다.

"충단아! 사과다! 사과!"

사과라는 말에 정신이 번뜩 들었다. 딸 충단이를 임신했을 때 그토록 먹고 싶었던 사과! 꿈속에서나마 실컷 먹다가 깨기 싫어 몸부림치던 그 사과가 여기 있다니! 허겁지겁 달려가니 철국이가 제일 큰 사과를 집어 줬다. 아작아작! 터져 나오는 단물에 정신이 짜릿했다. 얼른 씹어 충단이 입에도 넣어주었다. 태어나 사과 맛을 처음 본 딸애는 빨리 더 달라고 악을 써댔다. 얼마나 달콤했을까. 어찌나 보채는지 철국 엄마도 철국이도 사과를 씹어 충단이 입에 얼른얼른 넣어주었다. 네 입 내 입 가릴 것도 없이 서로 믿고 돕는 이들이 정말 고마워서 사과를 먹으면서도 눈물이 줄줄 흘렸던 기억이 생생하다.

우리는 살아갈 밑천을 마대마다 가득 담았다. 집도 절도 없는 떠돌이 신세지만, 든든한 살림살이들을 악착같이 챙기며, 이제는 인간답게 살겠구나 큰 희망을 품고 있었다.

철국 엄마 7 - 배신자

우리가 산을 오른 후 아낙들도 뒤이어 합류했다. 이들과 함께 자리 잡은 곳은 그리 가파르지 않은 산림지대였다. 잠자리부터 만들어야 했기에 나무들이 널널한 자리를 다지기 시작했다. 나와 철국 엄마는 군대 시절 야외 천막을 전개하던 솜씨를 발휘해 멋진 둥지를 뚝딱 만들었다. 들고 온 마대 자루 위에 이불까지 깔아놓으니 제법 안방 못지않았다. 집이 생긴 아이들은 그저 좋아라 엎드려 뒹굴며 놀더니 이내 곯아떨어졌다. 철국 엄마와 내가 작식(밥짓기)을 맡았고, 다른 아낙 두 명이 오물장에 내려가 먹거리를 더 장만했으며, 한 아낙은 나무를 주워 불을 지피기로 했다.

철국 엄마와 나는 물부터 길으러 산골짜기로 향했다. 나름 깊은 산속이라 생각했는데, 가는 길에 양을 방목하는 중국인을 만났다. 그 중국인은 "저쪽에 가면 반토굴이 있는데 거기에 토비(북한 남자)들이 사니 주의하라. 밤마다 내려와 마을 닭을 훔쳐먹어 골치다."고 떠들었다.

'여기에도 사람들이 있다고?'

반신반의하며 물웅덩이에 가보니, 매우 눈에 익은 우물이 보였다. 나무를 잘라 우물 정자로 얕게 쌓고, 밑에는 자갈까지 깔아 깔끔하고 규모 있게 만든 뽐새를 보니, 딱 야전식 우물이었다. 철국 엄마와 나도 군대에서 직접 만들어봤기에 딱 보면 알 수 있었다. 중국인 말처럼 북한 사람들이 이 근처에 살고 있다는 말, 우물까지 짓고 사는 걸 보니 내심 반갑고 마음이 놓였다. 이날 우리는 받아온 새끼 돼지를 먹기로 했다. 철국 엄마가 모닥불에 돼지를 올려놓고 털을 태운 후, 식칼도 없이 벽겨울을 나무 기둥에 쳐 낸 유리 조각으로 남은 털을 박박 긁어 각을 떠냈다. 꽃병처럼 생긴 법랑 그릇에 살코기를 담고, 중국 된장에 소금까지 간을 맞추니 고기 삶는 냄새가 산골짜기에 진동했다. 배곯은 여인들의 창자는 뒤집히고, 아이들도 고기 먹을 생각에 한껏 부풀어 있었다.

그런데 이때, 어디선가 짝! 짝! 회오리바람 소리가 날아들었다. 겁에 질린 철국 엄마와 나는 습관처럼 아이들부터 끌어안았다. 만고의 살림살이는 아무것도 필요 없었다. 여차하면 아이들을 들쳐 안고 뛸 준비를 하는데, 아낙들이 우리를 보고 깔깔 웃었다. 지나가는 목동이 양을 모는 채찍 소리이니 안심하라 일렀다. 말대로 한참 지나도 아무 일이 없었다. 다시 고기를 익히려고 나무를 집어넣던 찰나, 이번에는 한 남자가 불쑥 나타나 우리를 바라보고 서 있었다. 가난한 살림에도 사람이 오면 밥숟가락 더 놓는 것이 살아온 방식이라 "식사합시다." 인사를 건네는데, 그 남자는 "연기 나면 공안이 달려와 잡아간다."라고 겁부터 주었다. 나무 꼬챙이로 삶은 고기를 휘휘 뒤적이며 "니들 죽은 돼지 먹으면 다 죽는다."라고 혀를 끌끌 차더니 느닷없이 배를 그러안고 웃음을 터트리는 게 아닌가. 영문을 몰라 멀뚱멀뚱해 있으니, 법랑 대야를 가리키며 바지 벗고 응가 하는, 또 오줌싸는 시늉까지 해대며 법랑 대야가 오강통(요강)이라 했다. 철국이가 주워 온 법랑 대야는 물을 담기에도, 밥 끓여 먹기에도 딱 좋아 알뜰하게 챙긴 그릇이었다. 더욱이 모양새도 귀엽고, 장식도 앙증맞아 여자들이라면 누구나 탐낼 만했다. 오강통이거나 말거나 쓰기 나름이지! 일단 공안대가 아닌 이상 겁날 게 없었던 우리는 다짜고짜 그 남자에게 따고지(라이터) 좀 달라, 쌀 좀 가져와 달라 주문하며 아랑곳하지 않고 고기를 뜯어댔다. 썰지도 않은 고기를 집어 들고 엄마고 애들이고 뜯어먹는 모습이 역겨웠는지 여러 번 인상을 찌푸리던 그 남자는 그래도 다음 날, 콩과 옥수수, 소금 등을 한가득 가져다주며 아이들 잘 챙기라 다독여 주었다.

배를 채웠더니, 닥쳐오는 추위가 또 다른 문제였다. 아침만 되면 비닐박막에 하얀 서리가 내려앉았고, 박막 사이로 새벽바람이 맵짜게 들이닥쳤다. 결국, 충단이가 기침을 하더니 열이 오르기 시작했다. 날은 더 추워지는데 병이 더 심해지기 전에 약이라도 먹여야 했다. 철국 엄마와 나는 마을로 내려가 약을 구해보기로 했다.

해가 넘어가자 철국 엄마와 나는 오물장에서 골라 온 한족 솜옷을 입고 조심스레 마을로 향했다. 수많은 사람이 북적이는 중국의 밤거리는 화려한 불빛으로 가득했다. 한족 옷으로 위장했으나 행여라도 잡힐까 초조했던 우리는 처음으로 구경하는 황홀한 풍경에 취해 한동안 말을 잃었다. 어느 누구도 우리를 신경 쓰지 않았다. 활기에 가득 차 꽃제비라도 어서 오라 반겨줄 듯했다. 마치 진짜 중국 사람이라도 된 듯 당당하게 걸어도 아무도 의심하지 않았고, 아무도 제지하지 않았다. 늘 도망 다녔던 삶. 마음 놓고 걸어 다닐 수 있다는 것이 얼마나 소중한 일상이었는지 오래도 잊고 살았었다.

드디어 쑈매댄(편의점)에 도착했다. 말이 안 통하니 온몸으로 "아기가 머리가 아프니 약을 좀 달라."고 애원했다. 중국인 주인 여자는 알겠으니 조금 기다리라고 말하는 듯했다. 우리는 그저 약을 주기만 기다리며 넋을 빼고 창밖을 구경했다. 10분이 좀 지났을까. 갑자기 공안대 차가 쑈매댄을 포위하더니 기습을 시작했다. 철국 엄마와 나는 황급히 몸을 감추려 허둥댔지만 들이닥친 공안대에 꼼짝없이 잡히고 말았다. 급한 마음에 밀고한 주인 여자에게 사정해 보아도, 그녀의 표정은 얼음장처럼 차갑기만 했다.

무장을 두른 경찰들이 우리 손목에 수갑을 채우고 트럭 안 벽걸이에 걸어 채웠다. 트럭은 어디론가 이동하기 시작했다. 팔이 떨어져 나가는 듯 아팠지만, 머릿속은 온통 아이들 생각뿐이었다. 산에는 아이들이 있다. 우리가 없으면 아이들은 죽은 목숨이나 다름없다. 밤은 깊어 가는데 아무 소식도 없었다. 철국 엄마와 나는 아이들 생각에 애가 타들어 갔다. 한참 후 들어온 통역관과 공안대가 우리를 샅샅이 조사하기 시작했다. 공안대는 울며불며 사정하는 우리에게 사실대로 말하면 아이들과 다시 만나게 해주겠다고 협박했다. 우리는 공안대가 묻는 말에 모든 사실을 털어놓을 수밖에 없었다. 언제 왔으며, 어디에서 지냈으며, 누구와 있었는지.

산골짜기 정황을 모두 파악한 공안대는 급히 출동 명령을 발동했다. 우리도 수갑이 채워진 채 그들과 함께 트럭에 올랐다. 산기슭에 다다르자 모두 차에서 내렸다. 20명의 공안대는 우리를 앞장세우며 바짝 따라붙었다. 헐떡거리는 군견까지 합세해, 보기만 해도 기세가 무서웠다. 아무리 아이들과 여자만 있다고 해도 공안대는 믿지 않았다. 혹여 무장한 남자들이 있을까 봐 바짝 긴장한 모양이었다. 죽으면 죽었지 굴복하지 않고 달려드는 북한 남자들의 성향을 잘 아는 공안들은 항상 북한 남자들을 경계해 왔다.

범죄자라도 수색하듯 포위망까지 이룬 공안대의 모습에 기가 눌려 산을 오르는 다리가 벌벌 떨렸다. 천막 가까이 도착하니 벌써 충단이와 철순이의 울음소리가 들려왔다. 공안대는 급격히 포위망을 좁히더니 전조등만 한 뗌빵(손전지)을 밝히며 천막을 찢고 달려들었다. 갑작스러운 공격에 놀란 엄마들과 아이들은 아우성치며 도망쳤지만 모두 공안대에 잡히고 말았다. 아낙들의 손목에도 수갑이 채워지고 아이들까지 줄줄이 트럭이 있는 골짜기로 내려왔다.

한 아낙이 철국 엄마와 나를 향해 썩어지게 욕을 했다. 아이들을 봐주지 않았을까 봐 경찰을 끌고 들이닥쳤냐 욕을 퍼붓는데, 그렇게 대범하던 철국 엄마조차 한마디 대꾸도 없이 그 욕을 다 받았다. 자식 귀한 엄마의 마음을 그 아낙들도 모르진 않았을 것이다. 하지만 모두 목숨 걸고 이곳에 왔다는 사실도 너무나 잘 안다. 황당하게 잡힌 아낙들의 허망함을 우리도 모를 리 없었다. 자식들과 헤어질 수 없었던 철국 엄마와 나는 그저 죄스럽고 미안한 마음뿐이었다.

변방대 구류장에 가서도 욕설과 따돌림은 끝나지 않았다. 북송되면 죽는다는 것을 알면서도 아이 하나 찾겠다고 경찰을 달고 왔냐는 비난과 구타가 쏟아졌다. 하지만 우리는 아이들을 다시 품에 안은 것만으로 뭐든지 참을 수 있었다. 우리가 없으면 아이들 미래를 장담하지 못한다. 처맞고 욕을 먹더라도 백 번이고 나는 같은 선택을 했을 것이다. 오물장에서 정을 베풀어 주었던 아낙들은 우리를 변절자, 쓰레기라 욕하며 아이들 밥그릇까지 뺏어갔다.

아이들은 아낙들이 무서워 배고프단 소리도 못 내고 겁에 질려 있었다. 자는 동안 해코지를 할까 봐 잠도 제대로 자지 못했다. 악에 받쳐 공안대보다 더 악독하게 구는 아낙들의 횡포에도 우리는

쥐죽은 듯 지내며 북송되기만을 기다렸다. 지옥이 따로 없는 변방
대 구류장이었다.

철국 엄마 8 - 인간 포기

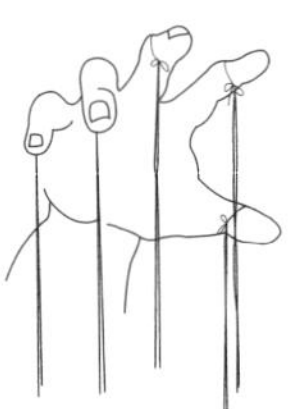

인간 이하의 삶은 남의 나라 땅에서도 이어지는 모양이다. 변방대에 끌려 온 탈북자들은 짐짝처럼 다뤄졌다. 코 흘리는 아이들조차 뒷덜미를 쥐고 아무렇게나 집어던졌다. 머리가 땅에 박힌 채로 엄마를 찾으며 서럽게 우는 아이들을 볼 때마다 내 아이가 당하는 것 같아 피눈물이 솟구쳐 올랐다.

감옥의 작은 창문으로 밖을 내다보니 운동장 가운데 압수한 물건들이 달구지 하나 가득 쌓여 있었다. 쓰레기장에서 주워 온 물건들이었지만 북한에 가면 돈이 되고 식량이 되는 귀한 재산이었다. 저걸 다 뺏겼으니 북송되면 우린 다시 빈손의 거지 꽃제비로 전락할 게 뻔했다.

순서대로 변방 사무실로 호출됐다. 이름, 나이, 들어온 경로. 까다로운 조사에 제대로 답하지 못하면, 곧바로 비닐 수도 호스로 두들겨 맞았다. 장백 12도구에서 잡혔다는 30대 한 청년이 사정없이 맞고 있었다. 손과 발은 물론 허리도 펴지 못하게 쇠줄 고리에 꽁꽁 묶여 매질을 당하고 있었다. 듣자 하니 도로 길에 말리던 벼 한 배낭을 훔치다 잡혔다고 했다. 화가 난 농부들은 이 청년을 두들겨 패다 못해 두 번째 손가락 마디를 작두로 잘라 놓았단다. 매일같이 북한 사람들의 도둑질에 강도까지 당해 온 농부들은 그간의 건수들을 싹 다 이 청년에게 뒤집어씌우며 밟고 패느라 야단이었다. 아니라고 아무리 부인해봐도 죽을 때까지 처맞으라며 패대기치는 걸 보니 오금이 저렸다. 우리도 한 대씩 얻어맞으면서도 저 청년만큼 맞지 않는 것에 감사할 지경이었다.

방으로 돌아오니 속을 뒤집어놓는 역한 냄새가 코를 찔렀다. 빈 박스 껍데기로 뚜껑을 겨우 덮은 바케쓰가 공개 화장실이었다. 발 디딜 틈 없는 공간에서 너도나도 계속 싸대니, 그 냄새가 방구석에 차고 넘쳤다. 배신자로 낙인찍힌 우리는 이조차 모두가 잠든 밤에나 가능했다. 꾹꾹 참다가 겨우 볼일을 볼라치면, 자는데 어디서 냄새를 피우냐고 욕설이 날아들었다.

이 지독한 똥 냄새 속에서도 식욕에 허덕이니 인간에게 배고픔은 행복이자 형벌이다. 밥 시간이 되면 허연 쌀죽에 썰지도 않은 돼지껍데기가 뭉텅이로 배급되었다. 문 앞에 들어앉은 여자들이 껍데기를 다 건져가고 우리에겐 멀건 죽만 돌아왔다. 이마저도 주지 말고 굶기라고 협박하니, 혹여 뺏길까 봐 군말 없이 죽을 들이켰다. 고기가 먹고 싶었던 철국이가 소리도 못 내고 눈물만 줄줄 흘렸다. 보다 못한 철국 엄마가 결국 큰소리를 냈다.

"주지도 않을 거면 먹는 꼴을 보이지 말라! 당신들도 새끼가 있는 엄마면서 어찌 아이들 앞에서 이리 잔인하게 군단 말인가? 이 애들이 뭔 죄가 있다고, 그것도 같은 나라 사람들끼리, 이렇게 아이들을 괴롭힐 수 있나!"

철국 엄마의 끓어 넘치는 목소리가 울리자, 끼리끼리 앉아 먹던 여자들이 승냥이 떼처럼 몰려들어 철국 엄마를 때리고 머리카락을 다 뜯어 놓았다. 철국 엄마가 맞는 꼴을 보니 지금껏 참았던 나도 눈이 돌아 터져버리기 직전이었다. 철국 엄마가 내게 어떤 존재인데! 혼자 온갖 고생을 도맡아도 끝까지 우리를 지켜준 은인인데! 머리가 터져 박살이 나더라도 철국 엄마를 지켜야 했다. 나는 손이 닿는 대로 발이 나가는 대로 찢고 뜯으며 패싸움에 참전했다.

공포에 질린 철국이와 철순이가 엄마를 피타게 부르며 변방대의 철문을 두드렸다.

"우리 엄마 살려주오! 울 엄마 살려줘요!"

아이들 소리에 달려온 변방대들은 곤봉으로 사정없이 내리치며 싸움패들을 뜯어 놓았다. 슬슬 자리를 피하면서도 잡아먹을 듯 쏘아보는 서슬 퍼런 여자들의 눈빛에 우리는 치를 떨었다. 살림이 변변찮아도 숟가락 내주며 식사를 권했고, 내 입이 고달파도 배곯는 아이 엄마는 절대 지나치지 않았던 정 많던 사람들. 기약 없는 구금이 이어지고, 너나없이 배고픈 처지에 놓이니 짐승 같은 본성이 그대로 드러났다.

변방대 군인들이 철국 엄마를 주범으로 지목하며 우리를 다른 방으로 데려갔다. 거기는 남자들 방이었다. 오늘 밤 남자들이 북송되면, 임산부들과 우리만 남게 되니 하룻밤만 남자들과 지내라고 했다. 승냥이 같은 여자들을 피할 수 있으니 다행이다 싶어 구석에 쪼그려 아이들을 싸안았다. 엉망이 된 얼굴을 본 남자들이 말을 걸어왔다. 꼴이 왜 이 모양이냐, 뭐 하던 사람들이냐, 애들은 몇 살이냐, 우리의 답을 가만히 듣던 남자들은 '어데서 잡혔냐'에 대한 대답을 듣는 순간 벼락같이 돌변해, 개간나야! 욕을 하며 뺨을 갈겨댔다.

이들 역시 우리가 있던 탑산의 반토굴 남자들로, 우리 때문에 산 전체가 봉쇄되면서 결국 모두 잡혀들어왔던 것이었다. 생각지도 못하게 여러 사람에게 피해를 준 우리는 잘못했다고, 아이들 때문에 어쩔 수 없었다고 손이 발이 되도록 빌었다. 아이들만은 때리지 말라고 애원하는데도, 이미 피범벅이 되도록 공안대에 얻어터진 남자들은 우리를 죽여버리겠다고 달려들었다.

기겁을 한 철국이가 울며불며 또 철문을 두드렸다.

"아저씨! 오줌 쌀래요. 우리 엄마도 오줌 싼대요!"

　어린 철국이 눈에도 앞으로 닥쳐올 위험이 뻔하게 느껴졌는지, 엄마와 나를 살려보겠다고 구원의 목소리를 외쳤다. 철국이의 애타는 소리에 군인은 통역관을 찾았다. 조사실로 불려간 우리의 이야기를 들은 변방대 군인들은 어찌 됐든 수색에 협조한 공을 인정해, 북송되는 날까지 조사실에서 지내게 해주었다.

　남의 나라 땅에서 같은 처지인 사람들에게 얻어맞는 아픔은 더 쓰리고 아팠다. 우리로 인해 저들이 당했을, 또 앞으로도 이어질 고통을 생각하니, 단두대로 끌려가는 죄인의 마음이 내 마음과도 같으리라. 내일이면 혜산교두(다리)로 북송 나간다. 가면 죽지 않을 정도로 맞을 것이다. 경과에 따라 감옥, 단련대, 구호소, 집결소, 교화소로 흩어지면 누구도 앞날을 장담치 못한다.

　살아보겠다고 목숨 걸고 건너온 중국 땅을 이리도 허망하게 떠나게 됐다. 다시 빈손으로, 이제는 인간보다 못한 배신자로 낙인찍혀 조국으로 돌아가자니 앞으로 살아갈 날이 막막하기만 했다.

철국 엄마 9 - 북송

우리를 태운 변방대 차는 밖을 볼 수 없도록 포장천으로 덮여 있었다. 몇 번씩 이곳을 드나든 아이들과 어른들은 북송에 대해 이것저것 귀띔해주었다. 긴 생각할 새 없이 달려간 변방대 차는 혜산 세관 다리를 넘어서자 우리를 하차시켰다. 처녀애들이 훌쩍이기 시작하자 아이들도 분위기를 감지한 듯 울먹거렸다. 미리 나와 있던 보위부 직원들은 우리의 꽁통(엉덩이뼈 언저리)을 차대며 대갈 박고 앉으라 호통을 쳤다. 구둣발에 한 번 채이면 누구나 재깍 머리를 박게 된다. 서류를 주고받은 중국 공안대가 돌아갔다. 이제부터 공포의 혜산 보위부 생활의 시작이었다.

먼저 교회에서 잡히거나 중국 유흥업소에서 잡힌 여자들이 불려 나갔다. 족쇄를 찬 여자들이 힘겹게 걸어갔다. 뒤이어 꽃제비인 우리들도 열 맞춰 섰다. 운동화 끈을 풀어 양쪽 엄지손가락이 맞붙게 꽁꽁 묶고, 세관부터 보위부까지 30분이 넘도록 걸어가야 했다. 북송자들이 장마당 근처 골목길에 접어드니 행인들이 우릴 향해 돌을 던졌다.

"조국의 품을 떠나보니 어떠하드냐? 변절자 새끼들, 당의 품에서 행복하면 됐지, 얼마나 더 잘 살겠다고 조국을 버렸느냐?"

차마 입에 담지 못할 더러운 욕까지 먹으며 보위부 정문에 들어섰다.

새파란 총각 군인들이 바람처럼 몸을 날려 돌려차기, 내리찍기를 하며 안 그래도 못 먹어 약해 빠진 여자들을 후려쳤다. 얻어맞느라 정신이 하나도 없는데, 들어가자마자 실오라기 하나 없이 홀딱 벗으라고 명령했다. 이미 경험해 본 여자들은 시키는 대로 훌훌 옷을 벗어 던졌다. 몇몇 여인들은 총각 군인들 앞에서 옷을 벗는 게 수치스러워 멈칫했다. 그 틈을 본 군인들은 가차 없이 오승오(5×5센티) 나무 각자로 개 패듯이 때리기 시작했다. 매 맞고 쓰러지는 이들을 본 여자들이 그제야 헐레벌떡 옷을 벗었다.

남자고 여자고 아이고 어른이고 알몸이 되어, 복도 양옆으로 나란히 섰고, 5~6명의 군인이 구역마다 섰다.

"말로 할 때 돈 감춘 것, 반지 숨긴 년 다 불어라. 그렇지 않으면 가위로 찢어놓겠다."

으름장을 놓지만 한 명도 나서지 않았다. 꽃제비 신세로 잡혀 이미 중국 공안대에 탈탈 털린 마당에, 돈이며 반지가 웬 말이란 말인가. 하지만 이미 보위부 생활을 경험해 본 나는 어떤 수색을 하려는지 알고 있었다.

"안 나오지! 없단 말이지! 이제부터 검사해서 나오는 년들은 여기서 평생 썩을 걸 각오하라!"

구령에 맞춰 두 손을 뒤로 모은 채 앉았다 일어서기를 수십 번 반복했다. 힘이 없어 앞으로 꼬꾸라지는 여자애들과 여인들에게는 군화발이 날아왔다. 아프다고 몸부림치는 여인들에게는 어디서 써클(쏘)하냐며 나무 장작 패듯이 매질을 내려쳤다. 엄마와 언니, 누나가 코피를 쏟으며 매 맞는 걸 본 아이들은 오줌을 지리며 부들부들 떨고 있었다.

발가벗겨진 임산부들의 수모는 정말이지 지켜보기 힘들었다. 배를 툭툭 건드리며 바가지라고 놀려대는 군인들은 당장이라도 걷어찰 것처럼 위협했다. 달수가 꽤 차 배가 부른 여자들에게 "중국 종지랑 밤에 뭘 했기에 애가 들어섰냐? 중국 똥돼지들은 밤에 몇 번 하냐?" 물어봤다. 대답을 해야 하나 말아야 하나 몰라 우물쭈물하면 버럭 소리를 지르며 배를 걷어차겠다고 달려들었다. 놀란 여성이 군인에게 뭐라 뭐라 대답했다. 그 대답에 한참을 낄낄거리던 군인들은 "조국을 버리고 간 더러운 년들은 죽을 맛을 단단히 각오하라."고 협박했다. 끝없이 이어지는 인격 모독에 임산부들은 배를 그러잡고 하염없이 울기만 했다.

오냐! 조국을 떠나 도망친 존재이기에 이리 당해도 그 누굴 탓하겠는가! 허나 목숨 하나 건져보자고 얼음장 같은 강을 건넜다. 중국 사람들이 버린 쓰레기 오물장에서 풀칠하며 짐승처럼 살다 왔다. 당신들 말처럼 은혜로운 조국이 우리에게 먹을 것 하나라도 줬다면, 우리도 목숨까지 내걸고 강을 건너지 않았을 것이다!

뱃속에서 분노가 들끓었지만 아무 소용이 없었다. 매질 앞에서, 배고픔 앞에서 사람은 너무도 나약한 존재가 되었다. 우리는 시키는 대로 다리를 벌리고 섰다. 한 군인이 내 머리채를 끌고 복도 한가운데 밀어 세우더니 구둣발로 다리 사이를 걷어찼다. 코에서는 피가 흐르고 귓가에는 멍한 소리만 들렸다. 모두가 시키는 대로 다리를 벌리고 상체를 구부리자, 새파란 총각들이 여자들의 자궁 안에 손을 넣어 휘젓기 시작했다. 고통에 소리라도 지르면 그럴수록 죽어보라며 더 아프게 쑤셨다. 사방에서 아프다고 악! 악! 소리가 터지며 고통에 몸부림쳤다. 또다시 몽둥이와 군화발 세례가 이어졌다. 만신창이가 되어 더 이상 서 있을 힘조차 없는데, 토끼뜀을 하라 시켰다. 알몸상태로 뛸 때마다 드러난 여자들의 가슴을 비웃으며 히히덕거리는 군인들. 숨이 끊어지기 직전에 다다라서야 대충 옷을 던져주고 우리를 감방으로 몰아넣었다.

허리를 굽혀야 겨우 들어갈 만한 구멍의 감옥에 30명이 넘게 쑤셔 넣으니 웅크려 앉기도 비좁아 터졌다. 잘 때도 서로의 무릎에 기대어 쪽잠을 자야 했다. 구석 한켠에 달린 변기통과 그 뒤에 달린 수도는 아침, 저녁에만 한 번씩 물을 보내줘 씻기는커녕 마실 물도 모자랐다. 좁은 공간에서 용변을 볼 때마다 구역질이 났다. 아침에 배급된 물로 변기 안 용변을 겨우 흘려보내고 나면, 마실 물이 모자라 싸움이 벌어졌다.

하지만 이보다 더 큰 고통은 언제 불려 나갈지 모를 취조실이었다. 이곳 보위부에 끌려 온 이상 피의 대가를 치러야만 나갈 수 있었다. 도살장에 끌려가듯 나갔다 하면 피떡이 되어서야 돌아오니, 혹여 나를 부를까 매 순간을 공포로 떨어야 했다.

혜산 보위부 1 - 취조실

덜그럭 철커덕, 철장 소리가 들려왔다. 밥 시간이 된 듯했다. 반장이 철장 쪽문(밥 들어오는 구멍)으로 나가 앉으면 다 찌그러진 개죽통 접시에 퉁퉁 불려 삶은 옥수수 30알 정도가 한 끼 식사로 들어왔다. 아기 엄마들은 그 옥수수알을 따로 건사하여 배고파 칭얼거리는 자식들 입에 넣어주었다. 아이들이 배고파 울기라도 하면 군인들이 달려와 욕을 퍼부으니, 그때마다 아이들 입에 넣어줄 비상품으로 몇 알씩 따로 챙기기도 했다. 행여 자기 아이 울음 때문에 다른 사람까지 벌을 받지 않도록 미리미리 대비를 해두는 것이었다.

어느 날 저녁, 여섯 살 난 남자애가 순찰하는 직원에게 물을 달라고 애원했다. 가만히 흘겨보던 그 직원은 돌아서 나가더니 얼마 후 고무 바케쓰에 물을 가져왔다.

"어느 새끼야? 물 달라 한 새끼가!"

목이 말랐던 아이는 손을 번쩍 들고 일어났다. 아이를 본 직원은 "그래, 그 물 실컷 한번 먹어봐라!"라고 소리치더니 겨울날 냉방에 앉아 있는 사람들을 향해 찬물을 힘껏 뿌려 버렸다. 깜짝 놀란 엄마들은 아이들부터 부둥켜 감싸면서도 우는 소리가 새나가지 않도록 입부터 막느라 바빴다. 물을 뿌린 직원은 똥통 수도는 괜히 달렸냐며 아이들 건사 잘하라고 욕설을 퍼붓고 사라졌다.

호출되면 순서대로 취조실로 가야 했다. 순서를 기다리는 여인들은 겁에 질려 숨도 제대로 쉬지 못했다. 내 차례가 되어 취조실로 들어서니 남자 지도원들이 들러붙어 키, 가슴둘레, 허리둘레, 엉덩이둘레, 허벅지까지 맘대로 손을 대며 가늠했다. 키를 재겠다며 벽 한켠 구석에 세워놓더니, 얼굴과 가슴을 바짝 맞대고 나를 빤히 쳐다봤다. 그리고 나의 아랫도리를 손으로 더듬기 시작하더니 급기야 자기 하복 바지의 단추를 열고 징그러운 물건을 꺼내 슬슬 쓸어 만지기 시작했다. 내 면상에 담배 연기를 뿜어내며 이리저리 나를 돌리며 몸 구석구석을 살폈다. 소리라도 지르면 가차없이 매가 날아올 것이 뻔했다. 찍소리 없이 가만히 서 있는 게 상책이었다.

하지만 나는 첫날 했던 자궁 검사를 또 한다고 하니 도저히 참을 수가 없었다. 이미 한 조사를 왜 또 하느냐고 반항하니 아니나 다를까 내 머리채를 쥐고 콘크리트 바람벽에 사정없이 내리찍었다.

"어디 아가리가 달렸으면 말해봐라. 뭐가 떳떳하다고 악제가리 지랄이야? 니년들은 개돼지보다 못한 년이야! 알았으면 대답해!"

'개돼지보다 못한 년'이라는 대답이 터져 나올 때까지 때렸다. 그 대답이 쉽사리 내 입에서 나오지 않자, 조선로동당원이란 게 꼴 한번 좋다며 군화발로 내려찍고 머리를 까부쉈다. 이때 박힌 머리는 지금도 한 번씩 웅웅 울리며 두통을 자아내곤 한다.

머리며 손가락이며 정강이며 하도 얻어맞아 몸을 가누지 못했다. 군인들은 방구석 걸레를 휙 던지며 바닥의 자국을 다 닦으라고 했다. 나는 눈물과 코피를 닦느라 바닥을 벌벌 기어 다녔다. 이제 끝나나 싶었는데, 다시 일어나라고 윽박지른 지도원이 백지와 연필을 던져주었다. 어머니 조국과 중국을 비교해서 감상문을 쓰라는 것이었다. 어차피 반항하거나 안 쓰면 절반 죽여놓을 것을 알기에 후들거리는 다리를 일으켜 감상문을 써갔다. 헝클어진 머리카락 사이로 어느 곳이 깨졌는지 피가 흘러내렸고, 자막대기로 내리친 손가락 마디는 연필을 쥘 수 없게 부풀어 올랐다.

나는 '어머니 조국의 고마움을 잃어버리고 나 혼자 잘 먹고 잘 살려고 조국을 버렸다. 중국에 가보니 아버지 장군님을 모신 우리나라가 세상에서 제일이었음을 깨우쳤다.'라는 거짓말을 써 내려갔다. 눈물이 강물처럼 흘러 내렸다. 글과 달리 내 마음속에는 '사람으로 태어나 청춘을 다 바쳐 조국에 충성한 죄, 배고픔을 이기지 못해 꽃제비로 전락한 죄, 오로지 먹을 것을 찾아 도강한 죄'를 한탄하며 나를 이 땅에 태어나게 한 부모님을 원망하고 또 원망했다.

지옥 같은 취조실을 나와 감방에 들어서니 철국 엄마가 달려와 나를 거들었다. 철국 엄마 품에서 자고 있는 딸을 보니 참았던 눈물이 다시 쏟아져 내렸다. 아프고 서러워 한없이 우는 나를 바라보는 감방 안 아낙들의 눈가에도 눈물이 맺히기 시작했다. 지옥같이 반복되는 이 조사와 매질은 언제쯤이면 끝날 수 있을까. 우리는 서로의 아픔을 절실히 느끼며 함께 울고 또 울었다.

혜산 보위부 2 - 벌레보다 못한 엄마들

맞아서 부어오른 자리마다 계란만 한 웅어리들이 보랏빛 감자 색을 띠며 불끈 튀어 올랐다. 바람벽에 내리찍힌 머리는 우지끈거렸고, 손가락은 그저 손에 달려있을 뿐 아무것도 잡을 수 없었다. 딸은 중국 땅에서부터 계속된 기침이 심해져 축 늘어진 채 울고 보챘다. 철국 엄마가 나를 대신해 딸아이를 봐주느라 밤새 서성였다. 이곳에서도 철국 엄마에게 신세를 지고 있었다.

엎친 데 덮친 격으로 여성들에게 찾아오는 생리에 걸렸다. 여자들은 원래 집단생활을 하면 우르르 무리 지어 생리를 하게 된다. 걸친 것 제대로 없는 몸에 댈만한 생리 도구는 꿈도 못 꾸니 바지마다 혈이 배겨 앉은 자리마다 피가 흥건했다. 피 냄새를 맡은 빈대들이 사정없이 몸으로 기어올라 살을 파먹었다. 해가 훤한 낮에는 이 빈대들을 잡아 죽이기라도 했지만, 밤이 되면 수수떡같이 비춰오는 철창살 사이 불빛 외에는 아무것도 볼 수 없이 캄캄했다. 이때다 싶어 달려드는 빈대와 이들이 얼마나 피를 빨아 먹는지, 아침이 되어 훑어보면 배가 빵빵해 굴러다니는 빈대들이 수두룩했다.

머리가 거의 빠진 아이들 머리통으로 허연 이들이 수도 없이 알을 깠다. 이젠 아이들도 지쳤다. 아픈 몸에 허리라도 펴고 눕고픈 생각이 간절하지만, 앉은 자리라도 비우면 메꿔지는 이곳에서 눕는다는 건 있을 수도 없는 일이었다. 매일 앉아서 생활하다 보니 무릎이 마비되고 엉치에는 욕창이 생길 지경이었다. 빈대와 벌레들이 물어뜯은 자리를 긁어대니 균이 올라 곪고 터지기가 반복이었다. 지도원들은 이를 잡겠다며 우와독스(농약)를 물에 타서 감방 안에 뿌려댔다. 이 농약 냄새가 어찌나 독한지 아이들과 임산부들은 참지 못하고 웩웩 토해댔다.

하루는 출산을 하루 이틀 앞둔 9개월의 임산부가 불려 나갔다. 중국에서 조선족 아저씨랑 농촌에서 살던 중 공안의 습격으로 체포되어 온 여자였다. 간밤에 불려 나간 그녀는 서너 시간 만에 돌아왔는데 자꾸 울기만 했다. 무슨 일이냐 달래니 시민병원에 끌려가서 중절 주사를 배에 맞았다는 것이다. 그 주사를 맞으면 24시간 이내 아기가 죽어서 나온다. 그녀는 시간이 흐르자 간간이 진통이 오는지 자꾸 신음 소리를 냈다. 어느덧 양수가 터지고 아기가 나올 기미가 보였다. 제대 맞고 조산원과 해산 방조를 다녀본 경험이 있던 나는 그녀의 곁에서 출산을 돕기로 했다. 소리 내 봐야 매나 맞을 게 뻔하니, 그녀는 더러운 담요에 머리를 박고 필사적으로 진통을 견디고 있었다. 한참 후 자궁이 벌어지고 까만 머리의 태아가 보였다. 부어오른 손가락이 아픈 나 대신 철국 엄마가 아이를 꺼내주기로 했다. 예상대로 아이는 죽어서 나왔다. 약물에 중독돼 시커멓게 질린 아이는 남자아이였다. 다 자란 생명이 엄마 뱃속에서 얼마나 끔찍한 고통을 겪었을지 생각하니 마음이 너무도 쓰렸다. 감방 안 엄마들도 아이를 끌어안고 한없이 우는 아이 엄마를 쓸어주며 모두가 함께 울었다.

아이가 나온 것을 알리자 지도원이 고무 바케쓰를 들이밀더니 거기다 아기를 담아내라고 했다. 알몸의 아기를 그냥 보낼 수 없었던 엄마는 꼬질꼬질 때가 묻은 스프링 내의를 벗어 아기를 싸주었다. 그렇게 아기를 담으려던 순간, 갑자기 바케쓰를 밀쳐낸 그녀는 아이를 붙잡고 악악 울어대기 시작했다. 지도원은 아낙들과 아이들을 밟아대며 달려오더니 "중국 종자 새끼를 우리 조국에 씨 뿌릴 줄 알았냐? 중국 종자 가질 땐 재미났지? 그 재미가 어떤 맛인지 두 눈 뜨고 확인하라!"라며 그 엄마 뺨을 후려치기 시작했다. 아기는 빼앗기고 갓 출산한 몸으로 모진 매질을 당한 그녀는 빈대들이 자궁으로 기어들어가 물어뜯고 추위에 몸을 돌보지 못해 결국 밤새 덜덜 떨다 눈꺼풀이 뒤집힌 채 병원으로 실려 갔다.

그녀는 현재 인천 논현동에 살고 있다. 어떻게 살아 나왔는지 한국에서 만난 그녀는 지금도 그때 얻은 정신적 고통과 육체적 후유증에 시달리고 있다. 한국에 와서도 온몸이 쑤시듯 아프다던 그녀는 심한 우울증까지 겹쳐 임산부들만 보면 가던 길을 멈추고 돌아서서 울었다. 능력 없고 가진 것 없어도 성실하게 농사를 지으며 금쪽같은 마누라의 해산을 기다렸던 조선족 남편을 아직도 가슴에 그리며 살고 있다.

보위부에서 강제 낙태 당한 일을 떠올리면 온몸의 피가 거꾸로 솟는다는 그녀. 그때 그 보위부 안에선 그녀뿐 아니라 우리 모두가 아이가 아파도 해줄 게 없고, 뱃속 아이를 잃어도 입 다물고 보내야 하는 벌레보다 못한 엄마들일 뿐이었다.

혜산 보위부 3 – 다시 강을 건너다

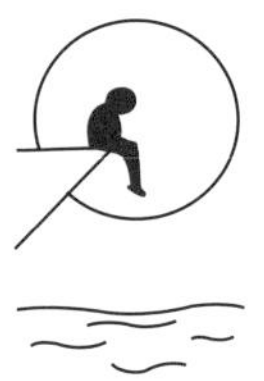

딸아이 상태가 심상치 않았다. 이제는 마지막이구나 싶을 만큼 폐렴이 심해졌다. 방 곳곳마다 아이고 어른이고 기침을 하며 각혈까지 했다. 한 명이 앓고 나니 온 감방이 당나귀기침(큰 소리의 기침)을 짖어대며 병실이 따로 없었다. 밤새껏 마른 입술을 바르르 떨며 가파른 호흡을 내뱉는 딸아이가 금방이라도 잘못될 것 같아 덜컥 겁이 났다.

자고 있는 반장 언니를 조심스레 깨웠다. 각 방마다 감독을 맡은 반장들은 보위부가 시키는 대로 악착같이 사람들을 괴롭혀야 사는 직책이지만, 이 언니는 달랐다. 한지에서 두 아이나 굶어 저 세상으로 보낸 바 있던 반장 언니는 고맙게도 아이들과 임산부들을 잘 보살펴 주었다.

"언니, 언니! 우리 애가 이상해요. 지도원 동지 좀 깨워 주세요."

애타는 내 부탁에 아기부터 보자던 반장 언니는 애가 죽게 생길 때까지 뭐 했느냐고 호통치며 철문을 두드렸다. 지도원 동지를 부르자 근무실에서 꽥, 욕설부터 들려왔다.

"썅년들, 아가리 다물고 잠이나 처잘 것이지!"

반장 언니는 굴하지 않고 "선생님, 4호실 반장입니다. 아이가 다 죽어갑니다. 도와주시라요." 하며 사정을 빌어보았다.

"아픈데 나보고 어쩌라고? 죽을 때가 되면 죽는 법이지. 빌어 처먹으러 중국까지 기어들어가 놓고, 니들 같은 애미 때문에 애들이 고생하는 거야!'"

아이는 자꾸 숨이 넘어가는데, 반장 언니의 부탁도 먹히지 않았고, 앞뒤 가릴 시간이 없었다.

나는 마지막 힘을 다해 소리쳤다.

"아이가 죽어갑니다! 살려주시라요! 제발 선생님이 살려주시라요!"

악을 쓰는 소리에 철창 사이로 나를 찾았다. 나는 아이를 봐주는 줄 알고 황급히 아이를 안고 지도원 동지 앞에 다가갔다. 그는 내 머리채를 잡아 흔들어 제끼며 입 다물지 않으면 가만두지 않겠다고 소리쳤다.

"아이를 살려달라는데 대체 왜 이러는 겁니까! 아이를 살려달라고요!"

나는 철장 사이로 머리칼이 다 뽑히더라도 아이를 살려야 했기에 미친 듯이 애원하며 달려들었다. 내가 발악할수록 그놈은 더 세게 내 머리채를 잡아당겼다. 놈이 원하는 대로 머리를 뜯기면서도 나는 더더욱 악을 썼다. 아이를 살릴 수만 있다면 머리 가죽이라도 벗겨줄 작정이었다. 한참 용을 쓰며 머리채를 잡아당기던 지도원도 더 이상은 질렸다는 듯 다시 한번 소리 질렀다간 죽여버리겠다며 돌아섰다.

감방 안의 엄마들은 쥐 죽은 듯 조용했다. 혹여나 불똥이 튈까 모두 겁에 질려있었다. 오들오들 떨며 보채는 딸아이를 안고 밤새 눈물을 쏟았다.

날이 밝자 근무를 교대한 새로운 지도원이 인원 파악을 위해 나타났다. 나는 다시 손을 쳐들고(지도원에게 말할 때 손을 올리고 이야기해야 한다.) 아이를 살려달라 악을 써댔다. 다행히 새로운 지도원은 아이가 죽어간다는 소리가 신경 쓰였는지 "어디 보자. 쯧

쯧쯧. 애미나이 때문에 아이만 불쌍하다. 사람 구실 좀 해라 이년아. 싸다니지 말고.” 한소리 보태면서도 이따가 병원을 보내주겠다고 약속했다.

이윽고 병원에 나갈 준비 명령이 떨어졌다. 나와 딸아이 외에도 아픈 아기를 둔 엄마들 서넛이 뒤를 따랐다. 조사 중 관절 마디에 큰 타격을 받고 쓰러져 있던 남자아이도 함께 병원 차에 몸을 실었다. 병원행을 허락받은 이들의 얼굴마다 알게 모르게 신바람이 스쳤다. 병원으로 나가면 도망칠 기회가 생기기 때문이었다. 꽃제비 반장인 남자 서너 명과 지도원 두 명이 감시로 붙었지만, 마음만 먹으면 얼마든지 상황을 엿볼 수 있기에 벌써부터 마음이 콩밭에 가 있었다.

혜산시 인민병원으로 들어가 실험 검사와 렌트겐(X-Ray)이 실시되었다. 한참 후 딸아이의 폐렴이 심하니 일주일에서 보름 정도 입원 치료를 받으라는 소견이 떨어졌다. 나는 우선 아이부터 추스른 후 도망갈 기회를 마련해 보기로 했다. 내 사연을 들은 담당 간호사도 도망가더라도 아이가 괜찮아진 다음 도망해야 살 수 있다고 간곡히 설복했다. 일주일이 흘러가니 아이의 병은 점차 호전되었고, 이제는 슬슬 도망칠 계획을 세워봐도 좋을 듯했다.

동짓날이 갓 지난 혜산의 겨울은 뼈가 에이도록 너무도 추웠다. 내의도 없이 지내는 옷차림은 허술하기 그지없었다. 남은 건 아이를 업을 수 있는 낡은 띠개 하나. 나는 혜산의 동지 바람이 매섭게 차가운 날, 낡은 띠개에 아이를 업고 유유히 병원 밖으로 빠져 나왔다. 병원을 벗어나자마자 사람들이 없는 곳을 향해 부지런히 도망쳤다. 지도원이 당장이라도 잡으러 올 것 같아 최대한 멀리멀리 달아나야 했다.

그래도 살던 곳이 익숙했던지라 압록강 주변에 다시 가보니, 상황이 영 예전 같지 않았다. 이미 도강자들이 여러 번 발각된 그곳은 경비가 삼엄해져 곳곳마다 군견을 앞세운 군대가 빠짐없이 다리를 지키고 있었다.

방향 없이 가다 보니 철길 굴다리 앞까지 다다랐다. 길을 가던 사람들이 떼를 지어 강 쪽을 바라보고 있었다. 무슨 일일까? 궁금증에 나도 그 무리에 합류했다. 강가에는 뾰족하니 무언가 일어서 있었다. 대체 뭐길래…. 한참을 들여다보니 아기를 업은 채 거꾸로 뒤집힌 여자의 시체였다. 아기는 엄마 잔등에 매달린 채로, 엄마는 물속에 얼굴을 박고 물길 따라 빙빙 돌며 떠내려오고 있었다. 나도 모르게 업은 딸아이를 돌려 꽉 끌어안았다. 만약 내가 강을 건넜으면 저 아기 엄마가 나였을 수도 있었다. 잔등에 업힌 아기도, 아기를 업은 채 세상을 떠난 아기 엄마도 불쌍해 눈물이 나는데 누군가 말했다.

"조국을 배반하고 강을 건너는 자는 죽어도 싸다!"

한 명이 선동하자 너도나도 욕을 퍼붓고 비난을 시작했다. 일말의 동정심도 없이 매정하게 휘둘리는 사람들을 바라보며 내 마음에 큰 동요가 일었다.

'사람이 죽었다. 그것도 아기가 죽었다. 저 사정을 헤아릴 줄 모르고 비난밖에 못 하는 이곳에서 더는 살 수가 없다.'

강을 건너다 잡혀 와 죽기 직전까지 맞았으면서도 저 강을 다시 건너야겠다는 결심이 일어나고 있었다.

'이번에 잡히면 그땐 죽는다. 하지만 어차피 도망친 신세, 이곳에 있으면 맞아 죽는다. 죽더라도 중국에 가서 죽자. 쓰레기통을 뒤져서라도 중국에 가야 살 수 있다.'

하지만 이제 나를 지켜주던 철국 엄마도 없었다. 오롯이 내 딸아이와 둘이서 저 강을 건너야 했다. 경계도 삼엄해져 언제 저 아기 엄마처럼 죽을지 모를 일이었다. 혜산의 차가운 바람보다 내 마음속 한과 설움이 더 아프게 시려왔다. 저 압록강 너머로 우리가 잡혔던 탑산이 바라보였다.

'나는 가야만 한다. 저곳으로, 저 탑산으로. 반드시 가야만 살

수 있다.'

내 딸, 충단이

비 오는 대낮을 택했던 철국 엄마와 달리, 나는 어두운 초저녁에 강을 건너기로 했다. 새벽길엔 도강쟁이와 꽃제비 부대가 여럿 움직여 표적이 되기 십상이었다.

저녁 10시가 안 된 저녁 무렵, 나는 꽁꽁 얼어붙은 강 입구에 들어섰다. 걸음을 옮길 때마다 얼음장이 깨지는 소리가 요란하게 들렸다. 쿵쿵 울리는 엄마의 심장 소리를 달래주는 듯 딸아이는 띠개를 꽉 붙들고 내 등에 바짝 몸을 붙였다. 여느 때 같으면 울고 보챘을 아기도 거사를 치르는 엄마를 돕겠다며 입을 꾹 닫고 그 추위를 버텨냈다.

"울지 마. 울면 군대들이 총 쏜다. 제발 울지 말구 가자. 이번에 잡히면 죽으러 가야 한다."

긴장과 공포의 마음을 아이에게 토로하며 속삭였다.

물이 엉치까지 차오르자 더 이상 얼음이 없었다. 얼음은 없지만 강물 안이 이끼들로 미끄러웠다. 미끄러지는 순간 떠내려가 죽는 것이다. 발끝마다 힘을 주고 한 걸음씩 가다 보니 물살도 잦아들고 물 깊이도 무릎에서 발목으로 낮아지고 있었다. 중국의 강가가 눈앞이었다. 띠개를 부여잡은 아이의 손이 얼음장같이 차가웠다. 그래도 끝까지 울지 않는 딸아이. 본능적으로 공포를 느끼고 있는 두 살배기 딸아이가 저도 살아보겠다고 안간힘을 쓰고 있었다.

강을 건너자 안도감이 들었다. 탑산으로 오르려면 중국 변경의 담장 뚝으로 가야 했다. 콘크리트로 높게 쌓은 담장 밑에는 사람들이 오르내린 개구멍이 터져 있었다. 살금살금 개구멍으로 빠져나가는데 후다닥 누군가가 나를 포위했다. 공안에게 잡힌 것인가! 눈앞이 아찔해져 살펴보니 공안이 아닌 시민들이었다. 이들은 소리 지르면 공안에게 잡혀가니 빨리 다른 곳으로 피해야 한다며 우리를 길가 주변의 비닐하우스로 데려갔다.

"누구세요? 우릴 왜 잡은 거예요? 살려주세요."

숨이 넘어가게 비는 나를 본 이들은 무사히 여길 빠져나가게 도와줄 테니 입 다물라고 당장 중국 옷으로 바꿔 입으라 명령했다.

젖은 옷을 바꿔 입고 나니 한참 후 택시 두 대가 와 한족 사람들이 내렸다. 영문은 모르지만 그저 도와주는 것이 감사해 나는 연신 고개를 숙이며 인사했다. 그들은 잡히지 않으려면 한 명씩 갈라 타야 한다며 아이를 달라고 했다. 뭔가 미타한 생각이 들었으나 무사히 빠져나가려면 이들이 시키는 대로 하는 것이 맞겠다 싶어 아이를 풀어 한족에게 안겨 주었다. 딸애는 엄마 품에서 떨어지자 발버둥을 치며, 어떻게든 엄마에게 오려고 손을 뻗고 울어댔다. 뭐라 뭐라 자기들끼리 말하는 걸 살펴보니 뭔가 거래를 하는 모양새였다.

'아! 말로만 듣던 사람 장사꾼들이구나!'

그제야 정신이 번뜩 들었다. 나는 공안에게 잡혀도 좋으니 딸아이를 달라고 울부짖었지만 이미 딸아이를 태운 택시는 저 멀리 달아나고 있었다.

"충단아! 충단아!"

아이 이름을 부르며 택시를 향해 달려갔지만, 택시의 흔적은 금세 사라져버렸다.

"하라는 대로 다 할 테니, 아이만 돌려주세요. 주소라도 알려 주세요. 아이 좀 돌려주세요!"

아이를 놓쳤다는 사실에 정신이 빠져 발악하는 나를 택시 안으로 밀어 넣은 그들은 어디론가 달려갔다. 어디로 가든 아무 상관이 없었다. 차라리 보위부에서 도망치지 말걸! 맞아 죽더라도 충단이는 옆에 있었을 텐데! 앞이 보이지 않고 딸아이 울음소리만 귓가에 맴돌며 구역질이 올라왔다.

온갖 굶주림과 병치레 속에서도 끝까지 지켜온 내 딸 충단이. 거지꼴 꽃제비살이에도 내 딸 충단이가 있어 살아갈 희망을 다졌었다. 금쪽같은 내 새끼, 토끼 같은 내 새끼, 배 아파 낳은 내 새끼가 없어졌다. 등신 같은 내가 내 새끼를 그들에게 넘겨줬다.

잘 먹고 잘 살다가 이별했다면 조금이나마 가슴이 덜 아팠을까. 역전 한바닥에서 태어나 추위에 벌벌 떨던 딸아이는 나와 사는 내내 매일같이 배고파하며 포근한 잠 한 번 제대로 못 잤다. 엄마 등에 매달려, 배낭 속에 매달려 죽음의 강을 두 번이나 건너야 했고, 오물장 쓰레기를 주워 먹으며 못난 엄마 곁을 지켜주었다. 엄마 구실도 못 하는 죄책감에 속이 다 모대지는데, 이런 엄마가 뭐가 좋다고 기어코 품 안에 파고들어 잠을 자던 딸아이. 아버지 닮아 노랗고 곱슬한 머리에, 오목하게 패여 들어간 눈, 볼록한 이마에, 앵두알 같은 입술이 내 눈엔 인형같이 이뻐서 '눈에 넣어도 안 아픈 자식'이란 말이 사실이었다고 늘상 외고 다녔었다.

사람들이 미친 여자라고 혀를 찼다. 그렇지. 미칠 수밖에. 그 아이가 어떤 아이라고, 생눈 뜨고 갈라져 생사도 알 수 없는데 미치지 않고 제정신에 살 수 있단 말인가. 미친 사람이 왜 미치는지 나도 이제 알았다. 나는 미친 여자다. 아이를 빼앗기고 정신을 놓아버린 미친 여자였다.

굶주린 사람들

쌀쌀하도다

너무 춥도다

바람이 칼 같도다

헐벗었고 굶주려 배가 고프다

바람 막아줄 집도 없으니

따뜻한 아랫목과 설설 끓는 숭늉 생각 절로 나누나

헐벗은 내 마음에 든 찬바람이 서러워

얼어 터진 얼굴과 귀에서 진물이 질질

얼어드는 양강도의 추위는 방랑자들을 위협하네

집이 없다 먹을 것도 없다

가진 것도 걸친 것도 아무것도 없다

산속의 유인원처럼 부끄러운 것만 겨우 가렸다
이렇게 겨울을 맞으며 올겨울 어이 살아남을까

배가 고픈지 잔등에 매달린 애
자꾸 머리를 조아려 울고 또 울고
안타까운 애 엄마가 아기에게 주는 말

참자 좀 참아라 울지 말아라 울지 말라구
이눔의 기집애야 나두 죽겠다
업힌 놈은 좀 참고 가만있어라
엄마두 배고프단다

우는 아기 눈물로 달래며 힘없이 걸어간 곳 장마당
한구석에 앉아 빈 껍데기 같은 젖 물려보지만
그럴수록 악을 쓰며 울어대는 아이
할 수 없이 동냥의 손 내밀어본다

한참을 빌어도 누구 하나 쳐다보지 않는 악의 장터
울부짖는 아기 데리고 나가라고 야단 끓고
동냥 손 내미는 엄마에게 퍼붓는 욕바가지
재수 없는 마수걸이에 앵매기 하는 듯

여기저기서 뿌려 던지는 벽돌 소금

듣기 싫다 시끄럽다 야단하는 장돌뱅이들
쫓아주면 사탕 한 알 입에 들어오는 재미로
방랑아 동냥쟁이 쫓아내는 꽃제비도 괴롭히네

장터에서 목숨 건 방랑자들
국가에서 보호 명분으로 9.27 여관으로
떼거지들 잡아다 실어가고 끌어가고
겁에 질린 아이들 어른들
피난민들마냥 부르짖으며 서로를 찾네

감옥도 아니건만 어이 안 갈 테냐
그곳이 어떤 곳인지 우린 다 알아
병들어 죽고 매 맞아 죽고 굶주려 죽고
가기를 거부하나 힘없이 끌려가네

우글우글 모여서 눈만 반짝이는 아이들
힘없이 누워 우는 아기들
따뜻한 온돌방도 아닌데 북데기를 이뤄
짐승처럼 몰아넣어 잠을 청하네

밥 시간이 되었는지 아래층 식당에서 나는 냄새

옥수수죽이라도 달게 맡던 그 꿀죽

한버치 이고 올라오는 식당 아줌마

습관처럼 밥그릇 잘두 던져주네

문 앞 친구들 먼저 죽그릇 받아들고

뒤로 돌리기 전에 한입씩 쭉 들어 마시면

죽그릇 달라고 아이들 뒤에서 야단법석

추워도 찬바람 들어오는 문가에 자리 잡는 이유는

앞에서 들어오는 죽그릇 한입씩만 떼먹어도

죽그릇 40개면 배터지게 먹기 때문

작디 작아 발 펴고 눕지도 못하겠네

어른 아이 여자 남자 성별도 없이

잡혀 오는 족족 토끼장처럼 몰아넣기만 거듭

자물쇠를 걸어두고 열어주지 않는 곳

그곳은 분명한 이재민들을 위한 보호소

여관 1층부터 7층 옥상까지 꽉 들어찼고

지도원들 출근하여 버릇처럼 하는 인원 점검

그것도 사람이라 인원 관리를 하나부네
먹을 때 좀 배불리 죽이라도 퍼줘 봐라

문 열고 먼발치에서 마치도 똥두칸 냄새 맡듯
온갖 만상 찌푸리고 살피는 지도원 백영길
아이구 냄새야~
이 간나새끼 더러운 돼지들아
냄새나서 어디 살겠냐? 구데기보다 못한 새끼들

저게 사람이여 야만이여
넌 누구 덕에 배때기에 기름지고 있더냐
백영길 이놈아! 사람이라면 눈 뜨고 똑바로 봐라
누구 때문에 이 똥냄새보다 더 역겨운 이곳에
모두가 굶고 병들어 죽어간다냐

한 달 두 달이 되두 목욕을 하나.
손을 씻나 머리를 감나
온통 버글대는 이꾸린 대갈털들
너나 할 것 없는 입안의 똥냄새
처녀애들 오줌 받아 손 닦고 얼굴 닦고
생리하는 여인들 다리마다 말라붙은 핏자국

오줌으로 닦아내며 버티는 걸 니들이 알겠냐

지도원들, 배고파 울음 터진 이곳에서
출입문 열구 국수, 떡, 사탕 쪽쪽 빨면
참지 못한 꼬마애, 지도원 동지 나 좀 주세요
조국의 배반자들
중국 드나든 니 어매 애비들 탓하라
굶어 죽어두 니들은 싸고 지다

소리 지르며 울어버린 그 아이
사탕 대신 발길이 아이 입으로 날아드네
축구공마냥 발길에 굴러가고
김광철 반장 손아귀에 죽탕이 되네

엄마도 없이 혼자된 그 아이
기어이 엄마 찾으며 울어대는데
자식새끼 품에 안고 바라보는 엄마들
내 새끼 아픔 같아 눈물짓건만 해줄 게 아무것도 없네
서러운 아이 마음 그 엄마는 불러도 소용없네
거지로, 방랑자로, 월경자로 이제 반역자로
새벽이면 이방 저방 부르짖는 울음소리

또 자식 형제들이 간밤에 숨을 거둔 모양
이름 부르며 나뒹구는 엄마의 울음
살아온 나날들이 하두 기가 막혀
숨진 자식 붙들고 가난을 한탄하며
목놓아 울기만 울기만

시체가 생겨도 신고 없이 밥그릇 받아
죽은 애들 몫까지 챙기는 반장들
이구석 저구석 널부러진 송장들
비닐 마대로 둘둘 말아 복도로 내놓는다
엄마 있는 애들은 그나마 팔다리 곱게 묶어 나가지만
혼자였던 고아들 물건처럼 청소 창고로 들어가네

굶주린 쥐들이 죽은 아이 발 뜯고 살 뜯어도
실어나갈 차량 없어 오래도록 방치되고
옷까지 벗겨내 알몸뚱이 영혼들이
하늘의 엄마 찾아 구슬프게 떠나간다

한둘 아닌 시체 뭉치들이 상하고 상하여
달구지 상차하면 팔다리가 흐물흐물
썩은 물 고여있는 청소 창고

여기는 사치실 불쌍한 영혼들의 안식처
죽은 애들 옷조차 벗겨낸 알몸의 시체들

할 만큼 행세하고 잘살던 사람들도
아들뻘 반장 무서워 벌벌 떨고 꼼짝 못 해
반항하면 때리고 추운 날 옷 벗겨 내쫓으니
차라리 입 다물고 나 죽었소 날 죽이시오
심심하면 때리고 수틀리면 발차고
머슴이 지주되면 더 한다드니
같은 꽃제비 주제에 반장도 지도원 행세네

탈출만이 살길이라 아낙네들 장성들과 소곤소곤
배낭끈 마후라 바지 찢어
몰래 만든 밧줄 타고
들킬세라 말이 새어 나갈세라
그 밧줄에 수많은 사람들이 운명을 걸었다

5층의 높이는 내려만 보아도 아찔하건만
차라리 죽는 게 낫다 결전 같은 각오 앞에
그 무엇도 무서울 게 없어라
애들 볼세라 깊이 감춰진 밧줄

새벽이 지나면 혼자 남을 아이들
영문 모르는 아이들 엄마 품에서 배고파 칭얼칭얼
혼자 남을 아이들 생각에
왈칵 부둥켜 안고 울기만 하는 엄마들

우린 살아서 중국 가야 한다
중국 가서 돈 벌고 먹을 것 얻어와 너희들 살릴 테다
자식들 앞에선 죄인들이 되어버린 현실에
타고난 팔자 참으로 더럽다 죄책감에 가슴 뜯네

새벽은 왜 이리도 빨리 오는지
살그머니 밧줄을 늘여놓고
창문 밑 구실 못 하는 라지따에
운명의 밧줄을 그러맨다
내려가는 순간 죽음과 생사의 갈림길
이걸 알기에 잠자는 아이들 바라보며
행여 세월이 지나도 못 만나랴 싶어
애들 옷가지에 유서 쪽지글을 남겨두며
아빠 엄마들 눈물을 찍어내고

엄마가 못나서 이렇게밖에 할 수 없는 몸

이 한 몸 죽어선들 사랑하는 내 새끼 어이 잊으랴
가슴에 묻고 살아야 할 내 새끼들
다시 한번 마지막 모습 바라보고 등 돌려 보지만
눈물과 한숨만 흐를 뿐

운명의 밧줄 타고 먼저 내려간 아빠
무사하다 안전 신호 올려 보내면
두근거리는 맘으로 주르륵주르륵
이번에도 성공, 남자 여자 번갈아 내려보내며
마지막 남은 두 사람만 무사하길

잠자는 젖먹이만 바라보던 엄마
죽어도 이 아기랑 함께 죽겠다 애 없이 난 못살아
기어이 아기 들처업고 밧줄에 매달린다
무거운 장정들이 타고 내려간 밧줄
낡고 낡은 옷가지 비벼 꼬아 힘도 없던 밧줄은
4층에 다다르자 그만 뚝!
내려간 사람들 떨어진 모녀 갈라 메고
구석진 곳에 숨겨두고 이리저리 살펴보자
부러지고 터지고 찢겨져 시뻘건 피만 흐른다
등에 업은 아기는 말 안 해도 죽은 아기

그래도 묻어줄 사람들이 있는 9. 27여관 앞에
피에 젖은 여인과 죽은 아기
지옥의 문가에 눕히고 돌아섰다

누구도 생각지 못한 밧줄 타기
그래도 구사일생 건진 목숨에 감사하며
맵짠 바람 휘몰아치는 추위 길을
미련 없이 바램 없이 걷고 또 걸어간다

누가 오랬다고 누가 반겨준다고
말도 문화도 풍습도 낯설지만 중국 땅에 닿기 위해
일생이 아닌 하루 한 끼를 위해
아까운 목숨들 그 얼음물에 발을 담고 건넌다

5장
드디어 몽골로 향하다

빨간 십자가

내가 팔려간 곳은 중국 산둥성의 어느 시골집이었다. 말 못 하는 벙어리 노인과 아들은 나를 중국 돈 오천 원(당시 한국 돈 40만 원)에 식모격으로 사들였다. 벙어리 부자는 아침 먹고 밭일하러 나갈 때마다 밖에서 문을 잠갔다. 잠긴 문도 문제였지만, 생전 처음 보는 기이한 도끄(차우차우라는 것을 나중에 알았다.)가 나만 보면 경중경중 잡아먹을 듯 덤벼들어 오금이 저렸다. 밥을 줄 때도 긴 나무 막대기로 밥그릇을 밀어주면, 그 도끄는 밥 대신 나를 물어뜯어 먹을 기세로 왕왕거렸다. 소인지 개인지 모를 도끄의 삼엄한 감시에 도망치기도 전에 저놈한테 물려 죽을 것 같아 벌벌 떨기만 했다.

한 달가량 지났을까. 웬일인지 그날따라 그놈의 도끄가 꼬리치며 나를 반겼다. 밥을 주니 무탈하게 밥을 받고, 이리저리 돌아다녀도 그저 멍하니 바라보기만 했다. 다른 날이면 문 근처만 가도 죽자고 달려들었는데, 오늘은 그러거나 말거나 딴청을 피웠다. 혹시나 싶어 슬그머니 대문을 열어봤더니 문이 스르륵 열렸다. 한 달이 넘어도 도망칠 기색이 안 보이자 문단속이 허술해진 모양이었다. 날이 왔구나! 나는 그길로 또 도망쳤다. 다른 이유는 없었다. 산송장처럼 시골집에서 식모로 썩어 사느니 어서 빨리 도망쳐 딸을 찾아야겠다는 생각뿐이었다.

탈북자들 간에 은밀하게 떠도는 말이 있었다. 빨갛게 빛나는 십자가가 보이면 무조건 달려 들어가라고. 그러면 살 수 있다고. 나는 묘 이장을 하느라 파놓은 웅덩이에 숨어 밤이 되길 기다렸다(중국은 집에 우환이 들 때마다 이장하곤 해 곳곳마다 묘를 판 웅덩이가 있었다). 밤이 깊어지자 빨간 십자가가 빛나는 곳을 향해 죽자고 달려갔다. 도착한 곳은 조그마한 조선족 교회였다. 일단 나를 숨겨는 주지만, 내가 도착한 전날 이미 7명의 탈북자들이 붙잡혀 북송당했기에 더 이상 숨어 지내지 못할 거라고 했다.

교회 사람들은 곧바로 다른 교회에 연락을 넣었다. 3일이 지나 나를 데리러 왔다며 다른 교회 사람들이 도착했다. 이들은 현재 부평 사랑밭 교회를 이끌고 있는 권태일 목사가 운영했던 북경 교회 사람들이었다. 이들을 따라 북경 교회로 가니 100명도 안 되는 신자들 사이에 나를 포함해 8명의 탈북자가 끼어 있었다. 그때 나는 신앙이 뭔지도, 기도가 뭔지도 몰랐다. 이들이 외치는 하나님을 따라 부르지 않으면 당장이라도 쫓아낼까 두려워 그냥 입으로만 하나님을 내뱉었다.

'하나님이고 뭐고 난 모르겠네요. 당신이 있다면 왜 우리가 꽃 제비로 얻어맞고, 굶어 죽어야 하나요? 내 아이를 빼앗길 때 왜 막아주지 못했나요?'

속으로는 그간 쌓인 한풀이로 기도를 대신하곤 했었다.

6개월을 지내니 슬슬 우리의 신분이 노출되기 시작했다. 주변의 눈초리가 심상찮아지자 목사님은 더 이상 이곳에 있기 어려우니 한국으로 가야 한다고 설득했다.

'그렇지! 당신들도 결국 우리를 내쫓는구나. 교회고 뭐고 다 똑같은 종자들이다.'

계속된 도망에 딸까지 뺏기고 보니 느는 건 의심이고, 드는 건 증오였다. 목사님은 한 명 한 명 배낭을 꾸려 주었다. 갈아입을 옷 두 벌, 생리대, 생수, 말린 쌀 등을 넣은 생존 배낭이었다. 나는 또다시 사지로 몰아넣는 교회 사람들을 원망하며 쥐약을 사다 브래지어 속에 감춰 두었다. 잡히면 죽어버린다는 각오만 가득 품고 있었다. 만약 그때 목사님의 배려와 결정이 없었더라면 지금 대한민국 땅에서 자유롭게 사는 내가 존재할 수 있었을까. 감사하다는 인사도 하지 못한 채 우리는 교회 사람들의 보호 속에 대한민국 땅을 향해 다시 먼 길을 떠날 준비를 하고 있었다.

철조망을 넘다

나를 포함해 8명이 한 조를 이뤘다. 8명이 은밀히 모인 곳은 여자 브로커의 집이었다. 이들은 장춘을 거쳐 내몽골로 들어갈 계획을 구체적으로 세웠다. 장거리 버스에 몸을 구긴 채 목적지까지 달려가니 벌써 다른 브로커들이 나와 우리를 맞을 준비를 하고 있었다. 그들은 우리를 아주 은밀한 모텔로 데려갔다. 소곤대는 소리에도 잡힐 수 있다고 자꾸 주의를 주니, 이판사판 당찼던 내 마음도 자꾸 오그라들었다. 브로커들은 우리 일행을 두 개의 침대가 있는 좁은 공간에 밀어 넣고 문까지 걸어 잠근 채 끼니때만 먹을 것을 날라다 주었다.

얼마나 지났을까. 기별도 없이 다시 온 브로커들은 우리를 이끌고 한적한 몽골 국경 쪽으로 향했다. 먼지 구덩이 같은 좁다란 비포장도로에는 사람 하나 찾아볼 수가 없었다. 이런 한적한 곳에 차가 다니면 백 프로 단속에 걸린다고 하며, 우리더러 숨죽여 걸어가라고 했다. 한참 가다 보니 뜬금없는 곳에 몽골족이 사는 집 한 채가 모습을 드러냈다. 양을 방목하는 사람들이 임시로 거처하는 곳인데 이곳에서 잠시 머물 거라고 했다. 한적하다 못해 너무 고요하다 보니, 오히려 당장이라도 잡힐 것 같은 공포가 우리 심장을 조여왔다.

밤이 깊어서 다시 이동한 곳은 마지막 브로커들이 있는 철조망 앞이었다. 국경 연선지대에서 제대한 브로커들은 이곳 지형지리를 꿰뚫고 있기에 탈북자들의 마지막 길잡이가 되어준다. 마지막 브로커들의 집에 들어서니, 정리 안 된 창고처럼 어지러운 두 남자의 살림살이와 탈북자들이 버리고 간 물건들이 산더미처럼 쌓여 있었다. 얼마나 많은 탈북자가 이곳을 거쳐 갔던 것일까? 낡은 옷가지들과 남루한 물건들이 그들의 고생을 말해주는 듯했다. 과연 우리도 무사히 이곳을 빠져나갈 수 있을까? 슬슬 걱정이 일어나는데, 잡히지 않으면 성공이고, 성공이 아니면 죽어야 했다. 고민할 것 없이 우리에게 주어진 선택지는 이것 하나뿐이었다.

우리가 두려워하자 한족 군인들은 권총을 꺼내 보이며 잡으러 오는 경찰을 보면 총으로 쏴버리겠다고 안심시켰다. 마지막까지 우리를 돌봐주는 한족들이 고마워 나는 몸 안에 감춰 둔 중국 돈을 다 꺼내어 마음을 표시했다. 어차피 잡히기라도 하면 똥이 돼 버릴 돈. 몽골만 빠져나가면 한국으로 간다는 생각에 앞일이야 어떻게 되든 관여치 않고 마지막 생명줄인 그들에게 돈을 다 줘 버렸다. 브로커들은 그 돈에 크게 기뻐하며 머리털 하나 상하지 않고 모두 무사히 넘겨 보낼 거라 자신했다.

낮 12시가 되자 무기와 쌍안경을 휴대한 브로커들이 우릴 지프차에 태우고 국경 철조망으로 달려갔다. 드넓은 들판에 잔잔한 잔디 풀밖에 없는 그 땅은 목숨 걸고 사선을 넘어갈 8명 여자들의 운명이 걸려있는 마지막 길이었다. 브로커들은 철조망에 도착하면 이제 우리끼리만 가야 한다며 국경 지리도 모르는 나에게 나침반 하나를 쥐어주었다. 그 말에 제일 나이 어린 송아가 겁을 먹고 연거푸 큰 숨을 몰아쉬었다. 손목만 놓지 말고 같이 뛰면 된다고 달래보지만, 체질적으로 약한 송아는 열여섯 나이에도 한국 애들 열한 살 정도의 키밖에 되지 않았고, 다리도 부실해 절룩거렸다. 저런 아이까지 데리고 뛰어야 하는 길에 목숨을 건 나는 미치도록 두려워졌다.

철조망에 다다르자 브로커들은 지금이 경비대 점심시간이라 일러주며, 이들이 점심을 먹고 나면 오침에 드니 이때를 노려 탈출할 것이라고 했다. 원래는 새벽에 탈출해 왔는데, 최근 전조등이 밝아져 위험하기에 나름의 작전을 짜 보았단다. 대뜸 대낮에 탈출하는 탈북자는 우리가 처음일 것이라 하니, '뭐! 우리가 처음이라고! 우리가 실험실 쥐새끼냐 뭐냐!' 하고 우리는 질겁했다.

그들은 우리를 뒤로하고 쌍안경으로 연신 주변을 살피며 탈출 시점을 재고 있었다. 중국과 몽골의 국경선, 여기를 넘기만 하면 한국행이 가능하다. 한 발자국만 옮기면 사느냐 죽느냐 운명이 좌

우된다. 심장이 터질 것 같고, 뒷잔등에는 비지땀이 쏟아지듯 흘렀다. 두 곱이나 되는 키의 철조망 밑은 한껏 벌어져 그간 탈북자들의 행로를 알려주고 있었다.

뛰라! 빨리 뛰라! 브로커들이 다그쳤다. 이들은 우리 뒤를 밀어붙이며 연방 빨리 사라지라고 재촉했다. 해가 지는 북쪽으로 끝없이 걸으라고 했다. 가다 몽골 군인들을 만나면 "썰렁거스홍! 썰렁거스홍!(살려주세요!)" 이 말만 하면 보호해 줄 것이라 했다. 목적지의 끝이 어딘지도 모른 채 철조망을 제낀 우리는 죽기 살기로 뛰었다. 돌각담을 쌓은 감시초소들이 군데군데 서 있어 마음 놓고 달리기가 무서웠다. 조심스럽게 다가가 안을 들여다보니 다행히 사람은 없었다. 가는 족족 사람이 없는 걸 보니 눈속임으로 초소를 세워두었나 보다.

가는 길은 야산이었다. 전속력으로 야산을 질주하다 보니 숨이 턱밑까지 차올랐다. 목구멍에서는 쇠비린내가 올라오고 쌕쌕거리는 호흡은 폐를 찌를 듯 가빠졌다. 가둑나무(도토리 참나무) 잎에 싯누렇게 붙어있는 쐐기(송충이)들이 8월의 무더위에 벌거벗은 우리를 신나게 물어뜯어, 쏘인 자리가 감자처럼 부풀어 올랐다. 사막을 걸으려니 식량을 진 배낭이 돌처럼 무거웠다. 헐레벌떡 뛸 때마다 요란스러운 소리까지 더해 우리의 정신을 더 산란하게 했다.

우리는 산등성이를 벗어나자마자 소시지, 김치, 고추장, 라면 등 모든 식량을 다 내다 버렸다. 물 한 방울 없는 사막을 지나야 하지만, 어떻게든 가벼운 몸으로 빨리 벗어나는 게 낫겠다는 판단이었다. 배낭 안은 광천수(생수) 반 병과 생리대, 칫솔밖에 없었다. 이미 휴대했던 물은 다 마셔버려, 8명의 목숨줄이 이 광천수 반 병에 달려 있었다.

연약한 송아는 물이 모자란다는 소리에 더 물을 찾기 시작했다. 사람을 삶아 먹을 듯한 폭염에 전속력으로 달려왔으니 물이 급한 건 모두가 마찬가지였다. 내 배낭 속 물이 철렁철렁 소리를 낼 때마다 "언니야 물 좀 줘. 물 좀 마시자." 모두가 애원해 왔다. 하지만 졸라도 주지 않을 것을 그들도 알고 있었다. 사람을 죽이고 살리는 사막길이 어떤 상황일지 모르는데, 한 방울의 물이라도 악착같이 남겨둬야 했다.

시간이 갈수록 목구멍을 적실 침 한 방울도 다 말라갔다. 입술을 깨물어 갈라 터진 혓바닥을 피로 적셔 보았다. 목마른 자가 우물을 판다고 혹시나 습한 땅에 물이라도 고일까 싶어 파헤쳐보지만, 모래, 모래 또 모래뿐이었다. 덩치도 크고 더위도 많이 타던 나역시 물을 확 다 마셔버릴까 하는 끝없는 유혹에 시달렸다. 죽지 않고 경계선만 넘게 해주면 바랄 게 없다고 빌었는데, 이젠 물 달라, 힘들다, 배고프다 타령을 늘어놓으니 사람의 바람은 참 끝도 없구나 한숨이 절로 나왔다.

걷다 보니 드디어 몽골로 들어서는 철조망이 보였다. 저기만 넘어서면 춤추고 노래를 부른들 중국 군인들이 잡아갈 수 없다. 군대에서 하던 본때를 발휘해 대원들을 거느린 중대장처럼 "엎드려! 일어서! 돌진 앞으로!" 명령했다. 일행들도 대원인 양 일사불란하게 움직였다. 나의 구령에 즉각 반자 위로 허리를 굽힌 이들은 그 높은 몽골 국경 철조망을 바람처럼 뛰어넘었다. 맹렬히 훈련받은 군인보다 월등한 실력이었다. 역시 급하면 못 해낼 게 없었다.

철조망을 넘자 하나같이 약속이나 한 듯 목 놓아 울기 시작했다. 이 탈출의 길이 살길이 될지, 죽을 길이 될지 그 누가 장담할 수 있었겠는가. 그저 목숨 걸고 저지르는 도박과도 같았다. 이 길을 걸으려고 얼마나 수많은 탈북자들이 매 순간 목숨을 내걸고 모질게 버텨 왔을까. 살았다는 안도감 저편으로 북한에 남겨져 있을 가족들 생각에 이내 서러움이 북받쳐 올랐다.

나 역시 언제 돌아갈지 모르는 중국 땅을 돌아보자, 그 땅 어딘가에 사랑하는 내 딸을 두고 왔다는 사실이 가장 먼저 가슴을 때려왔다. 살아만 있어 다오, 반드시 찾을 테니. 기도처럼 각오해보지만 지금 내 품에 없는 딸의 빈자리가 서럽기만 했다. 새끼를 지키지 못한 어미. 새끼의 생사도 모르는 어미. 새끼를 두고 멀리 도망가야 하는 어미밖에 안 되는 나 자신이 초라하고 한스러웠다. 어미도 없이 살아갈 내 딸의 인생이 얼마나 외롭고 고달플지 생각만 해도 가슴이 미어졌다.

드디어 비상용 물을 꺼내어 한 모금씩 입에 부어 주었다. 눈물과 땀으로 얼룩진 일행들의 모습은 참으로 꼴불견이었으나 하나

같이 대견해 보였다. 우리는 이제부터 북쪽으로 행군한다. 언제 찢어졌는지 바지는 엉치가 다 드러났고, 배낭도 철망에 뜯겨 너덜너덜했다. 우리는 울다 웃다를 반복하며 해를 따라 북쪽으로 끝없이 걸었다. 일행들은 그때 입은 옷을 몽골 사령부에서 다 버렸다고 했다.

나는 악착같이 한국까지 챙겨 왔다. 힘든 일이 있을 때마다 보물처럼 간직한 그때의 배낭과 바지를 들여다보면,

'죽음과 생의 길목에서도 살아남았는데, 이깟 일이 대수라고 이겨내지 못할까!'

불굴의 의지가 불쑥 솟아난다.

몽골 양탕굴

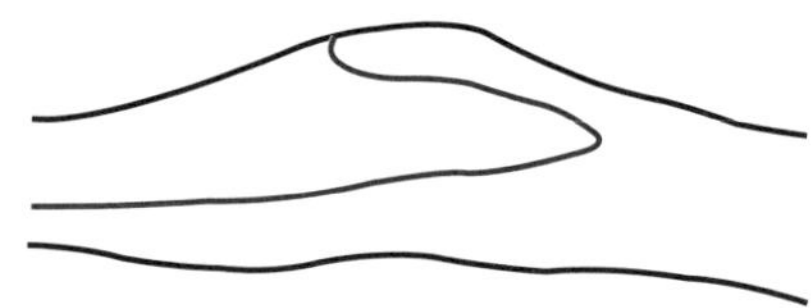

끝없이 걷는 사막의 길, 갈증과 무더위에 지친 우리는 죽음이 눈앞에 왔음을 느꼈다. 말은 없으나 남의 나라 땅에 해골 신세로 남게 될 처지에 놓이자 여기저기서 울음이 터져 나왔다. 더 이상 걸을 힘도 남아 있지 않아, 서로 부둥켜안고 깨어날 기약 없이 쪽잠에 빠져들었다. 나 역시 이렇게 잠든 채 세상을 끝내겠구나 싶어 동료들에게 마지막 인사를 속삭여 두었다.

얼마나 지났을까. 누군가 툭툭 건드리는 느낌에 눈을 떠보니 말을 탄 군인들이 우릴 에워싸고 있었다. 우린 본능적으로 물부터 달라고 애원했다. 이런 탈북자들을 늘상 봐 온 몽골 군인들은 으레 물을 내어 줬다. 정신없이 목을 축이고 나니 우리 소지품을 대충 둘러본 군인들이 우리를 말 잔등에 태우고 어디론가 데려갔다. 식사로 양고기 죽까지 마련해 준 그들은 복도를 가리키며 일단 잠부터 자라고 했다. 여기가 어디인지, 왜 먹을 것까지 내주는지 알 수 없었지만, 사막 모래 위에서 죽었구나 포기했던 우리는 더 이상 의

심할 여력도 없이 깊은 잠에 빠져들었다.

다음 날 그들은 우리를 포차에 싣고 모래사막을 달렸다. 도착한 곳은 몽골 지휘부의 한 이민 수용소였다. 탈북자들을 보호한다는 명목이었지만, 이미 수많은 탈북자가 수시로 드글거리는 그곳 역시 인권과 자유를 기대하기는 어려웠다. 몽골 군인들은 우리를 가둬놓고 화장실도 마음대로 못 가게 했으며, 물도 제대로 주지 않았다. 화장실 한 번 가자면 철문을 두드리고 호소해야 했고, 특히 밤에는 자던 이들의 눈총과 원성까지 한 몸에 받아야 했다.

하지만 생리현상에 밤낮이 따로 있다던가. 급한 대로 밖에서 키우는 돼지 죽통을 밤마다 몰래 들여와 남자든 여자든 거기에다 소변을 보았다. 방 안에서 소변 보는 소리가 새어나가면, 방문 사이로 근무를 서던 군인들이 득달같이 달려와 소변을 끊지도 못한 채 얻어맞기가 허다했다. 소리를 막아보려고 한 번에 볼 소변을 열너덧 번씩 끊어보자니 방광이 바짝바짝 애가 타는데, 옆에선 그 모습이 웃긴다고 키득거렸다.

한 여성은 화장실 문제로 족쇄를 차고 독방까지 끌려간 적이 있었다. 심한 방광염을 앓고 있던 그 여인은 남들보다 몇 배로 자주 소변을 봐야 했다. 화장실을 찾는 횟수가 잦으니 적당히 욕만 해대던 몽골 군인들의 성질도 한계에 다다랐다. 결국, 얻어맞은 여인은 도저히 이렇게 못 살겠으니 보초가 없는 틈을 타 담장 앞에다 소변을 보자고 제안했다. '소쩍소쩍' 하면 빨리 나오고, '뻐꾹뻐꾹'

하면 나오지 말고 기다리라는 암호까지 짜 맞추었다. 너도나도 화장실로 골머리를 앓던 때라 대부분이 적극 가담했다. 하루는 망을 봐주던 향옥이가 군대가 오는 것을 보고선 재빨리 신호를 보냈다.

'소쩍소쩍.'

급한 마음에 암호가 헛갈린 향옥이가 거꾸로 신호를 보내고 말았다. 요때라 생각한 여인은 냉큼 담장 밖으로 튀어나왔고, 그길로 군대에 걸려 또다시 직싸게 얻어터졌다. 그 여인은 꽤나 오랫동안 향옥이를 미워했다. 미움받는 향옥이의 고충도 컸지만, 이후로도 방광염에 시달린 그 여인의 고통은 이루 말할 수 없었다.

소변기가 있는 나무 침대 밑에 주무시던 할아버지의 성화도 고충 중 하나였다.

"쌍놈의 간나들, 고만 좀 처먹고 고만들 좀 싸라!"

때때마다 짜증을 내는 할아버지가 무서워 처녀애들은 밤에 볼일을 볼 때마다 울상이 됐다. 나는 지치지도 않고 트집을 잡는 할아버지가 얄밉기도 하고, 한편으론 우습기도 해 복수를 해주기로 했다. 할아버지는 잠이 깨면 꼭 담배를 피우셨다. 그 작은 공간을 담배 연기로 질식하게 했으니, 나는 이 기회를 놓치지 않고 "할아버지는 고만 좀 피고, 고만 좀 자시오!" 하고 싸움을 걸어댔다. 할아버지는 내 눈치가 귀찮아 내가 잠들기를 기다렸다 몰래 담배를 태우곤 했다. 하지만 냄새만 났다 하면 귀신같이 일어나 통박을 했으니 "간나시키 코두 밝다." 하며 혀를 내두르셨다. 서로 티격태격하던 할아버지와 나는 어느새 정이 들어 이런저런 이야기를 나누는 밤동무가 되어 있었다.

화장실 가는 것만큼 물을 쓰는 것도 긴장의 연속이었다. 양치하고 세수한 물에 수건이나 양말을 빨아 입었고, 보초가 선심이라도 써야 발까지 씻을 수 있었다. 머리를 감는다는 것은 상상도 못 할 일이라 겨우 꼴짝거리며 머리를 적시는 정도였다. 몽골 군인들도 물이 귀하긴 마찬가지였다. 고양이처럼 세수하는 정도라 그들 목엔 때가 반질거렸고, 손잔등엔 얼룩이 덕지덕지했다. 거기에 동상으로 손이 얼어 트고 얼굴까지 시퍼러니 우리나 몽골 군인이나 별 차이 없는 거지 같았다.

40명이 넘는 인원이 남녀 구별 없이 콩나물시루처럼 갇혀 있었다. 작은 공간에 아래위로 짜인 다락 침대에 두 발도 못 펴고 모로 누워 잠이 들었다. 문은 꽁꽁 걸어 잠가 공기도 희박한데 운동도 못 하고 가만히 있으려니 여기저기서 소화 불량자들이 속출했다. 펑펑 뀌어대는 방귀에선 양고기 썩은 냄새가 진동했다. 나오는 가스를 참느라 배가 요란하게 뒤끓었다. 소리라도 내는 날엔 그 모든 방귀의 주동자로 지목되어, 증오의 눈초리를 한몸에 받아야 했다.

모두가 세밀하게 조절해 '픽~' 하고 방귀만 뀌는데 스멀스멀 올라오는 냄새가 어찌나 매스껍고 구역질이 나는지, 오죽하면 몽골 군인들이 인원 점검하러 들어왔다가 기겁하고 도망갔다. 죽을상을 하고 있던 우리는 그 꼴이 통쾌해 배를 그러쥐고 웃어대며 군인만 들어오면 방귀로 방사포를 갈겨줬다. 그때만큼은 방귀 소리도 시원하게 허용되었으니, 경쾌하게 한 방씩 갈기다 잘못 걸리는 날에는 군인들의 손찌검을 당해야 했다.

한국행을 기다리는 탈북자들, 보호를 받지만 죄인 취급은 여전했다. 40여 일간의 양탕굴 보호소, 좁디좁은 공간에 갇혀 시련과 고생은 계속됐지만, 우리는 서로 양보하고 배려하며 웃음을 잃지 않으려 노력했다. 한국에 갈 수 있다는 희망이 우리를 버티게 해 주었다. 밤마다 두고 온 가족 형제들 생각에 눈시울이 뜨거워 지지만, 곧 사람답게 살 수 있는 한국 땅을 밟을 거라는 기대가 점차 부풀어 갔다.

마지막 도착지, 울란바또르

어느 날, 문건을 들고 들어온 군부대 참모장이 이름을 부르며 내일 떠날 준비를 하라 지시했다. 한국행 비행기에 오르기 전 마지막 도착지인 울란바또르로 이동하라는 뜻이었다.

이름이 불린 이들은 너무 좋아 이리 뛰고 저리 뛰며 눈물을 쏟았다. 드디어 한국에 가는구나! 밤이 깊어도 설레는 마음에 들떠 잠을 이루지 못하고 뒤척였다. 떠날 사람들만 따로 모인 방이니 남아있을 동료들의 눈치 볼 필요 없이 기뻐해도 그만이건만, 그간 정이 든 이들과 헤어지는 아쉬움도 커 여기저기서 눈물을 훔쳐댔다.

새벽 다섯 시, 일찌감치 일어난 우리는 허리도 못 펴는 2층 다락 침대에 구부정히 엎드려 화장을 했다. 전깃불도 없이 촛불에 비춰가며 서로 찍어주고 발라주느라 부지런을 떨었다. 밝은 곳에서 본 우리는 마스카라 범벅에 짝짝이 눈썹이었으며, 기술도 없이 말아 올린 머리는 귀신처럼 부스스했다. 안 하느니만 못한 꽃단장이 아쉬울 법하지만, 떠난다는 자체가 신이 나 뭐든지 좋게만 보였다.

날이 밝아왔다. 8월에 수용소에 들어와 이제 10월을 맞았으니, 계절에 맞는 옷가지들이 온전치 못했다. 몽골은 10월 초부터 눈이 내리고 칼바람이 불어 손과 발이 다 터지고 갈라진다. 우리는 긴 속바지를 잘라 반팔에 이어 붙이고, 헝겊 쪼박지를 기워서 덧버선을 만들었다.

커다란 풍차에 짐짝처럼 실려 어딘지도 모를 길을 달려갔다. 한심한 비포장길은 몸속 내장을 흔들어 미치게 했고, 사막의 모래바람은 눈코입을 강하게 덮쳐 때렸다. 북한에서 자동차를 타본 적이 드문 우리는 먹은 것도 없는 속을 꽥꽥 게워내며 멀미에 시달렸다.

이런 길인지도 모르고 미스 대회에 나가는 것처럼 화장했으니, 마주 본 서로의 꼬락서니가 그야말로 환상적이었다. 화장한 얼굴은 모래범벅으로 밀가루 포대에 들어갔다 나온 사람마냥 뽀얗다 못해 누렇게 떠 있었으며, 없는 바늘 실로 기워 입은 옷은 다 뜯어져 바람결에 깃발처럼 너덜거렸다. 토해낸 이물질들이 모래 먼지와 뭉쳐져 온몸 구석구석에서 역한 냄새까지 풍겨 나왔다.

벌벌 기며 도착한 곳은 사막 한가운데 있는 게르(몽골식 천막집)였다. 호송인들은 잠깐 들러 밥을 먹자고 했다. 사람들이 모여 사는 곳에는 잠복한 공산군들의 감시가 심하니, 인적이 드문 곳에서 식사해야 한다고 했다.

군인들이 먼저 식사를 끝내고 교대로 참모와 우리가 식당으로 들어갔다. 우리 상을 보니 몽골식 양탕죽이 놓여있었고, 참모 자리에는 하얀 쌀밥에 양고기가 차려져 있었다. 쌀밥이다! 입맛만 다시며 우리에게 주어진 양탕죽을 먹고 있는데, 갑자기 참모가 전화를 받으러 나갔다.

'참아야 한다. 해서는 안 된다.'

아무리 다짐했지만, 쌀밥 앞에서 우리의 의지는 너무도 얄팍했다. 매일 누린내 나는 양탕죽만 먹다 흰 쌀밥을 마주하니 그 고소한 냄새에 도저히 참을 수가 없었다. 나는 곧장 참모의 밥그릇에 숟가락을 대고 쌀밥이며 양고기를 정신없이 집어 먹으며 동료들에게도 퍼 날랐다. 모두가 동참해 쌀밥을 퍼먹느라 정신이 없었다.

잠시 후 참모가 자리로 돌아오더니 눈이 휘둥그레졌다. 밥알 하나 없이 반반한 빈 그릇만 덩그러니 남아있었다. 어이없다는 듯 우리를 바라보던 참모는 군말 없이 나가버렸고, 우리는 남은 양고기를 허겁지겁 뜯으며 멀미로 허기진 배를 채웠다. 누린내 난다며 죽어도 양고기는 안 먹겠다 버티던 이들도 뼈까지 쪽쪽 빨며 정신없이 먹는 걸 보니 배고픔에 장사 없단 말이 이를 두고 한 말이었다.

2박 3일 내리 달리는 동안 우리는 내장까지 토하느라 녹초가 됐다. 사흘이 지나서야 도착한 사령부. 사막의 흙 사람이 되어 버린 치신(몸상태)은 한심하기 짝이 없었지만, 돌볼 새도 없이 인계되어 조사와 담화 과정을 거쳤다. 그래도 사령부는 공간도 넓고 화장실도 자유롭게 다닐 수 있어 큰 위안이 되었다. 밥도 쌀밥이고 반찬으로 김치에 된장국도 나오니 만세였다. 물도 넉넉해 마음대로 목욕할 수 있으니 또 만세였다. 마음대로 웃고 떠들 수 있으니 그야말로 만만세였다.

중국 브로커부터 시작해 양탕굴 이민 수용소 생활로 이어진 우리는 자유도 없이 좁은 공간에 갇혀 죄인 취급을 받고 살았다. 아무도 믿지 못했고, 앞으로 어떻게 될지 모를 불안감이 가득한 생활, 이런 곳에 있으면 누구나 건드리면 바로 물어버리는 승냥이로 변해간다. 그래서 모두가 서로를 자극하지 않으려 매우 조심하며 생활했다. 예민한 일상에 시달리다 이곳 사령부에 오니 딱히 해 받을 일이 없어 마음부터 편해졌다. 이런 곳이라면 몇 달이라도 참고 견딜 수 있을 것 같았다.

풍요로운 먹거리와 따뜻한 안식처, 이곳에서 나는 정말 오랜만에 인간다운 자유를 만끽했다. 북한에서의 삶은 시키는 대로 움직여야 하는 기계와 같았다. 꽃제비로 전락한 순간부터 매 순간을 도망치며 살아야 했다. 지지리도 짓밟히며 살아온 내가 이렇게 편안한 자유를 만나다니, '사람 사는 맛'이 이런 거구나 사무치게 깨달았다.

우리는 이 자유가 너무도 좋아 실컷 웃고 떠들었다. 어찌나 시끄러웠는지 군인들에게 욕도 많이 먹었지만, 그 욕마저 자유의 보상이라 여겨지니 그저 달콤하기만 했다.

6장
여기가 대한민국

인천공항

드디어 한국행 결정이 내려졌다. 나를 포함해 30명가량의 인원이 한국으로 떠난다고 했다. 막상 한국에 간다고 하니 설렘도 있었지만, 철천지원수의 나라라고 경계만 일삼았던 그곳에서 나는 또 어떤 삶을 살게 될지 막연한 두려움이 앞섰다.

'자유의 나라라는 거짓부렁에 속아 지금보다 못한 처지로 나락하면 어쩌나, 차라리 이곳 사령부에 남는 게 더 나은 걸까, 한국이 잘 사는 나라라면 잃어버린 내 딸도 금방 찾아줄 수 있지 않을까.'

온갖 걱정과 잡념으로 마음이 복잡했다. 출발 날짜는 다가오는데 이제 우리를 안내해 줄 군인도 없이 우리끼리 비행기를 타야 한다는 소식을 접했다. 욕지거리에 군홧발로 맞기도 했지만 그래도 무장한 군인들이 우리를 보호해준다는 안심은 있었다. 이들 없이 봉변이라도 당하면 어쩌려고 덜렁 우리만 내보내나 심장이 쪼그라들었다.

탈북자 신분임을 재차 확인하고 여권까지 찍혀 나오자 한국행을 실감했다. 사령부 안내자는 비행기를 타고 인천공항에 내리면 곧장 지정된 화장실에 가 있으면 한국 국정원에서 우리를 데려갈 거라고 알려줬다. 이어 비행기에 타서 절대 말하지 말라며, 떠들다간 우리 말씨를 알아채고 숨어있던 북한 특무요원들이 비행기를 뺏어다가 북한으로 몰고 갈 거라고 겁을 줬다. 북한 특무요원이라면 그러고도 남을 종자들임을 알기에 우리는 이 말을 철저히 따르기로 했다.

그렇게 모두의 입이 봉인된 채 우리는 비행기에 올랐다. 날개 옆 창가에 앉은 나는 생전 처음 보는 비행기가 신기해 눈알만 이리저리 굴려댔다.

콰과광! 진동과 함께 비행기가 흔들렸다. 창밖을 내다보니 땅은 멀어지고 하늘은 가까워져 왔다.

'날아올랐구나!'

직감하는데 심장이 덜컥 내려앉았다. 새처럼 펄럭여야 할 비행기 날개가 좀처럼 움직이질 않았다. 비행기는커녕 자동차도 타본 적 없는 아이들은 벌써부터 꽥꽥 멀미하고 있었다. 나는 비행기 날개에 문제가 생겼다 싶어 날개를 봤다, 승무원을 봤다, 주변 승객들을 봤다 하며 혼자서 안절부절못했다. 말은 하지 말라지. 자리에서 일어나지도 말라지. 날개는 움직이질 않는데 어디다 물어볼 수도 없어 속만 끓이고 있는데, 이쁘장한 승무원 언니들이 사뿐히 걸어오며 비행기가 잘 떴으니 이제 밥을 준다고 했다.

먼 길을 떠난다고 두둑이 챙겨 먹기도 했고, 비행기 날개의 충격에서 벗어나지 못한 나는 밥생각이 도통 나지 않았다. 빵이며 고기며 내주는 음식들이 아깝기만 한데, 가만히 살펴보니 의자 앞에 빳빳한 비닐봉지가 하나씩 놓여있었다. 뭐에 쓰는 봉지일까 고민해보니 아무래도 이 봉지는 못 먹은 음식을 싸가라고 주는 봉지가 아닐까 싶었다. 매끈한 최고급 재질에 각 잡혀 깨끗하게 놓인 봉지이니 누가 봐도 음식을 싸기에 제격이었다. 주섬주섬 봉지에 음식을 챙기는 나를 본 주변 동료들도 덩달아 음식을 싸 쟁이기 시작했다.

언제 또 굶을지 모를 위기에 익숙했던 우리였기에 나눠준 음식을 하나도 남기지 않고 알뜰하게 주워 담았다. 우리의 모습을 보던 한 승객이 웃음을 터트렸다. 영문을 몰라 쳐다만 보는데, 대충 우리의 정체를 눈치챈 그 사람이 봉지는 멀미할 때 쓰는 거라고 말해줬다.

'여기선 토할 때도 고급 비닐로 호강하는구만.'

어처구니가 없었지만 그러거나 말거나 우리는 끝까지 음식을 챙겨 품에 쟁여 두었다.

드디어 인천공항 주변 파란 바다가 보였다. 저곳이 한국이구나. 널찍한 공항 크기에 감탄이 절로 나왔다. 김일성이도 못 와본 곳을 내가 다 와보다니 내심 인생역전이다! 통쾌한 생각까지 들었다.

무리를 지어 인천공항 복도를 나오는데 붉은 주단이 떡하니 깔려있었다. 북한에서 붉은 주단은 김일성이나 높은 간부들만 밟을 수 있다. 그 주단을 슬리퍼 신은 사람들이 찍찍 걸어 다니는 모습을 보고, 우리는 '역시 인천공항에는 간부집 자녀들이 많은가 보다.' 감탄하며 주단을 밟지 않으려고 끄트머리에서 조심조심 걸어 나왔다.

이날 이후, 미국이며 베트남이며 해외를 제집처럼 드나들게 된 나는 공항의 붉은 주단만 보면 일부러 찾아 그 위를 걷곤 한다. 어디선가 그때의 나 같은 사람이 본다면, 아마 나를 간부집 고급 사모님으로 봐주지 않을까 고소해하며 말이다.

비행기에서 화장실을 드나들다간 비행기가 기울어 추락할 거라고 했다. 비행 내내 우리는 볼일을 꾹꾹 참고 있었다. 소변이 터질 듯 급했던 우리는 사령부가 일러준 화장실에 들어서자마자 볼일 볼 곳을 찾기 시작했다. 그런데 아무리 찾아봐도 마땅한 변소가 보이질 않았다. 찰떡을 굴려 먹어도 좋을 만큼 반질반질한 바닥에, 꼭대기에서 칙칙 뿌려대는 향긋한 냄새에, 솔솔 들려오는 고

급진 음악소리까지 대체 어디서 볼일을 보라는 건가 찾아다니는
데, 짤까닥(아는 척)거리길 좋아하는 여자애가 또이또이 들은 말
을 읊어댔다.

"언니, 한국이 선진국이라잖아요? 선진국서는 공항에서 나올
때 꼭 손을 씻는답니다."

그러면서 솔선수범해 변기 물에 손을 담그고 정성껏 씻기 시작
했다. 그런가보다 싶어 우리도 덩달아 손을 씻고 나오니, 국정원에
서 왔다는 사람이 인제 그만 나오라고 말했다.

"선생님, 볼일이 급한데 어디서 해결하나요?"

내 물음에 그가 답했다.

"저기서 보시면 되잖아요."

그래도 멀뚱히 서 있기만 한 우리를 보더니 다시 상세히 알려
줬다.

"아~ 모르시는구나. 자 이렇게 앉아서 보고 물도 이렇게 내리

는 겁니다.”

　너무 깨끗하고 단정해 손을 씻기도 황송한 곳에서 똥을 싸다니. 구데기가 지나가는 똥뚜간 북한 변소만 보던 우리는 인천공항의 화장실에서부터 대한민국이 선진국임을 몸소 체감했다.
　우리는 국정원 직원의 뒤를 따르면서도 감탄을 금치 못했다.

　“야! 김정일이도 이런 화장실에서 똥을 싸봤을까?”

　“설마 언니야, 그럼 우리가 김정일이보다 호사 누리는 거 맞지?”

김정일의 요리사

커튼이 내려진 차에 오르자 인천공항을 벗어나 국정원으로 향했다. 옆을 볼 수 없게 다 막았지만 운전수를 통해 앞 시야는 확보됐다. 도로를 가득 메운 가지각색의 차들을 보며 '설마 우리 보여주려고 남한 선전 차량을 다 불러들인 건가?' 하고 기가 막혔다. 북한에서 군사 차량 외에는 자동차를 볼 일이 드물었기에, 이렇게 많은 차가 우리가 가는 길마다 앞을 막고 선 이유를 당최 이해할 수 없었다. 지금은 나도 승용차에 냉동차까지 2~3대의 차량을 소유하고 다니지만, 이날 도로 풍경에 놀랐던 기억은 아직도 생생하게 남아있다.

국정원에 들어서자 검정 옷에 흰 띠를 좌악 드리운 사내들이 커다란 대문을 열어주었다. 보기만 해도 훤칠한 남정네들의 모습에 드디어 내가 전방 방송에서만 듣던 보드라운 음성의 남한 남성들을 보는구나 싶어 신기하고 설레었다. 뭘 먹었는지 전봇대처럼 솟은 키에 희끄무레 뽀얀 피부, 말 한마디마다 미끄러지는 고운 말투는 내가 상상했던 것 이상으로 감미로웠다.

이들의 자태에 놀란 것도 잠시, 우리 앞에 펼쳐진 고급진 상차림에 눈이 휘둥그레졌다. "이걸 우리가 다 먹어도 돼요?" 하고 묻자, 간부 연회장에서도 보기 힘든 요리와 반찬들을 깔아놓더니 실컷 먹으라 했다. 나는 그때 처음으로 튀김닭을 먹어보았다. 고소한 기름에 튀겨진 닭이 어찌나 맛있는지, 먹어도 먹어도 질리지 않았다.

그때까지도 언제 식량 보급이 끊길지 모른다는 불안감이 있었던 우리는 난생처음 먹어보는 튀김닭을 누가 뺏어가랴 부랴부랴 입에 욱여넣기 바빴다. 그리고 시작된 3일간의 설사. 먹는 족족 밤새 화장실을 들락거렸다. 먹고는 싶지만 먹으면 탈이 나니 '혹시 약 탄 닭 먹여 놓고 우리를 족쳐 거짓 조사를 하는 건가.' 하는 불안이 스멀스멀 올라왔다. 북한 보위부에서 당했던 일들이 떠올랐기 때문이었다.

자꾸 설사를 해대니 아무리 진수성찬이라도 먹기가 겁이 났다. 슬슬 주저하는 우리를 보더니 약사 선생님이 설사하더라도 계속 먹어야 한다고, 만약 지금 멈추면 앞으로 튀김닭이나 남한 음식들을 못 먹게 될 것이라고 했다.

북한에서 풍채 좋기로 소문난 내가 남한에 처음 왔을 때, 171cm에 51kg이 조금 안 되었다. 기나긴 탈출 과정에서 굶기도 허다했고, 먹어봤자 죽물에 몽골에서 참모 양고기를 훔쳐먹은 게 그나마 누린 호강이었다. 국정원 첫날 내 나이 41살이라 하니, 어딜 봐서 그 나이냐며 직원이 놀라던 기억이 있다. 허리는 구부러지고 머리는 다 빠지고 새까맣게 타서 말라 있었고, 앉으면 머리가 떨궈질 정도로 힘이 없었으니 "대체 내가 몇 살로 보이오?" 하고 물었더니, 누가 봐도 60대 같다고 했다.

나뿐 아니라 모두가 이러하니 갑자기 들어온 기름진 음식을 몸이 받쳐내기가 쉽지 않았을 것이다. 나는 튀김닭이 하도 맛있어 약사 선생님만 믿고, 시키는 대로 열심히 먹고 싸기를 반복했다.

국정원에서 지내며 탈북자라면 모두가 거치는 과정이 또 하나 있다. 도서 공간에 놓인 한 권의 책, 얼마나 많이들 읽었는지 페이지가 너덜너덜 누렇게 떠 있다. 그 책이 바로 13년간 김정일의 요리사로 일한 후지모토 겐지가 쓴 『김정일의 요리사』란 책이다. 누가 읽으라는 강요도 없었지만, 그 내용이 우리에게 너무나 충격적이라 입소문을 타고 너도나도 읽었던 책이다.

우리가 배워왔던 인민의 아버지 김정일은 구멍 난 양말도 꿰매 신으며 쭉정이 풀죽으로 끼니를 때우고, 밤이고 낮이고 인민 걱정하는 참된 지도자였다. 그런데! 책 속의 김정일은 처음 들어본 상어 지느러미며 철갑상어 알에다, 일본에서 공수한 스시를 즐기며, 세계 각지에서 호화로운 식재료를 쓸어다 그의 식탁에 바쳤다는 충격적인 내용이 담겨 있었다.

군대부터 고난의 행군, 꽃제비까지 북한의 실상을 뼈저리게 느

긴 나는 "에라이, 쌍간나새끼, 이런 작자를 인민의 아버지라 공갈
을 쳐댔으니 우리가 이 모냥 아니겠니." 하고 썩어지게 욕을 해댔
다. 나의 욕을 들은 동생들은 당차게 나를 꾸짖었다.

"언니! 그런 말 하지 말라요. 그래도 우리 가족들이 수령님 품에
서 호강하고 산 거 아니겠어요! 이런 거짓 비방에 놀아나면 북한에
남은 가족들이 험한 꼴 당하는 거예요."

사실 나도 욕을 해댔지만, 속으로는 '에이, 이 정도까지는 아니
겠지. 나라 곳간이 비어 굶어 죽는 사람들이 도처에 널렸는데 스위
스 상어 알은 뭐며, 비방이 도를 넘었구만.' 하는 생각이 들긴 했었
다. 하지만 그랬다면 우리가 왜 온갖 고문과 치욕을 당하며 목숨
내놓고 여기에 와야 했는가? 지나온 세월이 떠오르며 분노가 치
솟은 나는 "그럼 그 좋은 수령님 품에 있지, 너는 왜 여기 건너왔
니?" 하며 드잡이를 하곤 했다. 남한에 정착한 동생들은 이제 와
"언니, 내 그때 그런 말 한 거 뼈저리게 후회해요."라며 사과한다.

세뇌란 이런 것이다. 태어나면서부터 오로지 수령님의 은혜와
수령님의 아량 덕에 살고 있다고, 집에서도 학교에서도 군대에서
도 사회에 나와서도 귀가 얼고 머리가 굳도록 당한 세뇌는 쉽게 바
꿀 수 없다. 처맞고 뺏기고 가족을 잃어도 종교마냥 수령님 은혜를
들먹이는 게 바로 세뇌이다. 조국을 버리고 압록강을 건넌 우리조

차 아직 그 세뇌에 지배당하고 있었다.

컴퓨터 선생님

40여 일간 하나원의 교육을 거친 후, 본격적인 한국 생활이 시작됐다. 하나원에서는 대한민국에서 살아갈 수 있는 여러 정보를 가르쳐 준다. 다른 뜻의 언어나 외래어 등 언어 교육은 물론 산부인과 진료에 치과 틀니도 제공해준다. 그 하나원에서 유독 강조한 것이 있었으니, 바로 컴퓨터 사용법이었다. 대한민국은 정보가 빠르게 변하는 곳이라 다른 건 몰라도 컴퓨터 사용법을 알아야 살아갈 수 있다는 말을 귀가 따갑게 들었다.

당시 한 달에 나오는 2~30만 원의 지원비가 있었지만, 한국에서 전기세며 통신비며 가스비며 이것저것 내고 나니 내 살림은 종이상자 위 낡은 티비와 밥사발에 이불 몇 채가 다였다. 밤이 되면 심심하고 외롭던 터라 위아래 탈북자 동료들을 불러다 밤새 울고 웃으며 헛헛함을 달래곤 했다. 매일 밤마다 고생한 이야기에, 두고 온 가족들로 눈물짓기만 바빴던 우리는 노상 우울증에 시달리고 있었다.

밤마다 잡혀가는 꿈을 꿨고, 탈북자라면 마치 도둑놈처럼 바라보는 주변의 시선이 따가워 갈수록 움츠러들었다. 나 또한 잃어버린 딸아이 생각이 간절해 우울증이 깊어가니, 살고자 건너온 이 땅에서 자칫 잘못된 짓을 저지를 수 있겠다는 생각에 스스로가 무서워지기도 했다. 나는 '이렇게 살다가는 이도 저도 안 되겠다. 내 이러려고 여기에 왔겠는가. 이리 살면 절대로 안 된다.'라는 자각이 번뜩 들었다.

그길로 나는 탈북자 동료 7명을 불러다 그놈의 컴퓨터부터 배워 살길을 찾아보자 결심했다. 하나원을 통하니 자원봉사자가 일주일에 한 번 우리 집을 방문해 컴퓨터 교육을 해주도록 조처를 해준다고 했다.

드디어 컴퓨터 교육 첫날, 여자 선생님이겠거니 예상한 것과 달리 한 남성이 우리 집에 들어섰다. 멀건 키에 광대에 걸친 입꼬리가 배실배실 웃는 게 참 보기 좋았다.

"한국 오시느라 고생하셨겠어요."

그의 입에서 나온 첫마디에 나는 깜짝 놀랐다. 화룡점정의 마지막 눈동자처럼, 그의 목소리는 최전방 초소에서 대북방송을 들으며 늘 상상하던 남한 남성의 표본에 완벽한 마침표를 찍은 것이다. 한 자 한 자 일러주는 목소리를 들을 때마다 상상하던 모습과 어찌 그리 똑같을까 신기해 나도 모르게 자꾸 그를 바라보았다.

"책을 보세요. 책을."

내 눈길을 읽은 그는 피식 웃으며 멋쩍게 지적을 하곤 했다.

교육하는 날이 쌓여갈수록 반듯하면서 배려심 많은 그의 심성이 마음에 쏙 들었다. 하지만 아쉽게도 그는 나보다 여섯 살이나 어린 동생이었다. 언감생심. 결혼에 애까지 잃고 북한에서 맨몸으로 탈출한 별 볼 일 없는 내가 감히 여섯 살이나 어린 총각을 마음에 품는다는 건 죄악이나 다름없었다.

나는 그에게 "내가 책임지고 선생님 배필로 참한 처자 하나 붙여 주겠다." 호언장담했다. 말은 자신 있게 뱉었지만 '내 보기도 아까운데 참한 처자를 붙이기는 뭘 붙여줘.' 빈껍데기 공수표만 날리며 세월만 뭉개고 있었다.

어느 날 컴퓨터 선생이 "누님, 그 참한 처자는 언제쯤 볼 수 있나요?" 하고 입을 뗀다. 이것 봐라. 청하지도 않은 처자를 붙여 주겠다고 설레발 친 건 사실이나, 막상 그 처자를 내놓으라고 역공을 당하니 내심 섭섭함과 아쉬움이 밀려들었다.

우물쭈물하는 내가 우스운지 노상 미소만 짓던 컴퓨터 선생이 불쑥 이런 말을 던졌다.

"누님, 참한 처자 마땅히 없으면, 그냥 누님이랑 만나면 안 되나요?"

고마운 마음이다. 듣고픈 말이었다. 하지만 아무래도 나에게는 그럴 자격이 없다. 아직 한국 생활에 적응도 못 했고, 여전히 북한에서 당한 고통의 상처에서 벗어나지도 못했다. 밤마다 딸을 찾는 악몽에 절규하다 깨어났고, 탈북자라는 꼬리표에 스스로 움츠러들어 그야말로 자존감이 바닥난 못난 사람이었다. 볼수록 훌륭한 청년에게 붙이기에는 나는 터무니없이 모자란 상대였다.

말도 안 되는 소리 말라며 농담으로 넘겼지만, 언젠가부터 탈북자 동생들은 그를 자연스레 형부라 부르고 있었다. 고향 생각에 눈물짓는 우리의 사연을 마음 깊이 헤아리며 함께 아파해 주었다. 수업을 올 때마다 이런저런 간식거리와 살림살이까지 챙겨와 우리를 살뜰하게 챙겨주었다.

드높은 북한 악센트에 깜짝깜짝 놀라면서도, 그 어려운 길을 건너온 우리가 진짜 용감한 사람들이라 추켜 세워주며 움츠린 어깨를 펴게 해주었다. 심지어 동생들은 배고프다며 형부의 집까지 쳐들어가 막무가내로 맛있는 거 사달라고 조르기까지 했다. 그럴 때마다 배실배실 그 좋은 웃음을 지으며, 친오빠처럼 처제들의 허기진 마음을 채워주었다. 어느새 그는 나의 가장 가까운 친구이자 가족 같은 존재로 자리하고 있었다.

새해가 다가오니 고향의 오빠 생각과 생사 모를 딸아이 생각이 떠오르고 쓸쓸해 자꾸 울기만 했다. 못 먹고 못 살아도 설날 되면 고향집에 찾아가는 게 큰 낙이었는데, 이제는 갈 곳도, 찾을 이도 없으니 허전하기만 했다. 한숨만 지으며 멍하니 창밖을 보는 날이 많아졌다. 이런 나를 가만히 지켜보던 그는 어디론가 전화를 걸었다.

"아버님, 내일 집으로 가려구요. 그런데 한 가지 말씀드릴 게 있는데, 다름 아니라 새터민 여자분을 데리고 가려구요. 탈북해 온 누님인데 명절에 혼자 있는 걸 보려니 같이 가 지내면 어떨까 해서요."

너무 놀라 쳐다보는데, 전화기 너머 반응이 더 놀랍다.

"그러냐? 함께 와 놀다 가면 되지. 데리고 오너라."

그렇게 그의 집을 방문하게 됐다. 예쁘게 단장한다고 해봤자 서투른 북한식 화장에 하나원에서 입혀 보낸 파카를 걸쳤을 뿐이었다. 참 물색도 없지. 한 시간가량 달리는 그의 차 안에서, 남자의 가족들을 처음 본다는 긴장감은 일절 없이, 친정집 설 나들이 가는 색시마냥 가슴이 두근거렸다. 그저 명절에 갈 곳이 있다는 것이 좋아 들떠 있었다. 막상 도착이 가까워지자 그제야 '과연 나 같은 탈북인을 어떻게 바라봐 주시려나. 오란다고 덥석 가는 게 맞았나.' 그의 부모, 형제들 시선이 어렵고 불안해졌다.

차가 마당에 들어서니 그의 어머님이 버선발로 나와 내 손을 그러쥐고 오느라 고생했다 격려해 주셨다. 온 식구가 내 자리를 권해주고 과일까지 대접하며 환대해주는데, 그만 엄마 생각이 나 눈물이 흘렀다.

그의 부모님은 이런 나의 마음을 다 안다는 듯 다독여 주시며, 많이 먹고 편히 놀다 가라고 배려해 주셨다. 그의 부모 형제들이 탈북자를 텔레비나 영화에서만 봤지 이렇게 실제로 만나서 이야기까지 해보다니, 이런 영광이 어디 있냐며 즐거워했다. 덕분에 나의 불안도 편안함으로 자리 잡았다.

나는 가족들의 생사와 탈북 과정, 한국의 낯선 것들에 대해 솔직하게 다 말했다. 얼마나 힘이 들었을까, 내 가족의 아픔처럼 함께 눈물짓는 그분들 덕분에 내 엄마, 내 고향을 다시 찾은 듯했다. 음식 맛도, 풍습도, 말도 다 통하는 같은 민족이었다. 가족의 품을 다시 느끼며 정말 따뜻한 설을 보냈었다.

그때 나는 그들에게 나의 모든 이야기를 들려주었다. 딱 한 가지, 내 딸아이 이야기만 빼고.

작은 예수님

나이 차이에 탈북자 신분까지, 결혼은 꿈에도 생각지 못했는데, 우리의 결혼은 그의 부모님과 형제들에 의해 빠르게 추진됐다. 이들은 결혼 날짜와 신혼여행지까지 다 골라줬고, 며느리 혼자서 외로우면 안 된다며 결혼도 하기 전에 가정을 꾸려주셨다.

과연 이 어린 남자가 세대주로서 잘 해낼 수 있을까. 이 남자랑 살면서 사랑받을 수 있을까. 탈북자 며느리라고 수군거릴 텐데 시댁 식구들 마음이 변하지는 않을까. 결혼을 준비하면서도 우려가 가시질 않았다.

사랑받지 못했던 첫 번째 결혼, 복 없는 며느리라고 받았던 핍박, 온 식구를 먹여 살리느라 발버둥을 쳐도 찢어지게 가난했던 지난 나의 삶에 따뜻한 울타리는 없었다.

패배감에 빠져 우울해 있던 나를 그와 그의 가족들은 양지로 끌어내려 갖은 애를 썼었다. 신랑은 항상 내가 남보다 더 멋지게 살고 있다며, 아무리 작은 강연이나 돈도 안 되는 단체 활동이라도 뜻이 있다면 다 해보라고 적극 지지했었다. 탈북이 중요한 게 아니라 한국 땅에서 열심히 살고자 노력하는 모습이 아름다운 것이라고 응원해줬다. 컴퓨터 외에도 운전학원 필기시험(나는 이 시험에 11번 낙방했다.)과 운전 연습까지 가르쳐 주었고, 표준말부터 배우라며 말과 뜻을 일일이 학습해 주었다. 그래도 외로울까 봐 때때마다 사랑한다고 전화해 주었고, 한국 여성들이 입고 다니는 의상까지 챙겨주는 자상한 남자였다.

그의 아버지는 통 큰 시아버지였다. 날개가 필요할 때 그 날개를 달아줄 수 있는 게 진정한 남자라며, 당신 아들은 낡은 카니발을 타고 다녀도, 나에게는 고급 승용차를 사주셨다. 며느리가 전국으로 강연을 다니니, 안전하고 편안해야 일이 더 잘 풀린다는 뜻이셨다. 그의 어머니는 고춧가루, 된장, 간장, 쌀, 말린 산나물, 김치까지 손수 농사지은 물건들을 싹 다 챙겨주시며 아직도 며느리가 배고파 울까 봐 노상 걱정이셨다.

남자는 여자 하기 나름이에요. 한국의 유명한 광고라는데, 반대로 여자는 남자 하기 나름인 것 같다. 신랑의 사랑이 차고 넘치니, 신랑 식구들에게 잘하고픈 의지가 절로 생겼다. 제주도 신혼여행을 마치자마자 우리는 시댁 부모님을 모시고 설악산으로 떠났다. 인삼, 복분자, 쌀농사를 짓느라 허리가 휘도록 고생하는 부모님들을 잠시나마 즐겁게 해드리고 싶었다. 다달이 보내드리는 작은 용돈과 속옷 선물에도 동네방네 북한 며느리가 최고라고 자랑하셨다. 틈만 나면 어디든 가자고 조르는 내게 "며느리가 가자면 어디든 가보자." 하시며 따라 주셨다. 얼마 되지 않는 용돈에도 항상 우리 며느리가 기특하다며 "가진 것 많아 도와주는 게 아니라, 서로 아끼며 성실히 살아가니 보태는 거여." 하시며 용돈의 수십 배로 우리를 도와주셨다.

이렇게 큰 사랑을 받아도 되나. 거지 꽃제비 처지가 엊그제 같은데, 가끔은 이게 생시인가 꿈인가 혼란스럽기도 했다. 신랑과 시댁의 아낌없는 보호가 정말 행복했지만, 마음 깊은 곳의 나는 여전히 병들어 있었다. 자다가도 소리치며 일어나 우는 날이 많았다. 이유도 없이 통곡하는 나를 보며 신랑은 말없이 안아주기만 했다. 내가 행복할수록, 어디선가 슬퍼할 딸아이의 존재, 딸아이 생사조차 모르면서 혼자만 호강하는 염치없는 어미라, 하루하루가 미안하고 죄스러웠다.

무엇보다 미치게 보고 싶었다. 지금 딸아이가 옆에 있다면, 배불리 먹이고 따뜻하게 재우며 그토록 해주고 싶던 것들을 다 해줄 수 있을 텐데. 하지만 이런 딸아이의 존재를 신랑에게 말할 용기가 도무지 나질 않았다. 지금도 부족한 것 투성이인 나를 보듬느라 애를 쓰는데, 자꾸 그에게 짐을 짊어지게 하는 것 같아 미안했다.

어느 날, 또다시 악몽으로 절규하다 눈을 떴다. 눈물을 닦아주며 걱정스럽게 쳐다보는 신랑의 눈을 보는데, 이제는 말해야겠다는 용기가 생겼다. 이유도 모르고 나를 걱정하는 신랑의 입장도 난

처했을 것이다.

“당신이 모르는 일이 한 가지 있는데….”

운을 띄고도 한참을 망설이자, 신랑은 다정히 말했다.

“뭐든 말해봐. 다 들어줄게.”

내가 말을 꺼낼 때까지 참고 기다려 주었다. 나는 중국에서 헤어진 두 살배기 딸 충단이의 이야기를 시작했다. 베개가 다 젖도록 흐느끼며 겨우겨우 꺼낸 나의 이야기에 그의 눈도 흠뻑 젖어 있었다.
그는 한탄했다.

“이 사람아! 그걸 참고 이제껏 마음에 담아두었으니 속에 병이 나지 안 나겠어. 울지도 못하고, 말도 못 하고 그 마음이 얼마나 아팠겠어.”

나를 부둥켜안고 울먹이던 그는 반드시 딸이 살아있을 테니 이제부터 같이 찾아보자고 약속했다. 또 앞으로 어떤 아픔이라도 다 털어놔 달라고 당부했다.

낯선 땅에서 내 곁으로 다가선 이 남자와의 만남은 나에게 많은 것을 가져다줬다. 돈? 풍족한 물자? 안정된 생활? 아니다. 그보다 금을 줘도 절대 살 수 없는 행복을 얻었다. 신랑은 항상 말한다. 마음속에 단단한 둥지를 틀고 사는 자가 진짜 행복을 아는 사람이라고.

성숙한 삶이 무엇인지 일러준 그를 나는 '작은 예수님'이라 부른다. 그의 둥지 안에서 나는 비참하게 울기만 했던 과거의 나에게서 벗어날 수 있었다. 사는 보람을 느끼고 매 순간을 감사하며 당당히 살아가는 현재의 나로 다시 태어났다.

나는 이제 대한민국에서 제일로 행복한 여자이다.

노동의 대가

한국에서 살려니 돈을 벌어야 했다. 기술 없고 지식 없어도 할 수 있는 일은 많았다. 그냥 몸으로 때우면 되는 일이었다.

처음으로 돈 벌러 나간 곳은 도로포장 현장이었다. 군대 시절, 길도 없는 산을 타던 나는 반반하게 까는 도로포장이야 일도 아니라며 자신 있게 도전했다. 나와 손잡고 간 두 명의 동생들과 현장에 들어서니 힘쓰는 일에 여자들이 왔다고 벌써부터 시선이 곱지 않았다.

탈북자라 무시하나! 불뚝 응어리가 올라오는데 일을 하다 보니 그 시선이 절로 이해가 갔다. 내리치는 뙤약볕 아래에서 천근만근 무게의 벽돌을 지고 나르는 일이 생각보다 쉽지 않았다. 어떻게 된 일인가! 허술한 일 처리에 나 스스로 당황하는데, 아뿔싸! 내가 놓친 게 있었다. 날고 기던 군대 시절은 꽃 같은 20대 청춘의 때였다. 하지만 지금의 나는 마흔이 넘은 중년, 탈북 과정에 못 먹고 못 자며 곯을 대로 곯아버린 몸이었다. 벽돌은커녕 길가에 오래 서 있기에도 다리가 후들거렸다.

자꾸 뒤처지는 작업 실력에 반장과 동료들의 성화가 매섭게 날아왔다.

"빨리 튀어오지 않고 뭐 하고 있어!"

시간이 금인 그들에게 우리는 점점 짊어진 벽돌마냥 무거운 짐이 되고 있었다. 같이 온 두 명의 동생은 이틀 만에 도망갔다. 그래도 한 달은 채우고자 나는 악착같이 버텼다. 여기서도 욕을 먹는구나. 북한이건 남한이건 욕먹기는 매한가지였다. 그래도 다른 건 여기선 욕을 해도 일한 만큼 돈을 주었다는 것이다.

한 달을 버티고 받은 돈은 90만 원이었다. 나는 부리나케 은행으로 달려갔다. 계좌로 들어온 내 돈을 국가가 뺏어갈 수도 있다고 생각했다. 은행 ATM 기기에 가 돈을 뽑으려니 기계 속 여자가 자꾸 비밀번호를 말하라고 했다.

'하나원에서 들은 바로는 죽었다가 깨어나도 비밀번호를 누출하지 말라 했는데.'

그래도 자꾸 비밀번호를 요구하는 기기에 대고 소곤소곤 비밀번호를 불러줬다. 말귀를 못 알아듣는 기계가 하도 답답해 우렁차게 비밀번호를 또박또박 부르짖자 옆의 한 손님이 "아이고, 왜 이러세요. 여길 요렇게 누르셔야죠."라며 버튼을 가리켰다. 그때만 해도 나는 기계 안에 직원이 있어 돈을 찾아주는 줄 알았었다. 나는 90만 원을 몽땅 찾아 스타킹에 말아 허리춤에 차고 살았다. 도둑이 많은 북한에선 현금이면 무조건 몸에 감춰두는 게 최고였다.

지인의 소개로 인천의 한 프레스 공장에 취직했다. 여자라곤 경리를 보는 젊은 동생 하나였고, 대부분은 멀리서 온 이주노동자들이었다. 듣자 하니 공장 일은 힘들다고 다들 안 하려고 한단다.

"이만큼 안 힘든 일이 어디 있다고!"

나는 남자들도 기피한다는 판금 기계까지 섭렵하며 신나게 일했다. 일한 만큼 돈을 주는데 이처럼 신명 나는 일이 어디 있겠나? 북한 가봐라! 욕과 매질만 당하며 새빠지게 일해도 일전 한 푼 주는 게 없다.

열심히 일하자 공장장이 예뻐 죽는다. 그도 그럴 것이 여기서는 조금만 일하면 휴식 시간이라며 또 쉬고, 일도 끝내기 전에 회식이라며 고기 먹고 술 마신다. 일하라는 시간에 왜 자꾸 쉬어대는지, 비싼 고기와 술은 왜 자꾸 사 먹는지, 한국의 근무 환경이 낯설어 조용히 일만 하면 안 되나 생각하며 혼자서 쉬지도 않고 일만 해댔다.

북한에서는 결혼한 여자가 외간 남자들과 말 섞는 건 정조에 어긋나는 일이었다. 그런데 남자 동료들이 자꾸 "이리 와 같이 마셔요! 커피 한잔하고 가요!" 하고 말을 붙여대니 얼굴이 화끈거렸다. 여자가 공장에 들어와 애쓰는 모습이 대견해 베푼 그들의 호의를 내 딴에는 추파라 착각하고 열심히도 피해 다녔다.

틈틈이 쉬었는데 금세 또 점심을 먹잔다. 매일 배달 온 음식들이 푸짐하게 한 상 차려졌다. 어느 날 경리가 내게 물었다.

"언니는 왜 김치만 먹어?"

"야! 이게 다 돈인데, 다 집어먹었다간 월급에서 다 까여 남는 게 어디 있간디?"

내 대답에 경리가 뒤집어져 웃는다.

"언니, 까긴 뭘 까. 이거 다 공짜니까 마음 놓고 먹어!"

반찬값도 다 셈하여 월급에서 까내려지는 줄 알았던 나는 그 반찬들이 무서워 가장 저렴한 김치만 해서 밥을 먹었던 것이었다.

이렇게 일하니 차곡차곡 돈이 모였다. 둘러보면 일할 곳 천지인데 한국의 사람들은 일자리가 없다고 아우성치니 참으로 신기

한 한국 생활이었다.

탈북자 성질머리

보고 배운 게 도둑질이라더니, 탈북자 동료들과 지인마다 음식 장사를 해 보라고 성화였다. 요리장이셨던 엄마를 따라다니며 배운 게 음식 만드는 일이었고, 그저 먹는 사람 배부르고 넉넉하면 그만인 큰손 인심을 물려받아, 오는 사람마다 해 먹이는 기쁨이 클 때였다. 신랑도 처음 내게 관심을 뒀던 이유가 동생을 거둬 먹이며 있는 살림 없는 살림 다 퍼주는 마음 씀씀이가 그렇게 이뻤다고 한다. 나는 일하던 공사장 근처 함바집이 비었다는 소식을 듣고 운영을 해 보기로 결심했다.

종잣돈은 신랑이 대주었다. 신랑은 내가 뭔가 해 보겠다 나설 때마다 모아둔 쌈짓돈을 내주며 적극 지원했다.

"잘 만들어 잘 퍼주면 그게 비법이지!"

꽤나 큰 포부를 안고 도전한 함바집은 처음부터 난관이었다. 공사장 인부들은 슴슴한 북한식 간에 이게 국이냐, 숭늉이냐 타박을 놓았고, 매 끼니마다 트집을 잡으며 이렇게 해서 함바집 하겠냐고 몰아붙였다. 나는 그때마다 안 먹으면 그만이지 왜 성질이냐 되받아치며 공사장 인부들과 대거리를 붙곤 했다.

지금은 방송을 통해 탈북자 사연들이 많이 소개되어 우리를 바라보는 시선이 달라졌지만, 2000년대 초반만 해도 탈북자라고 하면 공산당, 빨갱이, 간첩 새끼들이라며 욕하는 분들도 많았다. 그래서 우리는 누가 고향이라도 물으면 강원도라 우기며 탈북자 신분을 숨기려 했었고, 별일 아닌 말에도 탈북자라고 깔보나 자격지심이 들어 거세게 시비가 붙곤 했었다.

하루는 이런 일이 있었다. 함바집 옆 가게 주인이 평소에도 내 말투를 이상히 여기고 한 번씩 들여다보곤 했었다. 그날은 함바집 근처 공용 주차장에 차를 대고 나가려는데, 그 주인이 나를 보더니 "당장 차 빼!" 소리를 지르는 게 아닌가. 여기는 공용 주차장이고 자리도 많은데 왜 내가 차를 빼야 하냐고 물어보니 대뜸 "이거지 같은 년이!" 욕을 지른다. 안 그래도 탈북자 신분을 꽁꽁 숨기며 어떻게든 살아보려는 스트레스와 불안감, 탈북 후유증에 시달리던 나는 참지 못하고 달려들어 손 가는 대로 마구 때려 주었다. 이를 본 주변 사람들이 경찰에 신고했고, 나는 그대로 경찰서로 끌려갔다.

얼굴에 피떡이 진 가게 주인을 보더니 경찰은 일단 각자 영업을 끝내고 조사받으러 오라고 일렀다. 밤이 되어 신랑과 함께 경찰서로 들어서니 이미 소파에 드러누운 가게 주인과 아들은 병원 진단서까지 떼어 들고 합의금 단단히 줄 준비나 하라고 협박했다. 가게 주인은 "저 여자 신분증부터 확인하세요!" 소리를 질렀다. 당당히 신분증을 내밀자 가게 주인의 표정이 창백해진다. 알고 보니 내가 중국에서 온 불법 노동자라 생각하고 곱지 않게 봐왔다고 한다.

그래도 어쨌든 폭행은 폭행이니 조사를 받고 있는데, 가게 주인은 내가 다짜고짜 때렸다고 억울해했다. 내 사정을 알고 있으면서도 신랑은 상대측 주장을 끝까지 듣고 있었다. 나는 울화통이 터져 폭발하기 직전인데, 신랑은 조용히 가게 주인의 아들에게 따로 이야기 좀 할 수 있냐고 청하고 밖으로 데리고 갔다.

"당신 어머니가 내 아내에게 자리도 많은데 차를 빼라고 하셨습니다. 그리고 거지 같은 년이라고 먼저 욕하셨다고 하네요. 폭행은 잘못했지만 잘못 없는 사람에게 이런 욕을 하는 건 아니지 않습니까."

"저희 어머니가 분명 거지 같은 년이라 욕했습니까?"

신랑의 말에 깜짝 놀란 아들은 재차 확인했다.

경찰서로 들어간 아들이 욕을 했냐고 물어보니 그제서 가게 주인의 기세가 확 꺾여 버렸다. 평소 자신의 어머니가 그런 욕을 할 것이라 상상도 못 한 아들은 없던 일로 덮겠다며 치료비 20만 원에 끝내자고 정리하며, 나에게 미안하다고 사과했다. 죽사발이 된 주인의 얼굴을 보며 '성질 좀 죽여야지.' 하고 반성이 들었다. 신랑을 경찰서까지 오게 했으니 얼굴 보기가 민망해져 신랑 뒤만 따르는데, 신랑이 내 손을 확 움켜줬다.

"앞으로도 누군가 당신을 향해 욕을 해대면 합의금 걱정 없이 마구 패줘라. 아무도 당신에게 욕할 권리는 없다."

신랑의 말에 나는 가슴으로 뜨겁게 울었다.

신랑의 응원이 독인지 약인지, 스스로 탈북자 꼬리표에서 벗어나지 못한 성질머리는 장사하면서도 꺾이지 않았다. 함바집을 할 때도, 강원도서 국숫집을 할 때도, 간이 없다, 맛이 없다는 소리만 나오면 "나가라! 먹지 말고 나가라!" 싸우는 통에 "저 집 사장 고약하다."라는 소문이 파다했다. 지금 생각해보면 일부러 우리집을 찾아 준 고마운 손님이고, 이들이 애정 갖고 말해준 소중한 평가인데, 그때는 왜 그리도 지지 않으려 덤벼들었는지.

그래도 아기 엄마들만 보면 더 챙겨주고, 모자란 듯싶으면 다 퍼주는 인심만큼은 봐주셨는지, 티격태격하던 손님들도 꾸준히 다시 가게를 찾아와 줬고 점차 나의 팬이 되어 이리 해보라, 저리

해보라 많은 도움을 주려고 했다.

지금 손님들이 "이거 북한식 맞아요?"라고 물어보면 당당하게 외친다.

"내가 진짜 북한 맛으로 하면 안 사 먹을 거잖아요! 북한 맛, 남한 맛 퓨전으로 맛있게 해드릴게!"

7장
사업가 이순실

김치 좀 싸주세요

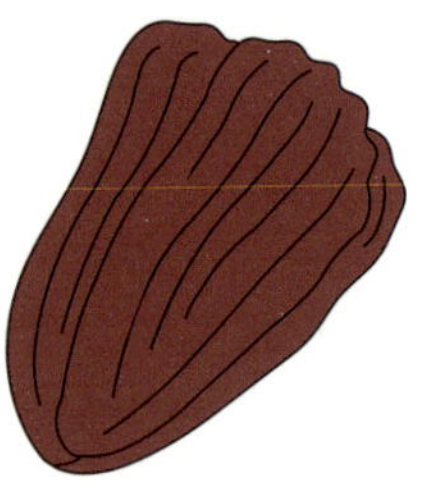

간판은 국숫집인데 사라는 국수는 안 사 먹고 자꾸 김치 좀 달라고 한다. 맛있다는 소리에 이쪽도 주고 저쪽도 주고, 퍼주다 보니 팔리는 국수보다 김치 담그느라 바쁘다. 공짜로 얻어먹기 미안했던 손님들이 돈 주고 사갈 테니 이제 팔라고 한다.

"돈 준다는데 그러지요."

일하는 아줌마 두 명과 가게 한쪽에서 열심히 김치를 담가 사겠다는 사람에게 팔기 시작했다.

북한 맛을 고수하다 몇 번 식당에 실패했던 나는 그때까지도 '북한 음식 간판 걸었으면 제대로 해야지. 꼼수나 부리면 그게 북한 식당이가?' 뿔난 고집을 부리고 있었다. 그러다 보니 찾는 이들은 어쩌다 행사 때나 오는 탈북자 단체뿐 장사가 돌아가질 않았다. 이런 상황에 김치를 자꾸 팔아달라니, 적자를 메울 장사 요량으로 시작된 김치 판매였다.

입으로 발로 소문이 퍼지니 두 명이었던 직원이 열 명이 넘게 늘어났다. 가게 한쪽의 작업 공간도 이제 포화상태다. 자금이 넉넉지 않으니 부도가 난 김치 공장부터 찾아 나섰다. 사업 요령이 없어 위기에 처했으나 모든 시설은 잘 갖춰져 있어 안성맞춤이었다. 공장이 돌아가며 김치 장사가 아닌 김치 사업이 시작되었다.

그때부터 나는 공장에서 먹고 자며 밤을 새웠다. 낮에는 김치를 담그고, 밤에는 공장 구석에 차린 스튜디오에서 사진을 찍었다. 바쁜 와중에도 틈틈이 방송에 나가 김치를 홍보했다. 북한 맛을 사수하겠다는 똥고집도 다 버렸다. 탈북자 친구들은 물론, 한국에서 새로 사귄 사람들에게 김치를 싸 보내며 맛 평가를 부탁했고, 어떻게든 개선해보려 이리저리 연구했다. 로마에 왔으면 로마의 법을 따르라는 말이 괜히 있는 게 아니었다. 내 음식을 사 먹어줄 사람들이 대한민국 사람들인데 이들 입맛은 나 몰라라 제쳐두고 '북한 맛이 이 맛이다!' 부르짖어 봤자 우물 안 김치 공장장일 뿐이었다.

김치가 팔려나갈수록 '나도 이제 사람 구실을 제대로 하는구나.' 하는 뿌듯함이 늘어갔다. 고향에 두고 온 가족들을 만나면 그간의 고생을 다 보상해주고픈 욕심도 생겼다. 철국 엄마를 비롯해 지난 세월 나를 지켜준 모든 은인에게 이제 나도 뭔가 해줄 능력이 생긴 것 같아 마음이 더욱 바빠졌다. 잠자는 게 아쉽다. 내가 움직일수록 사업은 나아간다. 신랑은 몸 축난다며 잠 좀 자라고 성화지만, 자는 것보다 일하는 게 신이 나고, 일해야 힘이 나니 아무도 나를 말리지 못했다.

김치로 터를 잡으니, 북한에서 빚었던 만두, 외할머니와 쪄먹던 떡, 후루룩 말아먹던 냉면, 북한을 대표하는 순대까지 만들 수 있는 아이템이 차고 넘친다. 지금은 여기저기서 이런 걸 만들어보라, 같이 해보자며 파주 장단콩, 흑염소탕, 양갱까지 앞으로의 사업 아이템이 줄지어 있다.

연 매출이 얼마라고 뉴스에 나고, 탈북자 빈털터리가 어떻게 저런 돈을 벌어대나 궁금해하는 분들도 많으실 거다. 지금 사람들은 나를 보고 '대단한 사업가'라 타이틀을 붙여 주지만, 사업가 기질이라니 자다가도 웃음이 난다. 그저 굶어 죽지 않으려고 거지 신세로 가족도 다 잃고 매 맞으며 건너온 탈북자 꽃제비 이순실일 뿐이다. 한국에 와서 냉장고에 식량이 있다는 것만으로도 부자가 된 듯 만세를 부른 이순실이다. 집에 쌀 포대를 보며 세상을 가진 듯 이곳이 천국이구나 행복에 겨웠던 그 이순실이다.

그럼에도 대학 근처도 못 가본 내가 나름 사업가라는 호칭을 얻을 수 있었던 비결을 솔직한 심정으로 고백해 본다. 탈북자 이순실이 보기에 모든 것이 풍족한 대한민국, 기회가 널려 있는 대한민국이지만 세세히 들여다보면 어찌 모두가 그러하겠는가. 삶이 고달파 힘들어하는 분들에게 나의 고백이 조금의 희망이 된다면 만족이고, 도약의 기회가 된다면 기쁨이겠다.

이순실 정신 1 - 돈 쓰지 말라

한국에 와 가장 깜짝 놀란 것은 밥상이다. 저렴한 백반이라도 흰 쌀밥에 각종 김치와 장아찌는 기본 중의 기본이다. 다 먹지도 못할 찬들을 깔아놓고도 사람들은 먹을 게 없다고 투덜거린다. 북한에서는 간장 하나에 국수나 말아 먹고도 살아간다. 누구나 이렇게 먹어야 한다는 말이 아니다. 내가 돈에 쪼들린다면, 당장 밥상부터 지출을 줄여야 한다는 것이다. 한 경제 학자가 부자 되는 법칙 중 가장 기본이나, 대부분이 지키지 못하는 것이 바로 '더 벌고, 덜 쓴다.'라고 했다. 나는 이 말에 적극 공감한다.

내 살림살이 대부분은 재활용장 출신이다. 한참 쓰고도 남을 물건들이 무더기로 쏟아지니, 중국 오물장에 비하면 여기는 최고급 쇼핑센터이다. 침대며 밥통이며 옷가지며 새거나 다름없는 물건들을 주워 와 나만의 호사를 누린다.

하루는 고생한다며 남편이 시계와 명품 가방을 선물이라 내밀었다. 그날 우리는 집이 떠나가라 오지게 싸움을 했다. 돈이 얼만

데 이걸 겁도 없이 사서 나에게 들이미냐고 당장 환불해 오라 난리를 치는 통에 신랑의 얼굴이 붉어졌다.

좋은 것 해주고 싶어 하는 신랑의 마음을 왜 모르겠냐만, 내 사전에 용납될 수 없는 물건들을 덜컥 사들인 행동에 몹시도 화가 났다. 이리 살아보고도 나를 모르는가. 덕분에 팔자에도 없는 명품 가방 하나를 들고 다니지만, 그날 이후로 맛있는 밥은 한 번씩 먹어도 몸에 두를 물자를 선물하는 일은 절대 없었다.

사람들은 그 돈 벌어 어디다 쓸 거냐며, 제발 좋은 것 사 쓰라고 핀잔을 준다. 하지만 나도 써야 할 곳이 있다. 일단 내가 번 돈은 상당 부분 사업에 투자된다. 사업이란 잘 되는 것도 있지만 안 되는 것도 반드시 생기게 마련이다. 안 되는 것을 되게 만들거나, 되는 아이템을 새로 개발하려면, 버티고 연구할 자금이 필요하다. 또 내가 도움을 받았듯, 나의 도움이 필요한 단체들이 있다면 적극적으로 지원한다. 도움은 언제든 받을 수도 있고, 줄 수도 있다. 가난했던 내가 영원하지 않았듯, 사업가인 내가 영원하리란 보장은 없다.

인생이 그렇다. 좋은 날도 있지만 없는 날도 찾아온다. 매 순간 다 찾아 먹고, 다 쓰자 달려들면, 위기의 순간을 버틸 수 없다. 돈이 없다면 어떻게든 쓰지 말아야 한다. 돈이 있더라도 가치 있게 돈을 써 이윤을 만들어 내야 한다. 내 주변에도 이런 일 저런 일 다 가리고, 여기저기 다 쓰고 다니면서 입으로만 돈 없다! 돈이 없다! 한탄하는 사람들이 많다. 그들을 볼 때마다 '평생 없이 살겠구나.'

안타까운 생각이 크다.

이순실 정신 2 - 잘하는 것에 도전하라

김치 사업을 하기 전, 나도 사기를 당할 뻔했다. 탈북자 모임에서 친해진 부부가 돈을 넣으면 눈덩이처럼 불려 돌려준다고 나를 현혹했다. 그들과 말을 나눌수록 인생의 귀인이 찾아온 마냥 정신이 혼미해져, 나는 신랑에게 기가 막힌 사업이 있으니 3천만 원만 투자해보자 졸랐다. 신랑은 "당신 말대로라면 대한민국 사람들 다 부자 됐지. 사기인 걸 알지만 당신이 이토록 원하니 내 3천만 원 날리는 셈 치겠다. 하지만 돈이 오고 간 문서는 꼭 받아 오라."고 일렀다.

이미 정신이 나간 나는 은행에서 빳빳한 현금을 뽑아 들고 고스란히 그들에게 갖다 바쳤다. 홀리면 눈이 돈다더니, 돈을 주고 나서야 문서를 챙겨오라는 신랑 말이 생각났다. 아무 증거도 없이 돈을 보냈다는 나의 말에 신랑은 그들에게 전화를 걸어 강단 있게 설명했다.

"탈북자면 더 상세히 거래에 대해 알려주고 절차를 밟아야지, 기본적인 서류도 없이 돈만 받아가면 어찌하냐. 돈을 다시 통장에 넣어주면 거래 기록이 남을 테니, 기록이라도 남기고 다시 돈을 가져다주겠다. 만약 돈을 이체해주지 않으면 탈북자 모임에 이 사실을 다 알리겠다."

그들이 돈을 이체해주자마자 거래를 끊었다. 얼마 안 있어 그들이 영국으로 도망갔다는 소식을 들으며, 잘 알지도 못하는 일에 눈이 멀어 욕심만 부린 결과가 얼마나 무서운지 깨달았다.

잘 안다고 생각한 음식 장사에서도 여러 시행착오를 겪어야 했다. 그만큼 사업은 어려운 일이다. 더욱이 마흔이 넘어 어떤 일을 시작해야 한다면 나는 무엇보다 가장 잘하는 것부터 시작하라 조언하겠다. 누구나 잘하는 것은 있다. 직장에서 배운 멋진 기술이 아니어도 좋다. 각 잡고 살지 않으면 못 배기는 기질도 무기가 될 수 있다. 자다가도 해낼 수 있는 나만의 아이템을 찾아야 한다.

내겐 어린 시절 엄마와 외할머니 곁에서 수없이 만들어 먹었던 김치와 만두, 떡이 사업의 씨앗이 돼 주었다. 내가 이미 잘하는 것을 더 잘하고자 노력하니 성공이 저절로 따라왔다. 잘하는 것을 시작하면 이미 반 이상 어깨가 펴진다. 누구보다 내가 더 잘할 수 있다는 자신감이 있기 때문이다.

이순실 정신 3 – 끝까지 부딪혀라

누차 말하지만, 나는 변변한 학력도 없는 탈북자 출신이다. 영어도, 경영도, 요리도 제대로 배운 적 없고, 가지고 온 밑천이라고는 땡전 한 푼도 없는 거지였다. 심지어 한국의 모든 것들이 내겐 새로 배워야 할 무지의 세계였다. 살려면 돈이 필요했기에, 닥치는 대로 일을 했다. 하다 보니 작게 시작한 장사가 사업으로 성장했고, 사업은 확장되어 자꾸 새끼를 치며 커졌다. 모든 일이 일사천리로 진행될 리는 없었다. 현장에서 무수히 깨지고 욕도 먹었지만, 기어코 해내다 보니 얻은 결과였다.

내세울 것 하나 없는 내가 이렇게 '하다 보니'를 이어갈 수 있었던 딱 하나의 스펙이 있다. 바로 '하면 된다'의 정신이다. 어린 시절 부모님에게서, 또 17년 몸 바친 군대 생활 속에서 몸으로 새기고, 머리에 각인된 '뭐든지 하면 된다! 안 되면 되게 하라!'의 자력갱생 정신은 그 어떤 계급장보다 강인한 힘을 발휘했다. 태어나면서부터 잘되는 일보다 안 되는 일에 익숙해졌기에, 웬만한 고비가 와도 쉽게 포기하지 않았다. 우물이 없으면 파면 되고, 물이 나오지 않으면 다시 다른 우물을 파면 된다. 기다린다고 우물이 터지지 않는다. 우물은 파다 보면 나오게 마련이다.

나는 잘되는 공장이라면 무조건 답사를 한다. 눈을 부릅뜨고 공장 곳곳을 스캔해 머리에 저장해둔다. 공장의 동선은 매출의 지표와 같다. 얼마나 효율적으로 가동되는지가 곧 생산성을 가늠한다. 그 때문에 생산 라인의 흐름, 작업자의 배치, 자재 창고의 위치까지 꼼꼼히 보다 보면 해답이 절로 나온다.

어떤 분야라도 사업을 일군 사람들을 만나러 부지런히 따라다녔다. 바다에서 놀면 고래가 되고, 개울물에서 놀면 쫑개(말썽꾸러기, 또는 졸개)가 된다는 말이 있듯, 아이템은 달라도 성공한 사람들의 말과 행동에는 반드시 배울 것이 있었다. 어느 누가 성공의 비결을 떠먹여 주겠는가. 주야장천 따라붙어선 눈치껏 익히고 써먹어 봐야 진짜 나의 비결이 된다.

배운 것이 하나라도 있다면 어떻게든 내 사업에 녹여보려 부단히 애를 썼다. 전국 각지에 있는 공장을 돌며 작업복에 장화를 신은 채 잠이 들었다. 창고를 옮겨 볼까, 포장을 바꿔 볼까, 재료 공급처는 마땅한가, 작업자들 식사는 온전한가, 하나부터 열까지 조금이라도 나은 방법을 찾아 고민하고 시도했다. 졸음이 쏟아져도 매일 밤 방송을 켰다. 사업 초기라 많은 사람이 봐주지도 않을 때였지만 '한 사람이라도 내 제품을 보면 된다.'라는 각오로 제품을 알렸다.

그렇게 노력해도 실패는 있었다. 자신 있게 선보인 북한식 순대의 반응이 시원치 않았다. 어떻게든 일으켜 보려 레시피도 바꿔 보고 광고에도 투자했지만 다른 제품에 비해 매출이 일어나지 않았다. 할만한 노력을 다했다고 판단한 나는 과감히 순대를 포기했다. 대신 순대의 자리를 채울 아이템을 찾는 데 매진했다. 순대가 실패했으니, 이번에는 두 개의 제품을 개발해 테스트 시장에 올리기로 했다. 다행히 누룽지와 백숙이 자리를 잡아 순대의 빈 매출을 채워주었다. 지금도 시시각각 김치가 잘 팔리고 있는지, 왜 주춤하는지 면밀히 파악하고, 언제든지 출격할 새로운 아이템을 찾아 고민하고 있다.

'하다 보니'와 '하면 된다'의 정신은, 모든 것을 억지로 다 되게 만들라는 뜻이 아니다. 어떤 일은 죽었다 깨어나도 안 될 수 있다. 다만, 쉽게 포기하지 말고 끝까지 부딪히다 보면 더 나은 길을 찾아낼 수 있다.

이순실 정신 4 - 헐뜯는 말을 훈장처럼 여겨라

나는 탈북자들이 좀 더 대우받고 살 수 있길 바라는 마음으로 방송에 출연했다. 2007년만 해도 식당에 가면 공산당 빨갱이는 나가라, 뻔히 들리는 말도 못 알아듣겠다며 내리깔고 무시하는 일이 허다했다. 못 사는 애들이란 하찮은 시선이 늘 따가웠다. 하지만 방송 출연은 생각보다 쉽지 않았다. 일단 지우고 싶어도 지울 수 없는 끔찍한 과거의 기억을 되살려 만천하에 떠드는 일이 내 정신을 피폐하게 했다. 작은 말 한마디에도 비수를 꽂는 악플이 쏟아져, 밖을 다니기가 무서워졌다. 동료 탈북자조차 왜 저렇게 나대냐며 곱지 않은 시선으로 헐뜯을 때면, 그 말들이 상처가 되어 울기도 했다.

그래도 사명감으로 시작한 일이었고, 방송국 관계자들과의 약속도 있었기에 그만둘 수 없었다. 마침 이 무렵에 김치 사업이 시작되었다. 맛이 있니, 없니 하는 손님들의 반응에 싸우기만 하다가, 그 손님들의 조언으로 시작하게 된 사업이었다. 이때 나는 정말 큰 교훈을 얻었다. 맛있는 음식을 듬뿍 주고 싶은 내 진심을 몰라주는 손님들이 야속하기만 했는데, 이미 손님들은 이 진심을 알기에 자꾸 입을 대고 트집을 잡았던 것이다.

실제 결정적으로 김치 사업을 조언한 손님은 내가 가장 드세게 싸워 온 손님이었다. 맛없으면 오지 말라는 데도 부득부득 찾아와서는 온갖 잔소리를 늘어놓던 그분. 언젠가 그분이 이런 말을 했다. 북한에서 왔다는 말에 더 잘 되기를 바랐는데, 가만 보니 손님도 없이 공을 치고 있는 게 안타까웠다고. 장사도 안 되는데 이것저것 챙겨주는 인심 하나는 합격이었다고 했다.

일방적인 비난도 있을 수 있다. 하지만 어떤 비난에는 애정이 담겨 있다. 내가 받은 상처만 들여다보지 말고, 그 상처 뒤에 숨은 보석 같은 해답을 찾아야 한다.

방송이 계속되니, 악플만 달리던 댓글에도 조금씩 응원의 글이 이어졌다. 이순실이 나와야 본다는 열혈 팬들도 생겨났다. 나를 욕하던 탈북자 동료들도 배가 아파 그랬는데, 언니 덕분에 우리가 편해졌다며, 이제는 더 애써 달라 부탁해 왔다.

누군가 나를 헐뜯는다면, 내가 그만큼 남들이 부러워할 무언가를 이루고 있다는 뜻이다. 또 내가 앞으로 나아가려면 무언가를 더 메꾸고 바꿔야 할 부분이 남아있다는 말이다. 나는 이제 악플이나 욕을 들으면 '아! 저들이 지금 나 더 잘되라고, 빨간약이 잔뜩 묻은 몽둥이로 나를 쳐주는구나!' 감사해한다. 순간은 아프다. 하지만 그들이 달아준 훈장은 나를 더 강하게 단련시켜 힘차게 나아갈 동력이 되어 준다.

이순실 정신 5 – 우물은 나눌수록 채워진다

김치, 떡, 만두, 냉면, 누룽지들이 제각각 팔려나가니 통장에 찍힌 동그라미도 늘어난다. 그 동그라미들 보는 재미가 쏠쏠하지만, 여전히 내겐 와닿지 않는 숫자일 뿐이다. 평생 돈 쓰는 재미는커녕 언제든 굶어 죽을 수 있다는 위기와 불안이 아직도 마음 저편에 자리한 나는, 그저 하루하루 맛있는 음식을 배불리 먹고 편안히 잘 수 있는 내 집과 사랑으로 감싸주는 가족이 있다는 자체로도 하늘에 감사할 따름이다.

내가 이런 호사를 누릴 수 있기까지 곳곳에 나를 살린 은인들이 있다. 역전에서 내 딸을 받아준 이름도 모르는 할머니, 압록강 강변에서 먹을 것을 나눠주신 아낙네들, 목숨 걸고 우리를 지켜준 철국 엄마까지. 이 외에도 수많은 고비마다 도움의 손길을 받았다. 내가 돈을 버는 가장 큰 이유도 받았던 은혜를 되돌려줘야 하기 때문이다. 통장의 동그라미들은 내 것이 아니라 내가 나누고 돌려줘야 할 은혜의 자산이다.

나는 탈북자 단체, 한부모 가정, 어린이 단체, 어려움이 있는 곳 곳마다 과감히 지출한다. 내 생활은 재활용장 물건들로 꾸리지만, 내 도움이 누군가를 살릴 수 있다면 그곳에 쓰이는 돈은 전혀 아깝지 않다. 하루는 신랑에게 이렇게 돈 쓰는 게 아깝지 않냐 떠보았다. 신랑은 말했다.

"우물은 모두가 함께 퍼 나눌수록 샘물이 채워지는 거야. 당신의 통장은 세상의 우물 같은 거야. 나눌수록 채워지는 우물 통장."

나와 같은 신념으로 내 일에 동참해주는 신랑이 있어 든든하다. 사업도 마찬가지다. 지금 내 사업은 나 혼자 이룬 것이 아니다. 각자 힘을 보태고 공장을 운영해준 동료 직원들이 함께 만든 공동 작품이다. 때때마다 잊지 않고 우리 제품을 찾아준 고객들의 힘이 가장 크다. 그래서 나는 누구든 성실히만 일한다면 함께 땀 흘리고, 같이 나누고자 한다. 어려움을 겪고서 저절로 행해진 일이지만, 사업이 커질수록 나눔의 마법은 더욱 강력해진다. 같이 일하고 싶다는 사람들이 늘어나고, 뜻을 같이할 제안들이 쏟아진다. 이것도 맛보아라 퍼줄수록 우리 제품을 찾는 고객이 많아진다.

사람은 절대 혼자서 멀리 갈 수 없다. 우리는 사는 길목마다 손을 잡아주는 사람을 만나게 되고, 때론 손을 잡아주는 사람이 되어야 한다. 그렇게 같이 가야 오래, 멀리, 빠르게 갈 수 있다.

이순실 정신 6 – 사람의 힘은 가족에서 나온다

내가 한국에서 이렇게 날개 달고 살 수 있는 비결을 곱씹어본다. 눈뜨는 아침이 끔찍해 간밤에 죽기만 바라던 내가 이제는 살아가는 하루하루가 재미지고 행복할 수 있다니, 무엇이 나를 이렇게 만들었을까? 수십, 수백 가지의 감사함이 스치지만 내 마음속 일등은 바로 가족이다.

북한의 부모님은 당에 충성하느라 바빠, 우리 형제들을 잘 돌보지 못했다. 왜 북한에서 태어나게 만들어 나를 비참하게 했을까 원망도 했었다. 하지만 나이 들어 돌아보니 부모님은 나에게 누구보다 강한 체격을 물려주셨다. 넘어지면 스스로 일어나라는 힘을 길러주셨다. 어려운 밥상에도 숟가락 하나 놓고 지나는 길손에게 밥을 나눠주는 정을 알려주셨다.

한국에 오니 신랑과 시댁 식구들은 한없이 넓은 품을 가르쳐주셨다. 탈북자 며느리가 세상 최고라고 아낌없는 칭찬을 쏟아내신다. 하고 싶은 일이라면 당차게 해보라며 오로지 나를 믿고 종잣돈을 내주신다. 어렵고 낯선 게 당연하다며 실수하는 나를 꾸짖기보다 헤쳐나가는 나를 기특하게 봐주신다.

나는 북한이란 체제 속에서 어쩔 수 없이 거지가 됐다. 하지만 가족 안에서만큼은 당당한 이순실로 자라났다. 한국에 와 탈북자라고 손가락질받았지만, 새 가족 안에서는 세상 누구보다 사랑스러운 일원으로 살고 있다. 강하게 키워준 부모님이 없었다면, 일찌감치 포기하고 북한에서 굶어 죽었을 것이다. 사랑으로 품어준 시댁 가족이 없었더라면, 탈북자 꼬리표에 짓눌려 우울증에 빠진 이순실로 살았을 것이다.

가족의 힘은 평생을 따라다닌다. 한국에 와 이렇게 좋은 세상에 왜들 힘들다고 난리인지 안타까울 때가 참 많았다. 가만히 들여다보면 강하게 자라야 할 때, 온실 속 화초로 자라 스스로 일어서지 못하는 이들이 보인다. 무한한 사랑으로 품어줘야 할 때, 남들과 비교당하며 벼랑 끝으로 몰려 어디에도 서지 못하고 방황하는 이들도 보인다.

나라의 체제는 사람을 가둘 뿐이지만, 가족이란 울타리는 사람을 만들어나간다. 단순히 부자가 성공한 사람은 아니다. 세상에 가치 있는 사람으로 살아가는 마음과 머리가 부자인 사람이 되어야 한다. 일어설 줄 알고, 나눌 줄 알고, 함께 갈 줄 아는 사람. 이런 사람은 가족 안에서 만들어진다.

딸에게 보내는 편지

보고 싶고 또 보고 싶은 내 딸 충단아.

지금은 어디서, 어떻게 지내고 있느냐.

내 마음속에 심은 한 그루의 나무가

벌써 20년 자라서 큰 나무가 되어,

벌써 꽃이 피고 열매 맺기를 스무 해가 지났구나.

그 한 그루 나무에 그리움의 물을 주어

향기 가득한 꽃이 필 때마다

엄마는 그 꽃을 바라보며

이 세상 어디선가 엄마를 그리며 사는

우리 충단이가 생각나는구나.

네가 태어나 무슨 죄로

집도 없이 짐승처럼 눈비 맞으며

다리 밑에서 살아온 생각을 하니,

한없이 불쌍하고 처량했던 그 시절,

그 세월이 너무 원망스럽기도 하지만,

이제는 무슨 수로 너를 찾아야 하는지….

충단아. 꿈속에서라도 만나보고 싶지만,

이제는 얼굴도 가물가물해지고,

지금 어느덧 다 자라서 어엿한 아가씨가 되었겠지만,

엄마가 기억하는 세 살 적 그 아기 모습이라도

잊히지 않기를 고대하며 산단다.

얼마나 엄마가 보고 싶었겠니.

엄마도 우리 딸 어디가 아프지나 않은지,

오늘도 어디서 어떻게 사는지

매일같이 걱정만 하며 사는구나.

꿈속에서라도 한번 나타나면

꿈인 줄 알면서도 깨어나지 않으려고,

잡았던 그 손목을 놓지 않으려고,

한 번 더 안고 그 작은 온기를 느껴보려고

밤새 허둥지둥하다 보면 결국은 꿈이고.

꿈속에서 벗어나면 내 딸 생각에 눈물이 흐르고,

마음속에 심은 나무는 흐느낌 소리에 같이 울고.

사랑하는 내 딸아

엄마의 마음속에 심은 한 그루의 나무에

아침마다 물을 주며,

'올해면 만날까, 내년이면 만날까?'

기다림으로 키우고 있단다.

어디서 살든지 살아만 있다면

언제든지 만날 수 있을 거라는

한가지 생각으로 사는 엄마니까,

우리 딸 어디서나 엄마가 심은 한 그루의 나무처럼

잘 살아만 다오.

보고 싶고 그리운 내 딸아.

오늘 저녁 꿈속에 와주렴.

꿈속에서라도 엄마 무릎에 앉아

마주 보며 생글생글 웃던 얼굴 보여다오.

충단아.

너를 기다려 만날 수 있는 기다림도 길지는 않다.

기다림도 지쳐가기 전에 꼭 살아서 만나자.

우리 충단이를 기다리는 엄마가 오늘 몇 글자 남긴다.

아프지 말고 건강해서 다시 만나길 고대하며….

사랑을 담아

엄마가

엄마의 기억과
작가의 위로가 만나 그려낸 딸의 얼굴